U0369777

C. S. Lewis.

天 路 归 程
THE PILGRIM'S
REGRESS
An Allegorical Apology for
Christianity, Reason and Romanticism

【 英 】C.S. 路 易 斯 著

邓军海 **译注** 王春 **校** 林放 **插图**

华东师范大学出版社

上海

华东师范大学出版社六点分社　策划

献给阿瑟·格里夫斯

To Arthur Greeves

谨以此译献给父亲一样的老师

陈进波　先生

有好消息从远方来，就如拿凉水给口渴的人喝。

As cold waters to a thirsty soul, so is good news from a far country.

——《箴言》廿五章 25 节

目　录

第三版前言

PREFACE TO THIRD EDITION

十年后重读此书，发觉主要有两个毛病：无谓的晦涩，尖酸的脾气。这两个毛病，要是在他人书中，我可不会轻饶。

关于晦涩，如今我意识到，有两个原因。就理智进程而言，我自己是从"流行的实在论"（popular realism）到哲学的唯心论，从唯心论到泛神论，从泛神论到有神论，从有神论到基督教。虽然我仍认为这是一条极其自然的路，但我现在才知道，这是一条少有人走过的路。可在三十出头的年纪，我却不知道。要是那时对自己的茕茕孤立略有所知，我就会闭口不言自己的旅程，或者即便描写它，也会更多地为读者着想。事已至此，我所犯的错误，就像一个人要记述自己在戈壁大漠的旅程，却自以为，这条路跟从尤斯顿到克鲁郡的线路一般，英国公众一样熟悉。原本的这个大错，又因我们时代哲学思想的一个巨大变化，而变本加厉。唯心论本身已经过时。格林（Green）、布拉德雷和鲍桑葵的王朝，陷落了。[①] 我自己这代学哲学的学生所居住的世界，与后来者之间，隔的简直不是多个年份，而是数个世纪了。

晦涩的第二个原因（绝非故意），是我那时赋予"浪漫主义"一词的"私人"含义。现在，我不会再用此词来形容在本书中占据核心的那种经验。而且说实话，我不会拿它来形容任何事情，因为我现在相信，此词含意之多，已使它成了废词，应该从我们的词汇表里驱除。即便我们排除了它的通俗含意，其中"浪漫"的意思只是"一桩风流韵事"（同侪及影星的罗曼史），我想，至少还能区分出七样事物，我们却都称之为"浪漫"：

1. 冒险故事——尤其是在过去或遥远地域的历

[①]　20世纪初，唯心主义者在与主流经验哲学的持续论战中，在英国名噪一时。他们成了一个学派，自称为唯心主义，而外界则称之为"新康德学派"、"黑格尔学派"或新黑格尔学派"。

险——是"浪漫的"。在这个意义上,大仲马是典型的"浪漫"作家,而关于航海、异域以及1745年的起义的故事,通常都是"浪漫的"。

2. 不可思议的就是"浪漫的",只要它尚未成为所信宗教的一部分。这样说来,术士、鬼魂、仙女、女巫、龙、宁芙①和矮人,都是"浪漫的";天使,稍差一点。詹姆斯·斯蒂芬斯先生②或莫里斯·休利特先生③笔下的希腊诸神,是"浪漫的";但在荷马和索福克勒斯笔下,就不是了。在这一意义上,马罗礼,④博亚尔多,⑤阿里奥斯托,⑥斯宾塞,⑦塔索,⑧

---

① 宁芙(Nymph),希腊神话中居于山林水泽的美丽仙女。

② 詹姆斯·斯蒂芬斯(James Stephens, 1882—1950),爱尔兰诗人,小说家。

③ 莫里斯·休利特(Maurice Hewlett, 1861—1923),英国历史小说家,诗人。

④ 马罗礼(Sir Thomas Malory,创作时期约1470)。英国作家,身份不明,因《亚瑟王之死》(*Le Morte Darthur*, 1485)一书而闻名。此书是英国第一部叙述亚瑟王成败兴衰及其圆桌骑士们的伙伴关系的散文作品。

⑤ 博亚尔多(Matteo Maria Boiardo, 1441—1494),意大利文艺复兴时期诗人,以史诗《恋爱中的奥兰多》(*Orlando Innamorato*)而闻名。

⑥ 阿里奥斯托(Ariosto, 1474—1533),意大利诗人,长篇传奇叙事诗《疯狂的奥兰多》(*Furioso*)之作者。

⑦ 斯宾塞(Edmund Spenser, 1552? —1599),英国诗人,六卷本长诗《仙后》之作者。

⑧ 塔索(Torquato Tasso, 1544—1595)意大利诗人,文艺复兴运动的晚期代表,史诗《被解放的耶路撒冷》(*Gerusalemme Liberata*)之作者。

拉德克利夫夫人,①雪莱,柯勒律治,威廉·莫里斯,②还有
艾迪森先生,③都是"浪漫"作家。

　　3. 艺术有着"泰坦式"人物,超乎寻常的情感,高扬的
情操(high-flown sentiments)或荣誉准则(codes of hono-
ur),就是"浪漫的"。(现在逐渐用"罗马式"[Romanesque]
一词来形容这种类型,这是好事)在这种意义上,罗斯丹④
和锡德尼,⑤就是"浪漫的",德莱顿的英雄剧也是(尽管不
太成功)。⑥ 至于高乃依,⑦也有许多"浪漫"之处。我认为,

---

　　① 拉德克利夫(Ann Radcliffe,1764—1823),英国女小说家,哥特小
说(Gothic novel)之先驱,被沃尔特·司各特誉为"第一位写虚构浪漫主义
小说的女诗人"。

　　② 威廉·莫里斯(William Morris,1834—1896),英国作家、艺术家、
设计师、印刷商和社会改革者,被认为是维多利亚时代最伟大的人物之
一。代表作有《乌有乡消息》(*News from Nowhere*,1891)。

　　③ E. R. 艾迪生(Eric Rucker Eddison,1882—1945),英国作家,古典
奇幻小说《奥伯伦巨龙》(*The Worm Ouroboros*,1922)之作者。

　　④ 罗斯丹(Edmond Rostand,1868—1918),法国诗人,剧作家,《大
鼻子情圣》(*Cyrano de Bergerac*)之作者。

　　⑤ 菲力普·锡德尼爵士(Sir Philip Sidney,1554—1586),《阿卡迪
亚》(*Arcadia*)之作者。

　　⑥ 德莱顿(John Dryden,1631—1700),英国诗人、剧作家和文学
评论家。其文学成就为当时之冠,文学史将他所处的时代称为"德莱
顿时代"。

　　⑦ 高乃依(Pierre Corneille,1606—1684),法国剧作家,《熙德》(*Le
Cid*)之作者。

米开朗基罗则是这个意义上的"浪漫"艺术家。①

4."浪漫主义"也可以指耽溺于异常乃至于违背天性
的情绪。惊悚作品(the *macabre*)是"浪漫的";热衷于折磨,
爱上死亡,也是。要是我理解得没错,马里奥·普拉兹②和
鲁日蒙③用这个词,就是这个意思。在这一意义上,《特里
斯坦》就是瓦格纳最"浪漫的"歌剧;④爱伦·坡,⑤波德莱
尔,⑥福楼拜,⑦都是"浪漫"作家;超现实主义也"浪漫"。

---

① 米开朗基罗(Michelangelo,1475—1564),与达·芬奇和拉斐尔
齐名,被誉为"文艺复兴三杰"。
② 曾焱《黑色浪漫主义》(《三联生活周刊》第 743 期,2013 年 7 月
15 日):

最早提出"黑色浪漫主义"概念的人,现在被认为是意大利文学批评
家马里奥·普拉兹(Mario Praz)。1930 年,他在论著《肉体、死亡和魔鬼》
(*Lachair*,*La Mortet Le Diable*)中第一次用到这个词,不过未做进一步阐
述。究竟如何定义"黑色浪漫主义"?法布尔认为所涉很广,"黑色浪漫往
往和人的潜意识及深层欲望相关,同时也包括对上帝之疑,对生死之惧"。
③ M. D. 鲁日蒙(M. Denis de Rougemont,1906—1985),瑞士作家,
文化理论家,以法语写作,《西方世界的爱》(*L'Amour et l'Occident*)之作者。
④ 瓦格纳(Richard Wagner,1813—1883),德国歌剧作家,歌剧《特
里斯坦和伊索尔德》(*Tristan und Isolde*)上演于 1865 年。
⑤ 爱伦·坡(Edgar Allan Poe,1809—1849),美国浪漫主义诗人,
小说家。
⑥ 波德莱尔(Charles Baudelaire,1821—1867),法国诗人,《恶之
花》(*Les fleurs du mal*)之作者。
⑦ 福楼拜(Gustave Flaubert,1821—1880),法国小说家,现实主义
开山之作《包法利夫人》(*Madame Bovary*)之作者。

5. 唯我论和主观论,也"浪漫"。在这个意义上,典型的"浪漫"书籍,是《少年维特之烦恼》①和卢梭的《忏悔录》,是拜伦②和普鲁斯特③的作品。

6. 对现存文明和习俗的每一轮造反,无论是前进到革命,还是倒退到"原始",一些人都称之为"浪漫"。于是冒牌的莪相,④如爱泼斯坦(Epstein),⑤D. H. 劳伦斯,⑥沃尔特·惠特曼,⑦还有瓦格纳,都是"浪漫的"。

7. 对自然物的敏感,既严肃认真又热情洋溢,就是"浪漫的"。这样说来,《序曲》⑧就是世界上最"浪漫"的诗歌。而济慈、雪莱、阿尔弗雷德·德·维尼,⑨阿尔弗雷德·

---

① 《少年维特之烦恼》,德国大诗人歌德之成名作。

② 拜伦(Lord Byron,1788—1824),英国浪漫派诗人,《唐璜》(*Don Juan*)之作者。

③ 普鲁斯特(Marcel Proust,1871—1922),法国小说家,意识流小说《追忆似水年华》(*À la recherche du temps perdu*)之作者。

④ 莪相(Ossian),传说中 3 世纪时爱尔兰的武士、诗人。

⑤ 爱泼斯坦(Jacob Epstein,1880—1959),英国雕塑家,王尔德墓碑之设计师。

⑥ D. H. 劳伦斯(D. H. Lawrence,1885—1930),英国小说家,诗人,成名作是《儿子与情人》(*Sons and Lovers*)。

⑦ 惠特曼(Walter Whitman,1819—1892),美国浪漫派诗人。

⑧ 《序曲》(*The Prelude*),英国浪漫主义诗人华兹华斯的自传体长篇叙事诗。

⑨ 阿尔弗雷德·德·维尼(Alfred de Vigny,1797—1863),法国诗人,小说家,剧作家。

德·缪塞①以及歌德,也有很多"浪漫"之处。

　　当然,我们也会看到,许多作家不止在一个方面"浪漫"。莫里斯,就既归在第一类,也归在第二类;艾迪森先生,在第二和第三类;卢梭和雪莱,则既在第六又在第五,如此等等。这也许暗示出,在这七者之间,有某种共同根基,无论是历史根基还是心理根基。但是,喜欢这一类却并不意味着会喜欢另一类这个事实,却显示了七者之间质的差异。尽管在不同意义上"浪漫"的那些人,都会转向同一本书,但他们的理由却各不相同。威廉·莫里斯的这一半读者,不知道另一半是怎么生活的。至于你喜欢雪莱,是因为他提供了一部神话,还是因为他许诺了一场革命,二者可是判若天地。因而,我总是喜欢第二种浪漫主义,厌恶第四种和第五种;对第一种,有一点点喜欢;喜欢第三种,那是成人之后的事——是一种后天习得的趣味。

　　至于我写《天路归程》时用"浪漫主义"表示的意思——以及本书标题上此词的意思——恰好上述七者都不是。我用此词指的是反复出现的特定经验,它主宰了我的童年时

_____

　　①　缪塞(Alfred de Musset,1810—1857),法国诗人,剧作家。

代和青春期。我之所以冒昧称它"浪漫",那是因为激发此经验的那些事物里面,有寂静的自然(inanimate nature)和奇异的文学(marvellous literature)。我仍然相信,这一经验是人所共有,虽常遭误解,却无比重要。不过我现在也知道,在别人心中,它由别的刺激引发,跟别的旁枝末节纠缠在一起,将它带到意识前台没有我一度所想的那样容易。现在,我试图做点补充,以便下文可以理喻。

这种经验是一种强烈憧憬(intense longing)。它跟别的憧憬,有两点区别。其一,尽管那丝想望,也尖锐(acute),甚至痛楚(painful),可是,单单这个想望(wanting),不知怎的就让人感到欣喜(delight)。别的渴欲,只有不久就有望得到满足时,才会有快感:只有当我们得知(或相信)很快就要吃饭时,饥饿才令人愉快。可是这一渴欲,即便根本无望得到满足,也依然被那些曾一度感受到它的人,一直珍视,甚至比这世界上的其他任何事物都受偏爱。这种饥渴,胜过别的任何饱足;这一贫穷,胜过别的一切财富。它一经来过,要是长期不见,它本身就会被渴欲,而这新的渴欲就成了原先之渴欲的一个新实例(new instance),然而,这个人或许一下子没认出这个事实,就在自己重新焕发青春的当儿,还为自己灵魂逝去的青春而哀叹。这听起来挺复杂,不过,当我们体验过以后,就觉得简单了。"那感受何日重来!"(Oh to feel as I did then!),我们呼号;我们没有留意到,甚至就在我们说出这几个字的时候,我们为其失去而哀叹的那种感受,又重上心田,原有的苦涩-甜美(bitter-sweetness)一点没少。因为这一甜美渴欲,打破了我们通常为想望和拥有(having)所作分际。拥有它,根据这一渴欲之定义,就是一种想望;想望它,我们发觉,就是拥有它。

其二,在这一渴欲的对象上,有个独有的奥秘(a peculiar mystery)。没经验的人(心不在焉使得一些人终生都没经过)以为,他们一经感受到它,就知道自己在渴欲什么。所以,倘若它来到一小孩身上,这时他正看着远方的山坡,他立刻会想,"要是我能到那儿该多好";倘若它来的时候,他正在回忆往事,他会想"要是往日能够重来该多好"。倘若它(过了一小会)又来了,这时他正在读一个"浪漫"故事,或有着"险恶的浪涛,在那失落的仙乡"①的一首诗,他会

---

　①　原文是"perilous seas and faerie lands forlorn",语出济慈的《夜莺颂》(*Ode to a Nightingale*, 1819)第7节最后一行。拙译采查良铮先生之译文。

想，但愿真有这样的地方，但愿自己能到了那儿。要是它（再过了一会）又来了，在一个有着性爱暗示的场合，他就相信，自己渴欲的是梦中情人。倘若他攻读这类文学（如梅特林克或早期的济慈），其中写精灵之类东西，还带着一点真信的迹象，他或许会想，他正在渴望着真正的魔法和秘术。当它从他的历史研究或科学研究中飞将出来，击中他时，他或许会将它跟求知欲混为一谈。

然而，这些印象都是错的。本书可以自许的唯一优点就是，它出自一个证明这些印象全都错误的人之手。这样自许，并无虚荣之嫌：我得知它们错误，不是靠理智，而是靠经验①——这些经验，我本不会遭遇到，假如我小时候能聪明一点，德行一点，再少一点自我中心。由于我让自己被这些错误答案逐一迷惑，对其做过诚挚思考，就足以发现其骗局。拥抱了那么多假的弗劳里梅艾（Florimels），②没有什

---

① 拙译路易斯《惊喜之旅》第 11 章第 15 段："我喜欢经验（experience），因为经验是非常诚实的东西，不管你做了多少次错误的选择，只要你睁大眼睛，保持警醒，走不多远，警戒的信号就会亮起。你或许一向都在欺骗自己，但是，经验并不想欺骗你。只要你的实验方法恰当，无论你在什么地方试验，宇宙总是信实的。"（华东师范大学出版社，2017）

② 斯宾塞《仙后》中的美女，亦译"弗罗丽梅尔"。

么可吹的：人们说，只有傻瓜才靠经验来学习。不过鉴于他们最终还是学习了，那就让一个傻瓜将自己的经验，拿到公共仓库，这样，聪明点的人也许会受惠。

为这一渴欲所假想的这些"对象"，每一个都不中用。一个简单实验就能表明这一点。去远方山坡，你要么什么都得不到，要么得到的就是，送你到那里的同一个渴欲。研究一下你自己的回忆——虽相当难，但仍有可能做到——就会证明，回到过去，你拥有不了那个狂喜（ecstasy），过去的某些惊鸿一瞥如今促动你去渴欲的那个狂喜。那些记起来的瞬间，要么在当时本就稀松平常（其全部魅力归功于回忆），要么本身就是渴欲的瞬间（moments of desiring）。至于诗人及高蹈浪漫派（marvellous romancers）笔下的事物，同样如此。就在我们挖空心思认真思索假如它们实有其物就会怎样怎样的那个当儿，我们就会发现这一点。柯南·道尔爵士声称，①他拍到了一位仙女，我就不信。不过，单单作出这一声称——仙女仿佛触手可及——立刻让我醒悟过来，即便这一声称就是实话，那与其说是满足了仙女文学

————————

　　①　柯南·道尔爵士（Sir Arthur Conan Doyle），《福尔摩斯探案集》之作者。

所激起的渴欲,倒不如说给它泼凉水。你为之心醉的仙女,梦幻森林,撒缇,①法翁,②林中宁芙以及青春之泉,③一旦假定为"真",这一发现,就会唤醒科学的、社会的以及实践的兴趣。这时,甜美渴欲(the Sweet Desire)就会消失不见,就会像布谷鸟的叫声或彩虹的末端那样挪了阵脚,又在远山之外呼唤我们。运用黑魔法④(魔法已沦落至此,实际上也被如此奉行),我们的遭际就更糟。如果你踏上那条路——如果你用魔法就能招之即来——又会怎样?你会有什么感受?恐怖,骄傲,愧疚,激奋……可是这一切,跟我们的甜美渴欲有何关系?黑弥撒⑤或降神会(seance),都不是

---

① 撒缇(Satyr),希腊神话中的森林之神,半人半羊。

② 法翁(Faun),罗马神话中的林牧之神,对应于希腊神话中的撒缇(satyr)。

③ 青春之泉(well of immortality),疑指威廉·莫里斯《世界尽头的泉井》(*The Well at the World's End*,1896)一书中主人公所寻找的不老泉。

④ 黑魔法(Magic in the Darker sense),应指黑巫术(Black Magic),与白巫术(White Magic)相对。后者指普通百姓求晴、祈雨、驱鬼、破邪、除虫、寻物、招魂,甚至使不孕妇女生子,使没有感情男女相爱的巫术。

⑤ 卢龙光主编《基督教圣经与神学词典》(宗教文化出版社,2007)"黑弥撒"(Black Mass)辞条:"宗教礼仪。(1)天主教教会的追思弥撒或亡者弥撒,因主持者身穿黑色衣服而得名。(2)黑弥撒也可以指一种渎神的宗教仪式,不是敬奉神而是崇拜撒旦。"路易斯此处应在第二义上用"黑弥撒"一词。

蓝花(the Blue Flower)①生长的土壤。至于性爱答案,我想,这是再清楚不过的假弗劳里梅艾了。无论取性爱的哪个层面,它都不是我们所向往的。情欲,可被满足。另一个人对于你,可以成为"我们的美利坚,我们的新大陆"。幸福婚姻,能够缔结。可是,这三者任意一个,或这三者之任意组合,跟那无可名状之物(that unnameable something),又有何干?对此无可名状之物的渴欲,有如利剑穿心,此时,我们或闻到篝火气息,或听到头顶野鸭飞过的长鸣,或看

---

①　蓝花(the Blue Flower),诺瓦利斯(1772—1801)的小说《海因里希·封·奥夫特丁根》(*Heinrich von Ofterdingen*,1802)里浪漫憧憬的象征,诺瓦利斯因而在德国浪漫派中被称作"蓝花诗人"。丹麦文学史家勃兰兑斯在《十九世纪文学主流》第二分册《德国浪漫派》中这样解释"蓝花":

憧憬是浪漫主义渴望的形式,是它的全部诗歌之母……诺瓦利斯给它起了一个著名的神秘的名字"蓝花"。但是,这个名字当然不能按照字面来理解。蓝花是个神秘的象征,有点像"ICHTHYS"——早期基督徒的"鱼"字。它是个缩写字,是个凝炼的说法,包括了一个憔悴的心所能渴望的一切无限事物。蓝花象征着完全的满足,象征着充满整个灵魂的幸福。所以,我们还没有找到它,它早就冲着我们闪闪发光了。所以,我们还没有看见它,早就梦见它了。所以,我们时而在这里预感到它,时而在那里预感到它,原来它是一个幻觉;它刹那间混在别的花卉中向我们致意,接着又消失了;但是,人闻得到它的香气,时淡时浓,以致为它所陶醉。尽管人像蝴蝶一样翩翩飞舞于花丛之中,时而停在紫罗兰上,时而停在热带植物上,他却永远渴望并追求一个东西——完全理想的幸福。(刘半九译,人民文学出版社,1997,第207—208页)

到《世界尽头的泉井》①这个标题，或看到《忽必烈汗》②之
开篇，或偶见夏末清晨的一缕蛛网，或耳闻无边落木萧
萧下。

因而依我看，要是一个人不遗余力追随这一渴欲，追寻
这些虚假对象，直至它们漏了马脚，于是毅然决然加以抛
弃，那么，他最后必定会清楚认识到，人类灵魂被造来去乐
享的某个对象，在我们当前主观且又囿于时空的经验模式
里，永远无法完全给予——甚至像无法给予那样，也无法想
象。灵魂里的这一渴欲，恰如亚瑟王城堡中的"危险席"
(the Siege Perilous)③——这个席位只有一个人敢坐。要
是自然不造无用的事物，④能坐此席位的那个唯一者（the

---

① 《世界尽头的泉井》(*The Well at the World's End*，1896)，威廉·
莫里斯最著名的奇幻作品。该书主角劳夫(Ralph)是一个小王国的年轻
王子，决定逃离皇宫，前往神秘的世界尽头，寻找青春之泉。这口井具有
魔力，可以让饮水之人拥有好运与长寿。路上，王子遇见了曾经饮过井水
的女人、神秘的隐士，历经种种冒险，终于找到了这口井。饮过井水的人
也面临着精灵们的困惑：长寿到底是赐福还是一种诅咒？
　　该书对路易斯影响巨大，据说，《纳尼亚传奇》中有该书的影子。
② 《忽必烈汗》(*Kubla Khan*)，柯勒律治(Coleridge)的未竟诗作。
③ 在亚瑟王传说中，圆桌骑士的坐席中，有一个位子永远空着。据
说，坐上这把椅子的骑士，会在找到圣杯以后死去，圆桌骑士时代亦将随之
结束。故而，这把座椅就叫作 the Siege Perilous(坊间通常汉译"危险席")。
④ 原文为"nature makes nothing in vain"，这是亚里士多德的名言，
见亚氏《政治学》(1253a8)。拙译参吴寿彭译本。

One)，就必定存在。我深知，这一憧憬接纳起虚假对象来何其容易，追寻这些虚假对象将我们领上的道路又何其黑暗。可是，我也看到，这一渴欲本身就包含着对这些错误的校正。唯一的致命错误则是，你伪称自己已经越过渴欲（desire），得到饱足（fruition）。可实际上，这时你要么什么都没找到，要么找到渴欲本身，要么满足了一些别的渴欲。渴欲的这一辩证法（The dialectic of Desire），要是忠实遵循，就会纠正一切过错，就会带你离开一切歧途，迫使你不要去空谈（propound）而要去经受（live through）某种本体论证明。这一活出来的辩证法（This lived dialectic），和我研习哲学时那纯思辨的辩证法（the merely argued dialectic），仿佛是殊途同归；于是，我试图将此二者写入我的寓言。这寓言，因而就既是对（我所说的）浪漫主义的一个辩护，也是对理性和基督教的一个辩护。

这样解释一通，本书的某些艰涩篇章，读者诸君理解起来也就容易一些了（可不是求诸君原谅）。诸君就会意识到，在一个走过我这条路的人眼中，战后时期会是什么样。那个时期，各不相同的思想运动，彼此敌对；不过，就对"永恒憧憬"（immortal longings）共有的敌意而论，它们好像又是一母同胞。弗洛伊德或 D. H. 劳伦斯的那些追随者，着眼低处（from below），对"永恒憧憬"发起直接攻击，我想，我倒还能容忍；让我容忍不了的是那些嘲讽（scorn），号称是着眼高处（from above），其代言人是美国"人文主义者"，新经院哲学（the Neo-Scholastics）以及《标准》杂志（*The Criterion*）的一些撰稿人。这些人，在我看来，在咒诅自己并不懂的东西。当他们称浪漫为"怀旧"，我就感到，他们甚至还没跨过"笨人桥"。① 因为我老早以前就抛弃了，以为渴欲对象就在过去这一幻觉。最后，我忍无可忍。

这书，要是现在来写，我就能将自己跟这些思想家之间的争端，弄得更为尖锐。他们中间有个人，将浪漫主义形容为"溅溢出来的宗教"（spilled religion）。②我接受这一形容。

———————

① 原文为拉丁文 *pons asinorum*。*pons* 的意思是"桥"，*asinorum* 是"驴子，笨人"的复数属格。拉丁文 *pons asinorum* 直译就是"笨人桥"（bridge of fools）。欧几里得《几何原理》里的第五命题因其难证，而得此绰号。该词喻指那种对新手形成严峻考验的问题。

② 语出英国哲学家、意象派诗人休姆（T. E. Hulme，1883—1917）的名文《论浪漫主义和古典主义》（Romanticism and Classicism，约写于1913—1914 年）。文中说："人的固定天性的那部分就是对上帝的信仰。这对每个人来说是与相信物质的存在、相信客观世界一样地固定而真实。它是与嗜好、性的本能和所有其他固定的品质相同的。现在，有些时候，由于使用武力或花言巧语，这些本能已受到压制……正与其他（转下页注）

我也同意，有宗教信仰的人，不应该将它溅溢出来。可是，难道由此可以推出，要是有人发现它溅溢出来了，就应扭头不顾？要是这里有个人，对他而言，地板上这些亮晶晶的水珠，就是一条路径的踪迹，老老实实顺着这条道路，终将引领他尝到杯中佳酿——这又当何论？从人的角度看（humanly speaking），要是并无其他可能路径，又当何论？这样去看，这十余年我一面跟反浪漫派争战，一面又跟亚浪漫派（本能的门徒，甚至是胡扯的门徒）争战，我相信，这些争战还是有着永久的兴味。我的寓言中的主导意象，就出自此两面争战——"北部"贫瘠冷峻的石原，"南部"发出浊臭的沼泽，两者中间的那条大路，才是人类唯一可以安全行走的。

（接上页注）本能一样，天性要报复。在宗教上寻找正确和适当的出路的那些本能必然会用别的办法出现。你不信上帝，于是你就开始相信人就是神。你不信天堂，于是你就开始相信地上的天堂。换句话说，你就接受了浪漫主义。在它的本身范围内是正确而恰当的概念被传布开来，这样就使人类经验的清晰的轮廓混乱起来、变成不真实的和模糊不清了。就像把一瓶蜜糖倒在餐桌上一样。这样，浪漫主义就是溅溢出来的宗教（spilt religion），这是我所能给它下的最好的定义。"（刘若端译，见戴维·洛奇主编《二十世纪文学评论》上卷，上海译文出版社，1987，第173—174页）本书卷六第2章所写的"三个苍白人"（three pale men），其中有一个就有休姆的影子。

　　我用"北方"和"南方"所象征的东西，在我看来，是方向相反的两种恶。每一种都藉批评对方来强化自身，显得振振有词。它们从许多各不相同的层面，闯入我们的经验。在农业中，我们不得不惧怕贫瘠土壤，也不得不惧怕那肥得流油的土壤。在动物王国，甲壳虫和水母，代表着对生存问题的两种低端解决（low solutions）。在饮食当中，我们的味觉既反感极苦，又反感极甜。在艺术中，一方面我们发现，那些纯艺术（purist）和空头理论家（doctrinaires），都宁愿丢掉成百的美，也受不了一点点瑕疵（如斯卡里杰）①，他们无法相信未学之人自发乐享的东西竟还可以是好东西；另一方面我们发现，那些良莠不分、马马虎虎的艺术家，宁愿糟蹋掉整部作品，也不愿让自己沾染一点点感伤、幽默或感觉主义（sensationalism）。② 任何人在自己的熟人堆里，都可

---

　　① 斯卡里杰（Scaliger），疑指意大利人文主义者 Julius Caesar Scaliger（1484—1558）。

　　② 尼古拉斯·布宁、余纪元编著《西方哲学英汉对照辞典》（人民出版社，2001）释"感觉主义"（sensationalism）：指这样一种观点，主张感觉是知识的唯一源泉；所有的观念都可在感觉中找到根源；所有的陈述都可以还原为关于感觉之间关系的陈述，除了感觉之外，别无可说；感觉也是证实所有知识的最终标准。总而言之，感觉主义可以归结为一句话："世界是我的感觉。"……

以挑出两类人,可名为北人和南人。一类人,鼻梁深,城府深,面色苍白,冷冰冰,少言寡语;另一类人,没城府,笑得快,哭得也快,喋喋不休,甚至(可以说)巧舌如簧。北方型的人,都有一套僵化体系,无论是怀疑主义的还是教条主义的体系。他们中间有贵族,有斯多葛派,有法利赛人,有严厉派(Rigorists),还有组织严密的"政党"的忠心耿耿的党徒。南方型的人,依其本性,则就有些难于界定了。没骨气的灵魂,虽然不分昼夜,对几乎每个造访者都门户大开,但却最欢迎那些提供了某种迷醉的酒神女祭司(Maenad)或秘法家(Mystagogue)。违禁之事或未知之事的那丝香甜,对他们有着致命的吸引力;模糊一切边界,放松一切防范,梦,鸦片,黑暗,死亡,重返子宫。任何感受,只要它是感受,就都合理。而对于北人,同一感受,则基于同一根据都变得可疑。基于一些狭隘的先验根据所作的傲慢而又仓促的选择,使他自绝于生命之源。在神学中,也有北人和南人之分。前者喊叫着,"把这使女的儿子赶出去";后者则喊叫,"不要吹灭将残的灯火"。前者将恩典(Grace)与天性(Nature)之分,夸大成彻底对立;而且藉着毁谤更高层次的天性(某种准基督徒经验里面所蕴涵的真正福音之准备),使得那些就在门槛上的人举步维艰。后者则抹杀恩典与天性之分际，将单纯的和善恭维成仁爱，将含混的乐观或泛神论恭维成信仰，从而使得有背道苗头的人，出门致命地容易，而且不知不觉。这两个极端，不能跟罗马天主教（归入北方）和基督新教（归入南方）对号入座。巴特，①或可置于我所写的苍白人（Pale Men）中间；伊拉斯谟，②或许发觉自己跟开明先生（Mr. Broad）血脉相通。

我认为，我们自己的时代由北人主导——写此前言之时，两股巨大的"北方"力量正在顿河相互残杀，将对方撕成碎片。不过这事也蛮复杂，因为僵硬而无情的纳粹体系，在其中心地带，也有着"南方"和有似沼泽的成分；当我们时代真的成为"南方"时代，那就更是如此了。D. H. 劳伦斯和超现实主义者之南行，或许抵达人类曾经所及之"南方"的极致。这在你的预料之中。相互对立的恶，远不是相互制衡，而是相辅相成变本加厉。"人最痛恨刚抛弃

---

① 卡尔·巴特（Karl Barth, 1886—1968），被誉为 20 世纪基督新教最伟大的神学家，《罗马书释义》之作者。关于路易斯为何批评巴特，无疑是一个值得深味的研究课题。

② 伊拉斯谟（Desiderius Erasmus，约 1466—1536），文艺复兴时期著名人文主义者，《愚人颂》之作者。

的异端邪说";①世人皆醉正是禁酒令之父,禁酒令又是世人皆醉之父。自然天性,被一个极端激怒,就藉着飞向另一极端泄愤。② 你甚至会碰见一些成年男人,他们毫不脸红地将自己的哲学归入"反动",并不认为哲学因此就折了信誉。③

对于"北方"和"南方",愚以为,我们只关心一点——避开二者,走大路。我们切莫"听信过于聪明的巨人或过于愚

---

① 原文是:"The heresies that men leave are hated most." 典出莎士比亚《仲夏夜之梦》第二幕第2场第138—139行。剧中人物拉山德说:"一个人吃饱了太多的甜食,能使胸胃中发生强烈的厌恶,改信正教的人,最是痛心疾首于以往欺骗他的异端邪说。"(《莎士比亚全集》卷一,译林出版社,1998,第341页)

② 路易斯《返璞归真》卷四第6章:"魔鬼总是将错误成对地打发到世界上来,总是怂恿我们花很多时间来考虑哪种错误更甚。你肯定看出了其中奥秘,是不是? 他藉你格外不喜欢一种错误,来逐渐地将你引入相反的错误当中。"(汪咏梅译,华东师范大学出版社,2007,第181—182页)

③ 切斯特顿《异教徒》第一章:当今时代我们反常地使用"正统"这个词,没有什么比这更奇怪地表明了现代社会中一桩巨大而又无声的罪恶。从前,异教徒以自己不是异教徒而自豪。……可是如今,几个现代的术语就已经使他为自己是异教徒而自吹自擂了。他故意笑了笑,说:"我想我的思想非常异端。"然后环顾四周,寻求掌声。"异端"这个词现在非但不再意味着错误,实际上还意味着头脑清醒、勇气十足。"正统"这个词现在非但不再意味着正确,实际上还意味着错误。所有这些只能说明一点,那就是:人们现在不太在意自己的人生哲学是否正确了。(汪咏梅译,三联书店,2011,第2页)

蠢的巨人"。① 我们之受造,既非"脑人"(cerebral men),亦非"腹人"(visceral men),而是人。既非禽兽,也非天使,而是人——既有理性又是动物的造物。

假如要说点什么来解释我所说的北方和南方,我就不得不说这么多——这一事实,有助于我们看到关于象征(symbols)的一项相当重要的真理。在这一版中,我试图藉每页之眉注,让本书易懂一些。不过,这样做,我极不情愿。给一部寓言,提供一把"密钥"(key),或会怂恿对寓言的一种误解——对此误解,身为文学批评家,我曾在别处加以抨击。这或许会怂恿人们以为,寓言是个障眼法,是将本可以说得明白的东西,说得晦涩而已。可事实上,一切好的寓言之存在,不是为了遮掩,而是为了彰显;藉着给内在世界(the inner world)一个(想象出来的)具体体现,使它变得更可触。我加眉注,只因为我的寓言失败了——部分是我的错(对 98 页②那华而不实的荒谬寓言,如今我满怀羞愧),

---

①　原文是:hearken to the over-wise or to the over-foolish giant. 典出济慈(John Keats,1795—1821)的无韵体史诗《海拔里安》(*Hyperion*:*A Fragment*,1820)卷二第 309—310 行。

②　即拙译本书第 195—197 页。

部分是因为现代读者不熟悉这种写法。不过,象征在哪里臻于一流,密钥在哪里就最不济事,这倒是实话。因为当寓言臻于极境,它就接近于神话,这就必须用想象(imagination)来把握,而不是靠理智(intellect)。倘若真像我偶尔仍希望的那样,我笔下的北方南方以及善感先生,触到了一些神话生命(mythical life),那么,再多的"解释",都不大会捕捉它们的含义。这种东西,你从定义里学不到:你要了解它,必须像了解一丝气息或一股味道那般,必须像了解家庭"气氛"或乡镇气氛,像了解个体人格。

　　另外还有三点提醒。1.尾页地图将一些读者给弄糊涂了,因为,如他们所说,"文中没有提及的地方,它全都标示出来了"。① 不过,一切旅行手册,都是这样。约翰的路线,用虚线标示:对不在路线上那些地方不感兴趣的读者,用不着为此太费心。它们差不多是一种异想天开的企图,想给这世界的"北方"和"南方",各填上相应的属灵现象。绝大多数地名,都可以顾名思义。在中古英语里,*Wanhope* 意为绝望;*Woodey* 和 *Lyssanesos*,意为"疯人岛"(Isle of Insani-

---

　　① 【原编者注】本书此版的地图是重新画的,略去了郡名和铁路。

ty）；*Behmenheim* 因雅各·伯麦（Jakob Boehme 或 Behmen）而得名，不过这不公平；① *Golnesshire*（盎格鲁-撒克逊人拼为 *Gal*），是淫荡之乡（the country of Lechery）；而在 *Trineland*，人感到"跟无限同在"（in tune with the infinite）；*Zeitgeistheim*，当然是时代精神的居住地。*Naughtstow*，则是"无善之地"。两条军用铁路，是用来象征从地狱而来的对人性的两面夹击。我曾希望，从敌人的两个终点站延伸出来的那些道路，就像爪子或触须一般，伸进人的灵魂。假如你喜欢，就在七条北方道路上画上指向南方的黑色小箭头（照着报纸上战争地图的样），在六条南方道路上画上指向北方的箭头，你对我所看到的圣战（the Holy War），就有了一幅清晰画面。你满可以自娱自乐，去决定箭头画在哪儿——这问题容许不同答案。在北方战线，比如说，我会让敌人占领残酷乡（Cruelsland）和骄傲原（Superbia），从而对三个苍白人形成钳形攻势。不过，我并未以知情人自许；况且，阵线无疑每天在变。2. 用柯克妈妈这个名字，是因为用"基督

---

① 雅各·伯麦（Jakob Boehme，名字亦作 Behmen，亦译雅各·波墨，1575—1624），德国路德宗神智学家。黑格尔《哲学史讲演录》第三部第一篇对其思想，做过详细介绍。

教"作人名，不大有说服力。其缺陷就是，它会自然而然带领读者，将一种太过明确的教会立场（*Ecclesiastical position*）加在我头上。我哪敢以此自诩！本书只关心跟无信者相对的基督教。"宗派"问题，不纳入考虑。3. 在此前言中，不得不强调一下约翰身上我的自传成分，因为晦涩的源头就在那儿。不过你切莫以为，本书中一切都是自传。我是试图一般而论（to generalise），而不是给人们讲自己的生活。①

C. S. 路易斯

---

　　① 据路易斯的挚友欧文·巴菲尔德（Owen Barfield），路易斯的突出特点就是，对写自己或谈自己，很不感兴趣。他写的《惊喜之旅》，大多数人都当作路易斯自传，其实不是。他在该书序言中明确交代："本书旨在讲述我归信的故事，因而不是一部自传，更不是圣奥古斯丁或卢梭的那种'忏悔录'。"

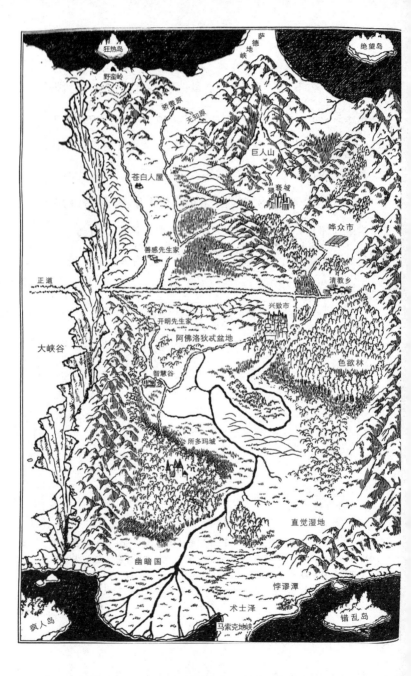

卷一 缘起

THE DATA

　　每一个灵魂在追求这一东西，并且为了它而做一切，虽然能猜想它是什么，但仍感到困惑，既不能充分理解它究竟是什么，也不能对它抱有稳定的信念，如同对其他事物那样。①

——柏拉图

---

① 王扬译注柏拉图《理想国》卷六 505d—e，华夏出版社，2012。

尽管他们的心灵不那么明白，可是他们还都在寻求至善，不过，就像一个喝醉了的人那样，已经不认得回家的路了。①

——波爱修斯

它在追寻着什么。那到底是什么，它并不知道。只是这渴欲太焦灼，刺激着它，将别的一切已知的赏心乐事都放在一边。它们统统让位，让位给这一追寻，这一疑窦丛生的渴欲。

——胡克②

---

① 《哲学的慰藉》卷三第 2 章散文体。见波爱修斯《神学论文集 哲学的慰藉》，荣震华译，商务印书馆，2012，第 128 页。

② 语出理查德·胡克（Hooker）：《教会政治法规》（*Of the Lawes of Ecclesiastical Politie*）卷一第十一章第 4 节。见 http://oll. libertyfund. org/titles/921♯Hooker_0172-01_633 理查德·胡克在英国国教中地位十分重要，相当于路德之于路德教派，加尔文之于长老派。

第一章　规　矩

The Rules

【页 3 眉注：触犯律法的知识，先于其他宗教体验。】①

我梦见一个男孩，②生于清教乡（the land of Puritania），名约翰。梦见他在会走路的那年，一日清晨，出了父母的园圃，跑上大路。路的另一边，是片深林。林子不密，开满报春花，绿草丰蓁。放眼望去，约翰心想，还从没见过这么美妙的景致；于是他穿过马路，步入深林。正打算爬到地上，采报春

---

　　①　此眉注为路易斯所加。在《第三版前言》中，路易斯自述，因为本书"无谓的晦涩"，故而在第三版中，路易斯逐页添加眉注，引导读者阅读。

　　②　本书之构思结体，效法班扬的《天路历程》，开篇亦然。

花,这时,母亲赶出园门,穿过马路,抓住约翰。母亲狠狠打了约翰一顿屁股,告诉他不能再去深林。约翰哭了,却没问为啥。他还没到问为啥的年龄。一年过去了。又是一个清晨,约翰带着小弹弓,出了家门走进园圃,看见树上有只鸟。他拿出弹弓,正想把鸟打下来。这时,厨子跑出来,抓住约翰,又狠狠打了一顿屁股,告诉他不能在园子里打鸟。

"为啥?"约翰问。

"管家会生气。"厨子回答。

"管家是啥人?"约翰问。

"他是给方圆地带立规矩的。"厨子说。

【页4眉注:约翰首次接受宗教教导。】

"为啥?"约翰问。

"因为大地之主①托付了他。"

"大地之主是啥人?"约翰问。

---

① 大地之主(the Landlord),寓指基督教之上帝。基督教"托管说"认为,神造人之后,将万物托付给人管理。《创世记》一章26—28节:神说:"我们要照着我们的形象,按着我们的样式造人,使他们管理海里的鱼、空中的鸟、地上的牲畜和全地,并地上所爬的一切昆虫。"神就照着自己的形像造人,乃是照着他的形像造男造女。神就赐福给他们,又对他们说:"要生养众多,遍满地面,治理这地;也要管理海里的鱼、空中的鸟,和地上各样行动的活物。"

"全部地界都是他的。"厨子说。

"为啥呀?"约翰又问。

问到这,厨子走了,告诉约翰母亲。母亲坐下来,就大地之主的事,给他整整讲了一下午。可是约翰一句也没听进去。他还没到听进去的年龄。接着,又过了一年。黎明时分,漆黑阴冷,爹娘要他穿上新衣裳。约翰从没穿过这么难看的衣裳。他倒不介意难看,只是衣服顶到下巴颏,胳膊下面也紧绷绷的,很烦人,还弄得他浑身发痒。父母拉着他的手,一边拉一个(这也很不舒服,而且毫无必要),带他走上马路,说要带他去见管家。管家住在路旁一座又大又暗的石头房子里。父母先进去,跟管家说话。约翰留在大厅,坐在一张高椅上,脚够不着地。厅里还有些椅子,坐上去会舒服些,可是父亲告诉他,要是他不乖乖坐着,不听话,管家会很生气。约翰开始害怕,就乖乖坐在高椅上,一动不动。两脚悬空,衣服弄得浑身不适,他简直要望眼欲穿了。过了很久很久,父母才回来,面色阴郁,像是刚看过医生。他们告诉约翰,也必须进屋拜见管家。约翰进了屋。是个老人,面色红润,很慈祥,还爱开玩笑,约翰这才不再害怕。他们大谈了一阵钓鱼和骑车。相谈甚欢之时,管家起身,清了清

嗓子。他从墙上取下一副面具，上面粘着长长的白胡须。管家突然将面具扣在脸上，模样吓人。接着他说："现在，我要给你说说大地之主。大地之主拥有全部地界。大地之主慈悲为怀，我们才住这地界——慈悲为怀。"他用古里古怪的咏唱腔调不断重复"慈悲为怀"，要是以前，约翰早就笑了出来，可是现在，他又开始战战兢兢了。【页5眉注：教导者是否言不由衷？】管家然后从钉子上取下一个大牌子，上面印满小字，密密麻麻的。① 他说："大地之主禁止的事情，都

---

① 　路易斯这里可能用犹太人"门框圣卷"（*mezuzah*）的典故："犹太人在门框上挂放的羊皮纸经文小卷，记载了律法书的经文选节（申六 4—9，十一 13—21），经文均以希伯来文抄写，放在匣中，挂在外面门框的右侧，有时也放在门框对室内的一面，以示不忘神的诫命。"（卢龙光主编《基督教圣经与神学词典》，宗教文化出版社，2007）

列在这里了。最好看看。"约翰接过牌子。规矩禁绝的那些事,有一半他听都没听过;另一半,他每天都做,无法想象竟不准做。规矩那么多,他觉得根本记不住。"但愿,"管家说,"你还没触犯过任何规矩?"约翰心怦怦直跳,眼珠急得打转,他不知如何是好。这时,管家摘下面具,露出真面庞,盯着约翰说:"最好撒个谎,老伙计,最好撒个谎。别紧张。"刹那间又扣上面具。约翰一惊,忙说:"噢没,先生。""这就好。"管家透过面具说,"因为你想啊,你要是坏了规矩,大地之主知道了,你知道他会怎么处置你么?""不知道,先生。"约翰说。透过面具上的小孔,管家眼露凶光,"他会抓住你,把你永生永世关进黑洞,里面满是蛇,还有蝎子,龙虾一般大——永生永世。不过呢,他慈悲为怀,是个大善人。他那么慈悲,所以我相信你,你不会惹他不高兴。""我没惹他不高兴,先生,"约翰说,"可是,先生,请您……""好了。"管家说。"先生,请您想想,要是我着实触犯过一个,小小的一个,无意间触犯,您知道。还逃不过蛇和龙虾么?""哦……"管家说;于是他坐了下来,讲了一大段,约翰一个字也听不懂。不过话说回来,总体意思无非是,由于大地之主对佃农出奇地慈悲,出奇地心善,所以啊,要是他有一点点由头,定会把他们往死里折磨。"你可不能怪他,"管家说,"因为毕竟,这是他的领地,是他大发善心,才让我们住在这儿——我们这号人,你知道的。"接着,管家取下面具,又跟约翰闲谈起来,和蔼可亲,兴味盎然。还给他一块点心,将他领给爹娘。就在他们正要离开的当儿,他俯下身来,在约翰耳边悄悄说:"我要是你,就不会为此太过烦心。"同时,将那个规矩牌塞到约翰手里,告诉约翰可以留着,备用。

第二章　海　岛

The Island

【页 6 眉注：他比他们认真，发现了肢体中的另一个律。】

日月递炤。我又梦见约翰因想到规矩与满是蛇的黑洞，日夜惶惶。起初，他竭力遵守全部规矩，可一到睡觉时间，他发觉触犯的远多于遵守的。想到那个善心的大地之主会加给他的可怕折磨，心上就像压了一块石头，于是第二天，他豁出去了，玩命触犯规矩。说来也怪，这样倒令他一下子轻松了许多。可几天过后，恐惧卷土重来。这次就更糟了，因为其间触犯的规矩，数目可怕。这段时间，最让他迷惑不解的则是一个发现。这是他将规矩牌在床头挂了两三个晚上之后才发现的。牌子另一面,也即背面,有着相当不同的另一套规矩。那套规矩很多,他读不过来,而且他总会找到一个新的。其中一些很像正面的那些规矩,绝大多数则正好相反。牌子正面说,必须三省吾身,看触犯了多少规矩,牌子背面就会这样开头:

规矩 1.——上床之时,安心睡觉。

又譬如,正面说你必须时常拜见长者,问他们关于某事的规矩,要是你心里有点不明白。反面就会说:

规矩 2.——无人眼见,切莫声张,不然悔之莫及。①

如此等等,不一而足。而今我梦见,一日清晨,约翰走出家门,想去马路上玩,想忘记烦恼;可是,规矩又回荡脑际,还是忘不掉。【页 8 眉注:他觉醒了,有了甜美渴欲(sweet desire);可几乎同时,又跟自己的幻想混为一谈。】尽管如此,他还是尽量向前走走。猛一抬头,发觉已经离家很远,来到自己从没来过的路段。乐音悠扬,依稀身后。甜美而短暂,似弦响又似钟鸣。此声过后,则是圆润又清越的人

---

① 《罗马书》七章 23 节:"但我觉得肢体中另有一个律和我心中的律交战,把我掳去,叫我附从那肢体中犯罪的律。"

声——听上去又高又奇,他想那一定很远很远,比星星还辽远。那声音说,来吧。这时约翰看见,路边有堵石墙,墙上有窗(园圃墙上从没见过这东西)。窗上没玻璃,也没护栏,那是墙上开的一个洞。透过窗,他看见一片绿林,开满报春花。他猛然忆起,小时候,他曾闯进另一片林子,采报春花。那是很久以前的事了,久远得刚一记起,那记忆仿佛又不可企及。① 他正挣扎着抓住记忆,一丝甜美和震颤

---

① 司空图《二十四诗品·冲淡第二》:"遇之匪深,即之愈希。脱有形似,握手已违。"与此气脉相通。

(a sweetness and a pang)，从林子那边向他袭来，彻骨透心，他顿时忘记了父亲的房子，忘了母亲，忘了对大地之主的惧怕，忘了规矩的重压。心头包袱，扫荡一空。一阵过后，他发觉自己在啜泣。太阳落山了。方才到底发生了什么，他不大记得，更记不清，到底是发生在这片林子，还是小时候的那片林子。当时仿佛是，挂在林子尽头的薄雾，暂时分开了。透过间隙，他看见一片平静的海洋。海上有岛。[①] 岛上碧草如茵，沿着山坡一路铺下来，一直铺到海湾。灌木丛中，依稀可见山岳女神，白皙，轻盈，有诸神的聪慧，又有鸟兽的天真。还有高高的巫师，长须及地，坐在林中绿椅上。可是，就在描画这些事物时，心灵的另一部分告知他，它们不像是他见过的事物——不，方才他根本就不是在看。不过他那时太小，注意不到这个分际；也太不懂事（empty），任由那无边的甜美消逝，不去贪婪攫取那甜美过后留下来的任何东西。他也没有走进林子的意思，当时就回了家。心中有一丝略带伤感的激动（a sad ex-

---

① “海岛”是本书之主导意象，在后文里称作“西方海岛”(the Island in the West)。这个意象，会令人联想到亚瑟王传奇故事中的阿瓦隆(Avalon)，联想到希腊神话中的金苹果园(the Hesperides)。

citement)，他给自己千万次重复说，"现在我知道自己想要什么了。"第一次说给自己的时候，他清楚，这并不全对；可是上床睡觉之前，他却信了。

第三章　东方山岳

The Eastern Mountains

【页 9 眉注：他见识了死亡，也见识了长辈们强以为信的东西。】

约翰有个老舅，声名狼藉，在父亲的农庄旁边一个贫瘠小农庄里当佃农。有一天，约翰从园子刚回来，发现家里喧嚷不安。舅舅坐在那里，面色尘灰。母亲在哭。父亲端坐着，没表情。他们中间，则是管家，戴着面具。约翰悄悄走到母亲身边，问她出了什么事。

"可怜的乔治舅舅收到解雇通知。"她说。

"为啥？"约翰问。

"他佃约到期了。大地之主给了他解雇通知。"

"可是，难道你们不知道佃约为期多长？"

"哦，不知道，我们确实不知道。我们以为，那会年复一年。我敢保，大地之主从没给我们说过，他一发出这样的通知，就要打发他走。"

"哼，这用不着通知，"管家打断了她，"你知道，他一直保留着随时打发谁走的权利。让我们任何人呆在这儿，是他的好心善意。"

"是是是。"母亲说。

"不言而喻。"父亲说。

"我不是抱怨，"乔治舅舅说，"只是觉得太过无情。"

"一点也不，"管家说，"你只能去城堡，登门求见大地之主。你知道，他打发你从这儿出去，为的是你在别的什么地方更舒适。难道你不知道？"

乔治舅舅点点头，好像泣不成声了。

父亲突然看了看表，抬起头，对管家说：

"好了吗？"

"好了。"管家说。

【页10眉注：一次令人不安的葬礼，既无异教之刚毅

(fortitude)，又无基督教之盼望(hope)。】

接着就送约翰进卧室，告诉他穿上那件既难看又不舒服的衣裳。下楼时，浑身发痒，胳膊下面紧绷绷的。父母都戴着面具，也给了他一个小面具戴。我在梦中就想，他们是想给乔治舅舅扣个面具，可他浑身打颤，放不住。所以他们不得不看他的真面孔。他脸色很是吓人，他们都扭头看着别处，佯装没瞧见。好不容易才让乔治舅舅站起身来，一同上路。是东西向的一条路。路的另一端，太阳西沉。他们背对漫天彩霞，约翰看到前方，黑夜从东山弥漫而来。这块乡土，向东一路下坡，直抵一条溪涧。溪涧这边全是耕地，绿油油的。溪涧那边，则是黑魆魆的荒地，一路向上。荒地之外，则是低处山峦上的峡谷峭壁。再往上，则是茫茫大山。整个荒地顶端的那座山，又大又黑，约翰有点怕。他们告诉他，大地之主的城堡就在山上。

他们向东跋涉，一路下行，用了很长时间才到溪边。这里地势很低，背后落日已消失不见。前面，一分一秒越来越黑。黑暗中吹来凛冽东风，是从山巅吹过来的。大家站了一小会，乔治舅舅环顾四周，看了他们一两眼，说："哦，亲爱的！哦，亲爱的！"声音很小，像孩子一样，有些可笑。接着他走过溪涧，开始在荒地上行。夜色如漆，地面起伏不平，他差不多即刻不见踪影。从此，没人再见过他。

"好了，"管家说，刚一转身回家，就摘掉面具，"我们到时候，也都不得不走这路啊。"

"是啊是啊，"父亲说。他正在点烟斗。烟点着了，他转向管家说，"乔治的几口猪，已经上膘了。"

"我要是你，就会养着它们，"管家说，"现在卖，不是时候。"

"或许您是对的。"父亲说。

约翰跟母亲一道，走在后面。

【页11眉注：回家路上，别人都喜笑颜开，约翰除外。】

"妈妈。"

"怎么了，孩子?"

"我们任何人，不用发这样的通知，就会随时被打发了吗?"

"哦，是啊。不过这不太可能。"

"可是，我们会被打发吗?"

"你这年龄，不该想这种问题。"

"为啥不该想?"

"这对你没好处。你还小。"

"妈妈。"

"嗯?"

"我们不打招呼,能解约吗?"

"你在说什么?"

"你看,大地之主只要乐意,就能随时打发我们离开田庄。我们要是乐意,能不能随时离开呢?"

"不能。万万不能。"

"为啥不能?"

"佃约里写着的。他乐意我们走,我们就必须走。乐意我们留多久,我们才留多久。"

"为啥?"

"我想,是因为他立约。"

"那要是我们离开,会怎样?"

"他会很生气。"

"会把我们打进黑洞?"

"差不多吧。"

"妈妈。"

"怎么了,孩子?"

"大地之主会把乔治舅舅打进黑洞吗?"

"对可怜的舅舅,你怎么敢说这种事。他当然不会了。"

"可是,乔治舅舅不是所有规矩都触犯了吗?"

"所有规矩都触犯? 你舅舅是个大好人。"

"可你从没给我说过呀。"约翰说。

第四章 利亚顶替拉结[①]

Leah for Rachel

【页 12 眉注：重获渴欲之贪念，遮蔽了渴欲之真正奖赏。】

接下来，我翻个身，沉入更深的梦乡。我梦见约翰渐渐长大，瘦高个。不再是个孩子，他成了一个小伙。这些日子，他的主要快乐就是沿路走下去，透过墙上的那扇窗户看，盼着看到那座美丽海岛。有些天，看得真真切切，尤其

---

① 利亚(Leah)与拉结(Rachel)，圣经人物。拉班之二女，利亚为姊，拉结为妹。雅各爱妹妹拉结，拉班却施用诡计将利亚嫁给雅各。事见《创世记》第29—35章。

是头几天，还听到了乐音和人声。一开始，他不会透过窗看林子，除非听到音乐。可一段时间过后，岛上景象以及声响，变得极其渺茫。他会站在窗前，看上好几个小时，却只看到林子，不见远方洋面和海岛；也拉长耳朵听，可什么都听不到，只有风吹树叶。他思念岛上景致，还有岛上吹来的清风，尽管这些景致给他的只是思念（yearning）。思念变得可怕起来。他想，要是再见不到，自己很快就会死去。他甚至自言自语："要是能得到它们，不惜触犯牌上的一切规矩。要是有扇窗，能看到海岛，甘心永远打入黑洞。"他忽一闪念，或许应该探一下林子，这样或许会找到一条路，走到海边。于是他下定决心，第二天无论在窗前看到什么听到什么，都要翻窗过去，在林子过一天。清晨如约而至。一夜宿雨。日出时分，南风刮得万里无云，一切都清新而明亮。一吃完早饭，约翰就上了路。风吹，鸟鸣，车来车往，那天早晨特别喧闹。还离那堵墙那扇窗很远，约翰就听到一段音乐——就像他为之心驰神往的那段，只是来自意料之外的角落——他保不准，这是不是他的想象。于是他停下来，在路上静静站了一小会。在梦中，我能听见他的心思。【页13眉注：他试图强迫自己去感受，结果却找到（并接纳）了情欲。】他想:"要是我寻那声音——离开大路,上那边去——会不会找到什么,全看运气了。可要是我直奔窗子,在那儿,我知道我会进林子,我会好好寻找海岸寻找海岛。事实上,我会坚持找到它。我下决心了。可要是我走一条新路,我就不可能坚持,只能随遇而安。"因而他去了老地方,爬过窗子,进了林子。坡上坡下,来来回回,他穿梭林间,这路那路都走了,却没找到海,也没找到岸。事实上,他都不知道,林子哪个方向有个尽头。已是正午时分,热,他坐了下来,扇扇风。最近,当海岛隐而不显,他会感到伤心绝望;可如今,他更像是愤怒了。他曾一直给自己说"我必须拥有它",可这时,则成了"我必须拥有个东西"。猛一想,至少还有这林子,曾经爱过的林子,怎么整整一早晨想都没想呢。"就这样吧",约翰想,"我要享受林子,我要享受它。"他紧咬牙关,紧皱眉头,端坐下来,想方设法享受林子,直至汗流浃背。可越是努力,越是感到没什么可享受的。这里有草有树。"可拿它们能做什么呢?"约翰说。接下来,又一闪念,想象(imagining)或许能让他得到以前那感受(feeling)。因为他想,除了一种感受,那海岛还给了什么?他闭上眼,又咬紧牙关,在心中勾画那海岛。可是无法集中注意那画面，因为他想始终盯着心灵的某部分，看看那感受兴发了没有。没有感受兴发。就在那时，刚一睁眼，就听见有人给他说话。声音近在耳边，很是蜜甜，不像林子中以前那声音。环顾四周，所见在他意料之外，却并未大吃一惊。旁边，草场上坐着个杨花女（brown girl），①笑盈盈的，跟他年纪相仿，一丝不挂。

"你要的是我，"那杨花女说，"我比你那愚蠢海岛强多了。"

约翰连忙站起身来，抱住她，在林中云雨一番。

---

① brown girl 一词，赵译本译为"棕女孩"，一则会让汉语读者不见寓意，一则又有种族歧视之嫌，故而依冯延巳《菩萨蛮》"娇鬟堆枕钗横凤，溶溶春水杨花梦"之句，依"杨花水性"之成语，译 brown girl 为"杨花女"。

第五章　以迦博①

Ichabod

【页 14 眉注：幻影并不久长，却留下罪孽。】

打那以后，约翰常去林子。他可不是总是拿她图肉身之欢，尽管常常以此告终。有时候，会跟她谈谈自己，

---

① 以迦博(Ichabod)，圣经人物。名字是希伯来文，字面意思是"没了荣耀"(The glory is departed)。母亲为他起这名字，是因为父亲作为祭司却私取祭物并在会幕前与其他妇女苟合，致使上帝发怒，借非利士之手攻击以色列人，并使约柜被掳去。祖父听到这消息后受惊而死。母亲生下以迦博后就死去，临死前说："荣耀离开以色列了。"《撒母耳记上》四章21—22节：她给孩子起名叫以迦博，说："荣耀离开以色列了！"这是因神的约柜被掳去，又因她公公和丈夫都死了。她又说："荣耀离开以色列，因为神的约柜被掳去了。"

胡诌自己如何勇敢如何聪明。他说的一切,她都记住了。所以另一些日子,她会悉数重述给他。有时候,会跟她在林中穿梭,找寻大海和海岛,但不大经常。光阴荏苒,树开始掉落叶子,阴天也更是经常。而今我梦见,约翰在林中睡醒了。日头不高,风咆哮而过,枝叶纷纷飘落。那女郎还在那儿,约翰觉着她模样可憎。他明白,她知道他的心思。她越是知道,越是盯着他,笑容可掬。他看了一圈,看到林子竟这样狭小——窄得可怜的一片树林,一边是大路,一边是他熟悉的那块田地。眼中没一块地方,是他喜欢的。

"我再也不来这了,"约翰说,"我想要的不在这儿。我要的不是你,你知道的。"

"是吗?"杨花女说,"那就走吧。可你必须带上家人呀!"

说到这,她抬起手,放在嘴边呼唤。突然,每棵树后,都溜出一个杨花女,每个都跟她一样。这片小林子里,满是她们。

"这都是些什么?"

"我们的女儿呀,"她说,"你知不知道,你当爹了? 你难道以为我是不毛之地，你个傻蛋？现在，孩子们，"她接着说，转向那堆人，"跟你们的爹走吧。"

约翰猛然特别后怕。他翻身过墙，上了大路，玩命跑回家。

第六章　为什么在死人中找活人呢？
他不在这里①
Quem Quaeritis in Sepulchro?
Non est Hic

【页 15 眉注：罪和律法轮番折磨，二者互涨声威。】

打那天起，直到离家出走，约翰闷闷不乐。首先，那些他曾经触犯的规矩，一股脑儿压在身上。每天都去林子的那些天，他几乎忘记了大地之主。现在突然新账老账一起算。再者，他最后一次看到海岛，已是很久很久以前，他甚至已经忘记了如何去想望它，更不用说如何着手寻找它了。起初，他怕重回窗子那儿，怕遇见杨花女。可他很快发现，

---

① 《路加福音》廿四章5—6节：妇女们惊怕，将脸伏地。那两个人就对她们说："为什么在死人中找活人呢？他不在这里，已经复活了。"

她的家族一直跟着他,在哪儿都无所谓。走路中间,无论坐哪儿歇息,或迟或速,都会有个小小的杨花女在旁边。有天傍晚,跟父母坐在一起,有个杨花女,悄悄过来,坐在脚前。只有他能看得见。母亲偶尔盯眼看他,甚至问他在看啥。可绝大多数时间,当他突然怕起大地之主和黑洞的时候,她们就会缠住他。一直就是如此。有天早晨醒来,满心恐惧,他取下牌子,读了起来。读的是正面。他下定决心,从今天开始,恪守规矩。那一天他守了规矩,可就是憋得难受。他通常宽慰自己,说坚持坚持,就容易些了。明天会更容易。可第二天往往更艰难,第三天更是糟糕透顶。等晚上爬上床,精疲力竭,心里长草。这时他保准会发现,有个杨花女在那儿等他。在这样的晚上,他无法抗拒她的甜言蜜语。

当他得知哪儿都一样,没什么地方纠缠更多或更少,他就又溜到围墙窗子那儿去了。对此,他没抱多少希望。他重访此地,更像是扫墓。已是隆冬时节。树林光秃秃的,黑乎乎的,树木稀稀拉拉点缀其间。那条小溪,现在看上去更像排水沟,满是烂叶和泥巴。他翻过的那段墙,业已坍塌。好多个冬日黄昏,他都长时间站在那儿,往里面看。在他眼中,自己悲惨透顶。

【页 16 眉注:甜美渴欲卷土重来,他决心以之为人生目标。】

　　一天晚上，他从围墙那儿挣扎着回了家，哭了起来。他想起头一天，耳闻乐音目睹海岛的头一天。如今，他不是憧憬海岛，而是憧憬着他曾如此甜蜜憧憬海岛的那一瞬。这份憧憬（longing），如一阵热潮，越涨越高，越来越甜蜜，最后他想自己都支撑不住了。又一阵潮涌，愈加蜜甜。就在登峰造极之时，他没弄错，又来了那阵短促乐声，似弦响又似钟鸣。与此同时，一辆四轮马车从他身边驶过。他转过身，目送那马车，正好看见有张脸在那窗口一闪，不见了。他想，他听到了呼唤，来吧。四轮马车更远的前方，西边天际的群山中间，他想自己是看到了一片波光闪闪的洋面，还有一座岛屿的依稀轮廓，比云彩真实不了多少。这跟他首次瞧见的景象，没法比：它是那样的缥缈遥远。不过，他还是下定了决心。那天夜里，待爹娘上床睡觉，他将几件随身用品拢在一块，溜出后门，朝西，寻找海岛去了。①

---

　　①　静安先生《人间词话》第26则：古今之成大事业大学问者，必经过三种之境界。"昨夜西风凋碧树，独上高楼，望尽天涯路。"此第一境也。"衣带渐宽终不悔，为伊消得人憔悴。"此第二境也。"众里寻他千百度，回头蓦见，那人正在灯火阑珊处。"此第三境也。此等语皆非大词人不能道。然遽以此意解释诸词，恐为晏欧诸公所不许也。

　　窃以为，本书所写故事，可视作静安先生三境界说之演绎。

卷二 兴致勃勃

THRILL

不可为自己雕刻偶像;也不可作什么形像仿佛上天、下地和地底下、水中的百物。

——《出埃及记》①

而人的心灵,当它与这些事物发生联系时,努力想要

---

① 《出埃及记》二十章4—6节:"不可为自己雕刻偶像;也不可作什么形像仿佛上天、下地和地底下、水中的百物。不可跪拜那些像;也不可侍奉它,因为我耶和华你的神,是忌邪的神。恨我的,我必追讨他的罪,自父及子,直到三四代;爱我、守我诫命的,我必向他们发慈爱,直到千代。"

获得关于这些事物性质的知识，关于那些自身与之拥有某些亲缘性的事物；然而这样做并不适宜。万物之王和我提到的其他事物没有一样是这种样子的。因此灵魂问，"它们到底是什么样的？"这个问题，狄奥尼修和多利斯之子，或者倒不如说在灵魂中引起阵痛的这个问题，就是引起一切麻烦的根源，如果不能从心中驱除，人就不能真正地发现真理。

——柏拉图①

蜡纵然是好的，印记也不是每个都好。②

——但丁

---

① 【原注】一些人认为，是伪托柏拉图。【译注】柏拉图《书信》第二封 312e—313a。译文取自《柏拉图全集》（王晓朝译，人民出版社，2003）第四卷。

② 原文是"Following false copies of the good, that no / Sincere fulfilment for their promise make."这段文字是路易斯对《神曲·炼狱篇》第十八章第 31—36 行的个人意译。田德望先生之译文如下：现在你可以看得清楚，对于那些坚持任何爱本身都是可称赞的事为真理的人来说，真理是隐藏得多么深了；他们坚持这种说法或许因为爱的材料看来总是好的，但是，蜡纵然是好的，印记也不是每个都好。（人民文学出版社，2002，第 174 页）

拙译借用田先生译文之末句。

那个邪恶的女巫实在太大胆

变出的弗劳里梅艾一如从前

完全一样的身材，一样的脸蛋，

和真身很相像，许多人会错断。①

——斯宾塞

① 语出斯宾塞《仙后》卷三第八章第 5 节。拙译用邢怡女士的中译
文（北京时代华文书局，2015）。

第一章　愚顽人的罪恶①

Dixit Insipiens

【页 19 眉注:他开始为自己做打算,遇见了 19 世纪的
理性主义。】

　　我仍躺着做梦,看见约翰沿着大路,艰难西行。寒夜霜
重,一片漆黑。他整整走了一夜。破晓时分,约翰瞧见路边
有家小客栈。有位妇人开门,拿着笤帚,往外扫垃圾。他进
了客栈,要了份早点。饭还得做,火炉刚刚生起来。他在旁
边一把硬椅上坐下,睡着了。醒时,艳阳高照,早餐摆在面

———————————

　　①　典出拉丁文圣经《诗篇》十四章 1 节:"愚顽人心里说:'没有神。'
他们都是邪恶,行了可憎恶的事,没有一个人行善。"

前。另一位行客已经开吃。他身材高大，赤色须发，三重下巴，胡子拉碴，风纪扣扣得严严的。他俩都用完早点，那行客站起身来，清了清嗓子，背对火炉。他又清清嗓子，说：

"好天气啊，年轻人。"

"是，先生。"约翰说。

"你到西部去，对吧，年轻人？"①

"我——我想是吧。"

"你可能不认识我。"

"我是外地的。"

"不打紧，"陌生人说，"我叫启蒙先生。② 我相信，人都知道这名字。只要我们同路，我乐意给你一些帮助，还有保护。"

【页20眉注：用任何方法，都可以把宗教解释掉。】

约翰感激不尽。他们一道出了客栈，有辆小马车等在

---

①　在美国西部开发时期，美国著名报人霍勒斯·格里利（Horace Greeley）的名句，"Go West, young man, and grow up with the country."（到西部去，小伙子们，和你的国家一起成长），曾名噪一时。

②　根据路易斯的页眉文字，启蒙先生（Mr. Enlightenment）是19世纪理性主义的人格化。但严格说来，"启蒙运动"（Enlightenment）是18世纪的一场哲学运动。很明显，路易斯所想的"启蒙"，意思比较宽泛，包括其思想后裔。

外面,小巧玲珑,套着一匹肥壮的小种马。小马双目炯炯,马具锃亮,旭日之下,还真分不清,是哪个在闪闪发亮。他们一同坐上马车,启蒙先生扬鞭策马,飞奔,仿佛全世界人都无忧无虑。不久,他们就说起话来。

"你从哪里来?帅小伙?"启蒙先生说。

"清教乡,先生。"约翰说。

"那地方,出来就好,嗯?"

"您也这样想,我太高兴了,"约翰差点哭了出来,"我就怕——"

"我希望自己是个此岸人(a man of the world),"启蒙先生说,"你们这些后生,急于自我提升,或许要在我这儿寻求同情和支持。清教乡!哎呀,我想你从小到大,都怕大地之主。"

"是是,我必须承认,有时候我确实感到惶惶不安。"

"你尽可以放心了,孩子。没有这样的人。"

"没有大地之主?"

"绝对没有这类东西——甚至可以说,绝对没有这类实体(entity)。从来没有,也永远不会有。"

"绝对确定?"约翰说着哭了,因为他心中升起了一个大希望。

"绝对确定。看着我,年轻人。我问你——我就那么容易上当吗?"

"啊不。"约翰连忙说,"可我只是纳闷。我是说——他们怎么就认为有这么个人?"

"大地之主是那些管家的发明。弄出这一切,是为了把我们其余人,玩于股掌。管家当然跟警察一个鼻孔出气。这些管家啊,精明得很。他们知道面包哪头涂了黄油,懂了吗? 这帮聪明家伙。妈的,我还禁不住有些羡慕他们。"

"可您的意思是,这些管家自己都不信这个?"

"我敢说他们信。这正是他们会信的那种无稽之谈。他们绝大多数,只是那种死脑瓜——跟小孩一样。他们对现代科学一无所知,因而会相信传下来的任何东西。"

约翰沉默了一小会。接着又开始问:

"可您怎么知道,没有大地之主呢?"

【页 21 眉注:"进化论"与"比较宗教学"。】

"克里斯托弗·哥伦布,伽利略,地球是圆的,印刷术,火药!!"启蒙先生兴高采烈,声如洪钟,小马驹吓了一跳。

"请您原谅。"约翰说。

"嗯?"启蒙先生说。

"我不大明白。"约翰说。

"还不明白?这不明摆着吗!"另一个人说,"你们清教乡的人信大地之主,是因为他们没受过科学训练。比如,我敢说,地球是圆的,对你是个新闻——圆得像个橘子,[①]小伙子!"

"可是,我不知道这会是个新闻,"约翰说,感到有些失望,"父亲常说它就是圆的。"

"不不,小朋友,"启蒙先生说,"你定是误解了他。大家都知道,清教乡每个人都以为地是平的。这,我不可能弄错。这的确不用说。再说了,还有古生物学证据。"

"什么证据?"

"哎呀,在清教乡,他们告诉你,路都是大地之主修的。不过,老人们不大可能记得,路没现在这么好的那个时代。

---

① "橘子"的比方,大概出自伊迪丝·内斯比特(E. Nesbit)《五个孩子和沙地精》(*Five Children and It*, 1902)第一章:大人们很难相信真正奇妙的事情,除非有他们所谓的证据。可是孩子们几乎什么都信,大人们也知道这点。所以,他们告诉你地球是圆的,像一个橘子,而你清清楚楚地看到地球是平的,坑坑洼洼的。他们还说地球是绕着太阳转的,而你明明看见太阳每天早晨乖乖起床,每天晚上乖乖睡觉,地球则循规蹈矩,像老鼠一样一动不动地待着。(马爱农译,湖南少年儿童出版社,2010)

况且,科学家已经探测到,这片乡土上全部老路的遗迹,跟现在路的方向都不一样。推论显而易见。"

约翰没说什么。

"我是说,"启蒙先生重复道,"推论显而易见。"

"啊,那是,那当然了。"约翰连忙说,脸有些发红。

"还有,人类学。"

"我恐怕不懂——"

"上帝保佑,你当然不懂了。他们没打算让你懂。人类学家是这样的人,他走遍了你们那些落后村庄,搜集乡里人讲述大地之主的那些古怪故事。哎呀,有个村子,以为他有着大象那样的牙。任何人都明白,这不可能是真的。"

"很不可能。"

【页22眉注:猜测摇身变为"科学"。】

"可喜的是,我们知道,村里人怎会这样想。一开始,一只大象逃出了当地动物园;接着,某个老村民——大概喝醉了——晚间在山上闲逛,看见了,于是就有了大地之主长着象牙的传说。"

"他们抓住那头象了没?"

"你说谁?"

"人类学家啊。"

"哦,亲爱的孩子,你理解错了。这事发生在很久很久以前,那时还没人类学家。"

"那他们怎么知道的呢?"

"至于这个吗……我明白了,你对科学如何工作,理解很粗糙。简单说吧——当然是因为专业解释,你理解不了——简单地说,他们知道那头在逃的大象,必定是象牙故事的源头,因为他们知道,一条在逃的大蛇,就是邻村大蛇

故事的源头——其余就类推了。这叫作归纳法。亲爱的小朋友，经过一个累积过程，假设也就成立了。或者用大白话说，经常做同一个猜测，猜测就不是猜测，就成科学事实了。"①

约翰想了一会，说：

"我想我是明白了。讲大地之主的绝大多数故事，大概都是假的；因而剩下的那些故事，也大概就是假的了。"

"差不多吧，初学者也许就只能这样了。不过，等受了科学训练，你就会发现，现在你看来只是大概可能的全部事情，那时都板上钉钉了。"

那时，这匹小壮马拉着他们，走了好几里地。他们到了一个地方，右手有条岔路。"要是你打算向西走，我们就必须分手了，"启蒙先生说着，勒马停车。"也许你不介意跟我一起回家。看到那个大城市了吗?"约翰顺着岔路看去，一马平川，没几棵树，一大堆铁皮屋子，参差起伏，大多看上去

---

① 　这里，路易斯不是抨击科学归纳法，而是在抨击"科学主义"(scientism)。当科学归纳法，用于其合适对象，如天文学、物理学或化学等等，无可厚非。可是，将科学归纳法用于科学范围之外，比如这里用于神话的起源，那就是误用，路易斯就不答应了。

又旧又破。

"那是哗众市（the city of Claptrap），"①启蒙先生说，"我说我记得它曾是一个可怜的小村庄，你不大会信我吧。我头一回来这，它只有四十个居民。它现在号称，人口一千二百四十万零三百六十一。顺便说一句，里面包括一大群最有影响的宣传员和科学普及工作者。这发展，可是前所未有。我很自豪，其中我功劳不小。不过话说回来，任何个人努力都没有发明印刷术重要，这不是假谦虚。你愿意加入我们的话——"

【页 24 眉注：他放弃了宗教信仰，如释重负。】

"噢，谢谢您，"约翰说，"可我想，我要沿大路再走一程。"

他下了车，跟启蒙先生说再见。这时他脑中一闪念，说：

"先生，我无法保证，自己确实理解了您的全部论证。没有大地之主，绝对确定？"

---

① claptrap，是 18 世纪的一个新词，意为 fashionable nonsense（引人喝彩的胡言乱语），故而依成语"哗众取宠"，将 the city of claptrap 译为"哗众市"。

"绝对的。我以名誉担保。"

说话间，他们握了握手。启蒙先生调转马头，上了岔路。马屁股上挨了一鞭，转眼不见踪影。

第二章　山　岗
The Hill

　　接下来我看见，约翰一路蹦蹦跳跳，快活极了，不知不觉就来到一座小山丘的顶上。他停了下来。不是因为爬山累着了，而是因为高兴得不想动了。"没有大地之主。"他大喊。心头卸了这担子，感觉自己都能飞起来了。四周霜色如银，万里碧空。身边篱笆上，蹲着一只知更鸟，远方则犬吠鸡鸣。"没有大地之主。"当他想起那规矩牌，挂在卧室床头，父亲那座房子里又黑又矮的卧室，他笑了起来。"没有大地之主，也没黑洞。"他转过身来，回望走过的路。这时，他心中快活，几乎喘不过气来。因为在东方，朝霞之下，群山高耸入天，与积云交相辉映,有绿,有紫,还有深红。阔大又平缓的山坡之上,云影飘拂。山池波光粼粼。【页25眉注:立即有了人生首次明确无误的道德体验。】举目仰望,旭日当空,对着悬崖峭壁,笑容可掬。这些峭壁的形状,你很容易拿它们当城堡。约翰这时才想起来,此前从未定眼看过这些山岳,因为,只要他以为大地之主就住在那里,他就怕这些山岳。而今,既没了大地之主,他才领略了它们的美。有那么一会,他几乎犹疑起来,海岛是不是就更美丽,转而向东而非继续向西是不是更明智些。不过这在他看来,不是什么大事,因为他说:"如果这世界,一端是这山岳,一端是那海岛,那么每条路都通向美,这世界就是胜境中的胜境了。"

这时,他看见有人走上山来,跟他会合。我认识这个梦里人。他是美德先生(Mr. Virtue),①跟约翰同龄,或者略大一些。

"这是什么地方?"约翰问。

"这地方名叫耶和华以勒。"②美德先生说。

---

①　寓指良知(conscience),道德律令(moral imperatives)。

②　原文是希伯来文 *Jehovah-Jirah*,典出《创世记》第22章第14节:"亚伯拉罕给那地方起名耶和华以勒(意思就是'耶和华必预备')。"神吩咐亚伯拉罕献以撒。亚伯拉罕正要将儿子献为燔祭,神制止了他。亚伯拉罕举目四望,看见神预备了两只公羊,以替代儿子以撒。于是,亚伯拉罕就给那地方起名"耶和华以勒"。

接着,他俩转身,继续他们的西行之旅。走了一小段路,美德先生偷偷瞟了约翰一眼,微微一笑。

"笑啥?"约翰问。

"我在想,你看上去挺高兴。"

"要是你生来一直活在对大地之主的恐惧之中,才刚发现你是个自由人,你也会高兴。"

"啊是,没错。"

"你并不信有个大地之主。是吧?"

"我对他一无所知——只是从大伙这儿偶有风闻。"

"你不愿意听命于人。"

"难道会愿意? 我不会听命于任何人。"

"可要是他拥有一个黑洞,你就不得不听命于他。"

"假如命令不是出自内心,我与其服从命令,还不如让他将我打入黑洞。"

"啊呀,我想你是对的,可我还是难以相信——我不需要遵守那些规矩。那只知更鸟又来了。你想想,要是我愿意我就可以打它下来,没人会干涉我!"

"你真的想打?"

"我拿不准我是否要打。"约翰摆弄着弹弓说。他放眼望去,阳光一片明媚。他记起了他的大喜悦,又瞅了那只鸟两眼,说:"不,我不会去打。这一切都弥足珍贵。可是——要是我乐意,我就会打。"

"你的意思是,要是你选择,你就会打。"

"这有什么不同吗?"

"天壤之别。"

第三章　约略南行

A Little Southward

【页 26 眉注：道德律令并无自知之明。】

　　我以为约翰会继续询问，可这时，有个女人进入他们的视野。她走得很慢，他们很快就赶上她，问她好。她转过身来，是位年轻标致女子，只是略有点黑。她甚是友好，落落大方，不像杨花女那般水性。整个世界对两个年青人变得更是生机勃勃，因为有她同行。他们首先自报家门，她也说了自家姓名，名叫半途妹（Media Halfways）。①

———————

　　①　赵译本译作"媒介·半截路"。

"你要去哪里？美德先生。"她问。

"满怀希望的旅行往往更胜似抵达。"①美德说。

"你的意思是，你只是出来散散心，锻炼锻炼。"

"当然不是了，"美德说。他有些语无伦次了，"我在朝圣。既然你非要我说，那我必须承认，我没什么明确目的。可这不是什么大问题。这些思辨，不会使一个人成为好行者(walker)。每天走三十里地才是大事。"

"为什么？"

"因为这是规矩。"

"呵呵！"约翰说，"这么说，你其实是信大地之主的。"

"一点也不信。我可没说，这是大地之主的规矩。"

"那是谁的？"

---

① 苏格兰作家史蒂文森(Robert Louis Stevenson)有一句广为传唱的励志名言："Little do ye know your own blessedness; to travel hopefully is a better thing than to arrive, and the true success is to labour." 高健译为："人们对其自身的幸福真是认识得太不足了；因为满怀希望的旅行往往更胜似抵达，而真正的成功则是劳动。"路易斯在多处批评过这一断言。在《梦幻巴士》第 5 章，路易斯将此语置于一位丧失信仰的"主教幽灵"口中：

我认为没有所谓的"最终的答案"这回事。自由询问之风必须永远不断地吹过人心，不是吗？凡事得拿出证据来……怀着希望旅行总比到达目的地更好。(魏启源译，台北：校园书房出版社，1991，第 50 页)

"是我自己的。我自己立的。"

【页 27 眉注：约翰决定追求审美体验。】

"可为什么？"

"好了，这又是一个玄辨问题。我尽自己所能，立最好的规矩。要是找到更好的规矩，我会采纳它们。同时，要有某种规矩并守规矩，这才是大事。"

"你去哪里呢？"半途妹转向约翰。

约翰于是讲了海岛如何让他魂牵梦绕，叙说第一次怎样看见它，又如何铁了心，为了找到它，放弃一切。

"那你最好跟我来，拜会一下我父亲，"她说，"他住在兴致市（city of Thrill）。① 山脚下向左转，半个时辰就到。"

"你父亲去过海岛吗？ 他知道路？"

"他经常说起这号事。"

"你也跟我们走吧，美德，"约翰说，"因为你不知道到底去哪里，再说了，也没什么地方会比海岛更好。"

"我当然不会去，"美德说，"我们一定得人在旅途。我必须坚持不懈。"

---

① 兴致市（city of Thrill），赵译本译作"刺激之城"。

"我不明白为什么。"约翰说。

"我敢说你不会明白。"美德说。

他们走下山，到了路口。大路左边，有条乡间小道，蜿蜒穿林而过。我想那时，约翰有些犹豫。可他最终决定踅入乡间小道，部分是因为太阳正红，路面碎石又硌得脚痛，部分是因为他有点恼美德，最主要的是因为半途妹已经上了那条路。他们跟美德告别。约翰拖着疲惫身躯，迈向下一座山丘，没回头望过一眼。

第四章　红香翠软

Soft Going

【页 28 眉注：浪漫诗歌自诩能给他此前渴欲的东西。】

上了乡间小道，他们走得就悠闲些了。脚下的草，松松软软。午后阳光，洒落在荫翳之下，暖烘烘的。不久，他们就听到了一声钟鸣，甜美又惆怅。

"那是市里的钟声。"半途妹说。

他们走着走着，越靠越近，很快就手挽手。他们吻了一下对方。打那之后，他们在路上一边互吻，一边低语呢喃，说着那些美丽又忧伤的事儿。浓密的树荫，女孩的甜美，还有安详的钟声，令约翰约略想起海岛，也约略想起那个杨花女。

"我平生一直追寻的就是这个,"约翰说,"杨花女太粗野,海岛太优雅。这才是我真正追求的。"

"这是爱,"半途妹长叹一声,"这就是通往真正海岛的路。"

接着我梦见,城市进入他们视野。是座老城,很老的城,到处都是尖顶和角楼,爬满常春藤。城市坐落在绿油油的小山谷,一条缓缓悠悠蜿蜒曲折的小河,在城市中央。古老城墙破败不堪。他们进了城门,来到一家门前,叩门,进门。半途妹领他进到一间屋子。屋子有点暗,斜顶,彩色玻璃窗子。饭上来了,做得很是考究。随餐饭而来的,还有半途老先生。他风流倜傥,一头飘逸银发,说话轻柔,有如游丝,穿一袭长袍。他不苟言笑,再加上长须,令约翰想起戴着面具的管家。"他可比管家强多了,"约翰心想,"因为这里没有什么可害怕的。况且,他用不着什么面具,他的脸就够像面具的了。"

第五章　利亚顶替拉结

Leah for Rachel

【页 29 眉注：有那么一会，浪漫诗歌信守承诺。】

用餐时，约翰给他说了海岛的事。

"你会在这里，找到你的海岛。"半途先生说，深情望着约翰。

"可是，海岛怎会在城市中间？"

"它无需定在。它无处不在，又不在任何地方。谁请求进来，它都不会拒绝。它是灵魂之岛，"那位老绅士说，"即便在清教乡，他们不也告诉你，大地之主的城堡在你心里么？"①

---

　　①　典出《路加福音》十七章 20—21 节："神的国来到，不是眼所能见的。人也不得说，'看哪，在这里'，'看哪，在那里'；因为神的国就在你们心里。"

"可我不想要城堡,"约翰说,"我也不信有个大地之主。"

"真理是什么呢?"①老人说,"他们给你讲大地之主,既弄错了又没弄错。想象所攫取的美必然是真,不管它以前存在过没有。② 找到大地之主,他们梦寐以求,我们则发现在我们心中。你所寻求的海岛,你已居于其中。那片乡土上的孩子,从未远离故土。"

用完膳,老绅士拿起竖琴,刚一转轴拨弦,就令约翰想起了他在围墙窗前听到的

---

① 典出《约翰福音》十八章38节:"彼拉多说:'真理是什么呢?'"对于那种浅薄或荒诞不经的看法,路易斯的一个讽刺手法就是,让其代言人说一些陈词滥调,或让他引经据典。

② 原文为:"What the imagination seizes as beauty must be truth, whether it existed before or not."典出济慈书信《致柏莱》(1817年11月22日):"我只确信心灵的爱好是神圣的,想象是真实的——想象所攫取的美必然是真实的——不论它以前存在过没有——因为我认为我们的一切激情与爱情一样,在它们崇高的境界里,都能创造出本质的美。……无论如何,我宁可要充满感受的生活,而不要充满思索的生活。"(茅于美译,见伍蠡甫主编《西方文论选》下卷,上海译文出版社,1979,第61页)

那段音乐。接着歌声响起，不再是半途先生言谈那样*丝丝*
入扣、如怨如慕，而是高亢嘹亮，回环轰鸣，海浪声，海鸟声，
时而还有暴风雨声。约翰开始眼睁睁看到一幅海岛景象。
那不只是一幅景象，因为他嗅到，其中夹杂着香料味和海腥
味。他仿佛随波荡漾，只离海岛几步。他比此前任何时候，
都看得清晰。可是正当他想站在水中，脚刚触到海底，又被
浪打回岸边，歌声戛然而止。全部景象烟消云散。约翰发
现自己又回到那间黑屋子，坐在一张沙发椅上，半途妹就在
身边。

"我再给你唱点别的。"半途先生说。

"啊不，"约翰说，他开始啜泣了，"就唱这首，再唱一遍，
求您了。"

"一天晚上，你最好不要听两次。别的歌，我有好多。"

"要是再听不到头一个，我会死的。"约翰说。

"好了好了，"半途先生说，"或许你知之最深。的确，又
有什么关系？去海岛的路，都殊途同归。"他宽厚一笑，摇了
摇头。【页30眉注：迷醉并不持久，退化为专门欣赏和多愁
善感。】约翰禁不住想，唱过歌，他说话的腔调和方式好像有
点蠢。不过，当那如泣如诉的音乐重新响起，他心中杂念一

扫而光。这一次,头三两声给他的快乐似乎比先前更大,他甚至留意到了前一次漏掉的醉美乐章。他自言自语:"这曲就是好过别的曲子。我这次要保持冷静,从容回味。"我见他挪挪身子,找了个更自在的坐法,半途妹悄悄将手塞他手中。他有些飘然,以为他们将同奔海岛。海岛形影又进入视野。但这一次有了变化,约翰几乎没留意海岛,只见一位佳人,头顶王冠,伫立岸边,等着他。是位仙女,圣洁的仙女。"终于有个女孩,"约翰说,"不带杨花女印记。"海浪将他冲上海岸,他伸出双臂,欲揽此女王入怀。他仿佛感到,对她的爱如此伟大如此纯洁,他们分别得太久太久,以至于悲不自胜,哀怜起自己和她来。正打算拥她入怀,歌声戛然而止。

"再唱再唱,"约翰哭了起来,"我更喜欢这第二遍。"

"好吧,既然你坚持,"半途先生说着,耸了耸肩,"有这样一个知音,真是妙事。"于是又唱第三遍。这次,约翰注意到的不止是乐曲。他开始明白,乐曲的多重效果是怎么产生的,开始明白一些乐章好过别的乐章。他在纳闷,曲子是不是略有点长。这次,海岛景象有点模糊,他也没太留意它。他挽住了半途妹,依偎在一起。他开始纳闷,半途先生会不会永远唱下去。最终,当最后一个乐章结束时,老绅士的歌声,突然成了呜咽。老人抬起头来,看着年青人躺入对方怀抱,起身说:

"你们找到了海岛——在彼此心里找到了它。"

接着他蹑手蹑脚走出屋子,拭了拭泪。

第六章　以迦博

Ichabod

【页 32 眉注：*最终蜕化为情欲。不过，正当如胶似漆。*】

"半途妹，我爱你。"约翰说。

"我们来到了真正的海岛。"半途妹说。

"可是呵，咳，"他说，"为什么我们要这么久这么远地背弃我们的身体？"

"否则就像一位伟大的王子关在囚牢里。"她叹息。[①]

---

① 这两句对白，出自约翰·但恩(John Donne，亦译多恩，邓恩)的艳情诗《出神》(The Extasy)第 49—50 行，第 68 行。该诗中译全文，见约翰·但恩《艳情诗与神学诗》，傅浩译，中国对外翻译出版公司，1997。

"没人能理解我们的爱的奥秘。"他说。

就在那时,传来一阵急促靴声,一个身材高大的年青人打着手电筒,闯进屋来。头发煤黑,嘴巴直直的,就像投票箱裂口,身着形形色色的金属丝。一瞧见他们,就纵声狂笑。一对恋人跃身而起,分开了。

"好啊,杨花女,"他说,"又玩起鬼把戏来了。"

"不要叫我那个名字,"半途妹说,急得直跺脚,"我告诉过你,不要那样叫我。"

年青人朝她做了个猥亵手势,就转向约翰,"我明白了,我那蠢老爹见过你了。"

"你没资格这样说父亲,"半途妹说。她转向约翰,羞容满面,胸脯一起一伏,说:"一切都结束了。我们的梦——碎了。我们的奥秘——玷污了。我本该教给你爱的全部秘密,可如今,却要永远失去你了。我们必须分手。我要走了,我要结果自己。"说完,冲出屋子。

第七章 "他不在这里"①

Non est Hic

【页 33 眉注:"现代"文学运动上门来"拆穿"它。】

"别管她,"年青人说,"她这样威胁过上百次了。她只是个杨花女,尽管并不自知。"

"杨花女?"约翰失声说,"那令尊呢……"

"我老爹一辈子给杨花女做狗腿子,自己还不知道。这个老傻蛋。还叫她们缪斯,②叫她们精灵,还有些酸溜溜的

---

① 《路加福音》第 24 章第 5—6 节:妇女们惊怕,将脸伏地。那两个人就对她们说:"为什么在死人中找活人呢? 他不在这里,已经复活了。"

② 缪斯(Muse),希腊神话中司文艺、音乐和美术的女神。

名字。其实，他就是个职业皮条客。"

"那海岛呢？"约翰说。

"明天我们再说这事。你想的那海岛，没那回事。实话告诉你吧，我没跟我爹和我那宝贝妹妹住一块。我住在猥亵城（Eschropolis），①明天就回去。到时候，我带你去实验室，让你见识真正的诗（*real* poetry）。不是幻想。是实实在在的东西。"

"太感谢你了。"约翰说。

小半途先生接下来打开自己的房门，让约翰住下。整座房子，进入梦乡。

---

① 希腊词 *Eschropolis*，意为 City of filth and obscenity（污秽淫乱之城），赵译本译作"艾思若城"。

第八章　大许诺

Great Promises

半途哥(Gus Halfways)①是半途先生的儿子。次日清晨,他一起床,马上就叫约翰一道吃早饭,以便早早上路。没有人打扰他们,老半途还在睡觉,半途妹则躺在床上吃早点。一吃完,半途哥就领他去房子旁边的一座棚屋,给他看带轮子的机器。

"这是什么?"约翰问。

"我的老轿车。"小半途说。接着他退后一步,偏着头,端详了一小会,突然换了一种声调,虔诚地说:

---

① 赵译本译作"伽思·半截路"。

"祂是一首诗。时代精神之女。神女阿塔兰塔①的速度，跟她比，算得什么？她的美，阿波罗②怎能比？"

对约翰来说，美，这一词，除了他对海岛的惊鸿一瞥，别无他意。这机器根本没有令他想起海岛。因而，约翰缄默不语。

【页34眉注：机器时代之诗，如此纯粹。】

"难道你不明白？"半途哥说，"父辈们塑造他们所谓的女神或男神形象；可是，那只不过是粉饰过的杨花女和杨花男——任何人见得多了，都会发现的。统统都是自欺欺人（self-deception），都是发骚情（phallic sentiment）。这里，你会有真正的艺术。她，一点都不色，嗯？"

"当然不色，"约翰看着齿轮和线卷说，"它一点都不像杨花女。"事实上，它更像是刺猬或蛇的老巢。

"我应同意你，"半途哥说，"绝对的力，嗯？速力（Speed），冷酷（ruthlessness），简朴（austerity），③有意味的形式（sig-

---

① 阿塔兰塔（Atalanta），希腊神话中美丽又野性的女猎手，发誓终身不嫁，除非有个男人能跑过她。

② 阿波罗（Apollo），希腊神话中的太阳神，主神宙斯之子。

③ 典出F. T. 马里内蒂《未来主义宣言》（1909）："3. 文学历来讴歌沉思般的静止、销魂入迷和睡眠状态。而我们要歌颂的是敢作敢为的运动，狂热的失眠，急速的脚步，翻筋斗，打耳光，拳斗。4. 我们宣告，由于一种新的美，世界变得更加光辉壮丽了。这种美是速力的美。—（转下页注）

nificant form)，①嗯？还有，"（这时他压低声调）"确实非常贵。"

接着他让约翰坐在机器上面，自己坐在旁边，开始操弄控制杆。有一段时间，悄无动静。可最终，突然一闪光，一阵轰鸣。机器猛地一冲，飞驰疾奔。待约翰定下神来，他们已冲过一道宽阔大街。他认出来，那是主干道。他们行驶在大街北面的乡村——一处平原地带，地里全是石头，由倒刺铁丝围栏隔成一个个方块。一阵过后，他们停在了一座城市，房子全都是钢筋水泥。

（接上页注）辆快速行驶的汽车，车框上装着巨大的管子，象是许多蛇在爆发似地呼吸……一辆咆哮的汽车——仿佛榴霰弹一样向前飞驰——比萨莫色雷斯的胜利更美。"（见伍蠡甫、林骧华编：《现代西方文论选》，上海译文出版社，1983，第 64 页）

　　① 典出克莱夫·贝尔《艺术》："一件艺术品的根本性质是有意味的形式。"（薛华译，江苏教育出版社，2005，第 53 页）

卷三　穿过时代精神之黑暗渊薮
THROUGH DARKEST
ZEITGEISTHEIM[①]

品性普遍地堕落了。观察事物的淳朴态度，原是高尚性格的标志，那时候反而被看作是一种可笑的品质，不久就消失了。[②]

——修昔底德

---

① 德语 Zeitgeistheim，其字面义为"home of the spirit of the time"。
② 语出修昔底德(Thucydides)《伯罗奔尼撒战争史》卷三第五章"科西拉的革命"。修昔底德此语，是在讲述革命的后果。见谢德风译本(商务印书馆，1960)第 239 页。

而今就这么下作地活着，当世界之主，

这些忙忙活活的捣乱鬼。被逐是我们的荣耀，

厚德载物的大地，变得衰老，干枯。

——Anon①

人越无知，就越深信，自己那个小教区和小教堂，就是文明和哲学艰难跋涉的顶巅。②

——萧伯纳

<hr/>

① Anon，不知何许人，更不知路易斯题辞之出处。兹附题辞原文如右："Now live the lesser, as lords of the world, /The busy troublers. Banished is our glory, /The earth's excellence grows old and sere."

② 语出萧伯纳为自己剧作《恺撒和克莉奥佩特拉》所写札记《不合时宜》(Apparent Anachronisms, 1901)。

第一章　猥亵城

Eschropolis

【页 37 眉注：愚蠢的 20 年代诗歌。】

我梦见，他领约翰进了一座大房子，挺像公共浴室：里面满是钢铁、玻璃，墙上几乎全是窗子。一堆人在那儿，喝着药一样的东西，扯着嗓门说话。他们都年纪轻轻，或收拾打扮得像个年轻人。女的都留短发，平胸，瘦臀，像是男的。男的则脸圆圆的，白白净净，纤腰肥臀，又像是女的——只有少数例外，留着长长的头发和胡子。

"他们干嘛发这么大火？"约翰悄声问。

"他们没发火，"半途哥说，"他们在谈艺术。"

于是他将约翰带到房屋中间,说:

"嗨,这小子上过我爹的当,现在需要几曲百分之百的纯音乐,净化一下。我们最好先用新浪漫主义的东西,做个过渡。"

于是,骄子们(the Clevers)①共同商议,一致同意维多利亚娜(Victoriana)②最好先唱一曲。维多利亚娜起身时,

---

① 骄子们(the Clevers),寓指 20 世纪 20 年代那些朝生暮死的艺术热潮。赵译本译作"半瓶醋们"。

② Victoriana,寓指上世纪 20 年代之愚蠢。在 1945 年的一封信(*Collected Letters* II, pp. 678—679)里,路易斯说,Victoriana 这个人物,戏仿的是英国女诗人伊迪斯·西特韦尔(Edith Sitwell, 1887—1964)。路易斯大概主要想到的是她的诗集《门面》(*Façade*, 1922)。

约翰还以为她是个女学生；再定眼一看，才发觉，她实际上差不多五十岁了。演唱前，她披上一件礼服，像是半途先生长袍的夸大版，还戴上了一副面具，差不多跟管家的面具一样，只是鼻部涂成鲜红色，一只眼孔闭着，永远是挤眉弄眼的神情。

"千金难买！"骄子们有一半人情不自已，"太纯洁了。"

【页 38 眉注：艺术家的"气魄"及忠义。】

另一半，包括所有留胡须的，则嗤之以鼻，不屑一顾。维多利亚娜拿起一架玩具小竖琴，弹了起来。那玩具琴，声音怪怪的，约翰一点不会把这当成音乐。她开唱那会儿，约翰心中浮现了一副画面，有一点点像海岛，可是他立即明白过来，那不是海岛。不一会，他看见有群人，很像他父亲、管家和半途老先生，打扮得小丑一般，跳着某种僵硬的舞。接着又来了一个科伦芭茵，上演某种爱情故事。① 不过突然间，整个海岛变成了盆栽叶兰。② 歌声戛然而止。

---

① 科伦芭茵（columbine），意大利传统喜剧及哑剧中丑角哈利奎恩（Harlequin）的情人。

② 叶兰（aspidistra），百合科观赏植物。在第二次世界大战前，英国中下阶层的家庭，一般都养叶兰。

"千金难买。"骄子们说。

"但愿你喜欢。"半途哥对约翰说。

"哦，"约翰开始疑惑不定，因为他不知说什么好。不过他没有再疑惑下去，因为就在这时，他大吃一惊。维多利亚娜甩下面具，走上前来，使尽吃奶力气，狠狠扇了他两记耳光。

"打得好，"骄子们说，"维多利亚娜有气魄（*courage*），我们或许不全同意你，维妮（Vikky dear），但佩服你的气魄。"

"你可以强迫我，乐意怎么强迫就怎么强迫，"维多利亚娜对约翰说，"看到我这样背靠着墙，你的猎色情欲无疑会苏醒。不过，我会顽抗到底。所以……"她泣不成声。

"真对不起，"约翰说，"可是……"

"我也知道，那是一首好歌，"维多利亚娜啜泣着说，"因为所有伟大歌手终生都遭迫害——我这下被……被强强强迫了——因而我必定会成为一个伟大歌手。"

"她倒强迫了你。"骄子们说，就在维多利亚娜离开实验室的时候。

"她有点尖酸，你别介意，"半途哥说，"她是个性情中人，很敏感，所以受的苦也多。"

"是啊，必须承认，"一个骄子说，"既然她走了，我想，她那套劳什子，太过时了。"

"我就受不了。"另一位骄子说。

"我想，她的脸才需要挨耳光，"第三位说。

"她这辈子被宠坏了，大伙都捧着她，"第四位说，"她的症结就在这儿。"

"太对了。"其余的异口同声。

第二章　南风吹

A South Wind

【页 39 眉注：肮脏的 20 年代之污浊文学。】

"或许，"半途哥说，"还有人愿意献上一曲。"

"我来，"三十来个人同声高喊。只不过其中一位喊声更大，在别人有所动作之先，已步入房屋中央。是个留着胡须的男子，除了一件红衬衫，和鳄鱼皮做的一条遮羞布，再什么也没穿。他突然开始击打非洲手鼓，一面低吟，前后扭动他那精瘦精瘦的半裸躯体，盯着众人，眼睛就像两块灼烧的炭。这次，约翰一点都没见到海岛画面。他仿佛身处一片暗绿地带，根系盘结，茎脉如发；他突然看到，其中扭动的形体,不是植物,而是人。暗绿色愈显其暗,散发出一股热气;突然这一切构成一幅淫秽画面,主宰了整个屋子。歌声结束了。

"千金难买,"骄子们说,"太苍凉(Too stark)!①太男人了(Too virile)。"

约翰眨巴眨巴眼睛,环望四周。只见骄子们一个个泰然自若,抽着香烟,喝着那仿佛是药的饮品,倒像是波澜不惊。他大为不解。因为他想,这歌对于他们,必定别有意味,"如果这样的话,"他论证道,"他们定是心灵特别纯洁的人。"身处这些高人中间,他自惭形秽。

"你喜欢这个,嗯?"留胡须的歌者问。

"我——我想,我没听懂。"约翰说。

"嗬,我让你喜欢上它了,"歌者说着,又敲起了手鼓,"它才是你真正一直想望的。"

"不,不,"约翰失声说,"我知道你误会了。我向你保证,要是我憧憬海岛过久,我得到的总是——这种东西。可

---

① stark 一词,是个现代批评术语,既不是说"好",也不是说"坏",而且是刻意模糊。在早期浪漫主义运动中,则是用来形容贫瘠、荒凉、朴素的景观。

是,它不可能是我的想望(want)。"

【页40眉注:提及再显见不过的事,真是犯了个低级错误。】

"不是? 为什么?"

"如果这就是我想要的,那为什么我得到它时,还那么失望? 如果一个人真正想要的是食物,食物来了,他怎会失望? 再说了,我不懂——"

"你不懂什么? 我解释给你。"

"是这样的。我想你们反对半途先生的唱法,因为它最终引向杨花女。"

"我们是这样。"

"可是,为何一开头引向荡女(black girls),①就更好些呢?"

整个实验室,四处响起了口哨。约翰知道,他捅了篓子。

"喂,"留胡须的歌者说,变了腔调,"你什么意思? 你并不认为,我歌声里有这种东西,是吧?"

---

① "black girls",赵译本译作"黑女孩",因有种族歧视之嫌,故而依"荡子"、"荡妇"之例,译为"荡女"。

"我——我想——或许我搞错了。"约翰结巴起来。

"换句话说,"歌者说,"你还不能够区分艺术和色情!"他不慌不忙地走近约翰,朝他脸上吐了一口,转身出屋。

"干得好,菲勒(Phally),"①骄子们呼喊道,"活该!"

"心灵肮脏的小畜生。"一个说。

"唷!清教徒!"一个女孩说。

"我敢保,他性无能。"另一个悄声说。

"诸位不要对他太狠,"半途哥说,"他满脑子清规戒律,他说的东西,全都是清规戒律的理性化。来点正规的(something more formal),或许会有点起色。格拉格里(Glugly),②你干嘛不来一曲?"

---

① 菲勒(Phally)一名,源于 phallus(菲勒斯,阳具)。

② Glugly,寓指伪装成文学的呓语。译为"格拉格里",虽是音译,倒有些呓语的意思。陕北方言里说人"格里格拉"或"嘴里乱格拉",就是嘴里拌蒜让人不知所云的意思。

第三章 思想自由

Freedom of Thought

【页 41 眉注：疯狂的 20 年代的呓语文学。】

格拉格里立即起身。她身材高挑，瘦得麻秆似的。嘴巴在脸上，好像不太正。她来到中间，屋里重获寂静。她开始搔首弄姿。先双手叉腰，灵巧地反转双手，乍一看，就像手腕扭了似的。接着，她踮起脚尖，踉踉跄跄忽前忽后。之后，她扭来扭去，仿佛髋关节要脱臼。最后，发出一阵咕哝：

"格罗勃噢勃哦葛噢葛格罗勃格洛格格洛。"[①]最后，她

---

① 原文为一阵呓语："Globol obol oogle ogle globol gloogle gloo."

噘起嘴巴，发出育婴室里婴儿发出的难听声响。回到自己座位，坐了下来。

“很感谢你。”约翰礼貌地说。

格拉格里没回话。她婴儿期遭过病变，不会说话。

“但愿你会喜欢。”小半途说。

“我理解不了她。”

“噢，”一个戴眼镜的女人说，她看上去是格拉格里的保姆或陪护，“那是因为你在追寻美。你还在想念你的海岛。你必须认识到，讽刺(satire)，才是现代音乐的动力。”

“它表现了一种野性的幻灭(savage disillusionment)。”另有个人说。

“现实已经破碎。”一个胖男孩，喝了很多药酒，平躺着，面露幸福笑容。

“我们的艺术必须粗野(brutal)。”格拉格里的保姆说。

“这国家燃起战火时，我们就失去了理想，”一个特年轻的骄子说，“因泥泞、洪水和鲜血，理想远离我们而去。我们不得不苍凉(stark)，不得不粗野，这就是原因。”

“可是，你看，”约翰失声说，“战争已经过去很多年了。遭遇战争的是你们的父辈，而他们却都安居乐业，过着正常生活。"

"清教徒！布尔乔亚！"骄子们一阵呼喊。一个个都站了起来。

"别说话。"半途哥给约翰耳语。可是已经有人朝约翰头上就是一击，打得他直不起腰，这时，又有人从后面来了一下。

"因泥泞和鲜血。"女孩们嘘声四起。

"可是，"约翰低下头来，以防引起众怒，"要是你们真的年纪足够大，记得那场战争，为什么还要装年轻?"

【页42眉注:他放弃了"运动"，尽管因此受了点伤。】

"我们还年轻，"他们咆哮起来，"我们是新运动；我们是叛逆。"

"我们超越了人道主义。"一个留胡须的男子怒吼，朝约翰的膝盖骨踢了一脚。

"假正经。"一个瘦小的老处女，试图撕扯他的衣衫。六个女孩，用指甲抓他的脸。肚皮和脊背又挨了几脚。他绊倒在地，脸摔在地上。正要起身，又一阵拳打足踢。他从实验室逃命的时候，仿佛全世界的玻璃都在他头上破碎。他沿大街逃跑，猥亵城的狗倾巢出动，加入追逐。跟在他身后

的人,往他身上扔秽物,大喊大叫:

"清教徒! 布尔乔亚! 色鬼!"

第四章　背后靠山

The Man Behind the Gun

实在跑不动了，约翰才坐下来。追逐者的声音，渐消渐远。回头也不见猥亵城的踪影。他满身秽物，血迹斑斑。就连一呼一吸，都隐隐作痛。有只手腕，像是出了点问题。他太累，举步维艰，于是坐下，定定神。起初他想，情愿重回半途先生那里。"是啊，"他说，"假如你听他，听久了，就会将你引向半途妹——而且她身上确实有杨花女的痕迹。不过，那时你还会瞥见海岛。如今，骄子们径直将你领向杨花女——更糟的是——连海岛瞥都瞥不见。我纳闷，跟半途先生在一起，有无可能一直处于那幅情景之中？其结局必定总是那样？"这时,他明白过来,毕竟,他想要的不是半途先生的歌声,而是海岛本身:这是他在尘世的唯一想望。记起了这一点,他就忍痛站起来,继续他的旅程,四下环望,寻找西行之路。仍在平坦地带,不过,前方仿佛有连绵群山。群山之上,红日西沉。有条路通往那里,于是他一瘸一拐地沿路走去。很快,太阳落山,天空乌云密布,下起冷雨。

【页43 眉注:革命知识分子何以为生?】

走了一里地,见路边有个人,在修补田里的铁丝围栏,叼个大雪茄。约翰停下来,问他,知不知道通往海边的路。

"不晓得。"那人头也没抬。

"您知不知道,这地界有没地方,可借宿一夜?"

"不晓得。"那人说。

"请给我一块面包,好吗?"约翰说。

"当然不会,"玛门先生说,[1]"这会违背全部的经济规

---

[1]　玛门先生(Mr. Mammon),语出《马太福音》六章24节:一个人不能侍奉两个主。不是恶这个爱那个,就是重这个轻那个。你们不能又侍奉神,又侍奉玛门("玛门"是"财利"的意思)。

律。这会把你越济越贫（pauperize you）。"①约翰还在迟延，他加了一句："走开。我不想让一个游荡子在此逗留。"

约翰一瘸一拐走开了，过了约十分钟的光景，突然听到玛门先生对他大喊大叫。他停下，转过身来。

"干什么?"约翰喊道。

"回来。"玛门说。

约翰又累又饿，勉强走了回来（这段路显得那么长），寄希望于玛门动了怜悯。回到他们此前交谈的那地方，玛门闷声不响干完活，才说：

"你在什么地方把衣服弄破了?"

"在猥亵城，我跟骄子们吵了起来。"

"骄子们?"

"您不认识他们?"

---

① 本句原文是："It would *pauperise* you."英国维多利亚时代，许多经济学家反对济贫，理由就是济贫只会愈济愈贫。比如，西方成功学之父塞缪尔·斯迈尔斯（Samuel Smiles，1812—1904）就说："自助者，天助之。"说贫穷会唤醒人的奋斗激情："贫穷非但不会变成不幸和痛苦，通过吃苦耐劳、坚忍不拔的自助实干，它也许会转化成为一种幸福；它能唤起人们奋发向上的激情，并为之勇敢地战斗。"英国的社会学作家哈里特·马蒂诺（Harriet Martineau，1802—1876）依据此种理论，说政府济贫是"侵犯公民权利"。据说正是她，发明了 pauperize（使成为受救济者）一词。

"没听说过。"

"您知道猥亵城吗?"

"知道? 我拥有猥亵城。"

"您的意思是?"

"你以为他们靠什么为生?"

"从没想过。"

"他们每个人都靠给我写东西或靠拥有我的田产股份为生。我想,'骄子们'闲下来——也就是他们不殴打流浪汉的时候——他们就胡闹。"他瞥了约翰一眼,接着又干起活来。

"你不用等了。"他放了话。

第五章 被 捕

Under Arrest

【页 44 眉注：时代的知识风气，阻止他追求。】

我翻了个身，立即又沉入梦乡。我看到约翰，在风雨交加的黑夜，缓慢西行，真是悲惨。因为太累太累，他举步维艰；又冷得发抖，不敢停下。一阵北风过后，雨过天晴。路面水洼里冻一层薄冰，光秃秃的树枝咔咔作响。月亮出来了。约翰牙齿打颤，举目四望，方知自己正走进一道岩谷，左右两边都是峭壁。岩谷尽头，一面悬崖挡住去路，中间只一个隘口，可以通过。白晃晃的月光，撒在那座悬崖之上。月光中央，有个巨大阴影，形状像人的头颅。约翰扭头扫了一眼，才知道那影子是身后一座山投下来的。他摸黑行走时，路过那座山。

天太冷了，在风里静静站着，会冻僵。我梦见约翰在山谷前行，跌跌撞撞，终于来到那座石墙前面。他打算进入隘口。绕过一块巨石，隘口尽收眼底，这时，他看见有几个全副武装的人，围着火盆，坐那里。他们瞬时间跳起身来，挡住去路。

"你不能从这过去。"他们的头领说。

"哪里我能过去呢？"约翰问。

"你想去哪儿？"

"我想去找海，为的是乘船去一座海岛，我曾眼见那岛在西边。"

"那你就不能过去。"

"谁的命令？"

"你不知道，这块国土全都属于时代精神？"

"对不起，"约翰说，"我真不知道。我没打算非法入境，我会绕道，另寻道路。我绝对不会横穿他的国土。"

【页 45 眉注：尤其是弗洛伊德主义。】

"你这蠢货，"上尉说，"你现在就在他的国土上。这隘口是出口,不是进口。他欢迎异乡人,对逃跑者从不客气。"
接着他叫了个部下过来,说:"启蒙,来,领这逃犯见主人。"

那年轻人出列,给约翰双手戴上镣铐,把那长长的铁链
搭过自己肩头,猛地一拽,就拉着约翰,走下山谷。

第六章　污　泉[①]

Poisoning the Wells

接着我见他们正走下山谷,就是约翰方才上来的那条路。月光,洒向他们的面庞。正对着圆月的,就是投下阴影

[①]　"污泉"(poisoning the well),逻辑学谬误之一,属于典型的"背景谬误"(*Circumstantial Ad Hominem*)。欧文·M·柯匹与卡尔·科恩合著的《逻辑学导论》(第11版)解释这一谬误:产生这个名字的事件典型地例示了这种论证。英国小说家和教士查尔斯·金斯利(Charles Kingsley)攻击著名的天主教智者约翰·亨利·卡迪拉尔·纽曼(John Henry Cardinal Newman)说,卡迪拉尔·纽曼的主张是不能信任的,因为作为一名罗马天主教的牧师,他首先要忠诚的不是真理。纽曼反驳道,这种人身攻击使他并且也使全体天主教徒的进一步论辩成为不可能,因为他们为自己辩护所说的任何东西都可以因被他人指责为根本不关心真理而遭到拒斥。卡迪拉尔·纽曼说,金斯利"污染了对话之泉"。(张建军 等译,中国人民大学出版社,2007,第168—169页)

的那座山,这时看起来更像是一个人了。

"启蒙先生,"约翰还是说话了,"真的是你吗?"

"为何不是呢?"卫兵说。

"你跟前次碰面时,大不一样了。"

"我们以前没见过面。"

"什么? 你在清教乡边境上的客栈里,不是见过我了? 你还驾着小马车,带了我五里地呢!"

"噢,我明白了,"另一个说,"那一定是我父亲,老启蒙先生。这自负又无知的老头,差不多是个清教徒,我们在家里都不搭理他。我叫西格蒙德·启蒙,①我一直对父亲不客气。"

【页46眉注:一切只不过是愿望达成。】

他们默默走了一会。西格蒙德又发话了。

"我如果现在就告诉你,为何不要企图逃跑的最终原因,可能会省点事。原因就是,无处可逃。"

"你咋就知道没有海岛那样的地方?"

"你是不是殷切期望有那么个地方?"

---

① 寓指弗洛伊德主义(Freudianism),因为弗洛伊德全名叫西格蒙德·弗洛伊德(Sigmund Freud)。

"是。"

"你以前有没有这样想象过什么事：只因你求之心切，也就信以为真了？"

约翰想了想，说，"有过。"

"你的海岛，就像一种想象——不是吗？"

"我想是吧。"

"它正是只因你想要它才会想象出来的那种事——整件事极为可疑。不过，回答我另一个问题。你是否曾经——哪怕曾有一次——眺见海岛，却没以杨花女而告终？"

"我知道我没有过。不过，杨花女不是我想要的。"

"你错了。你想要的，就是拥有她们，还有随她们而来的满足感，感到你是个好人。因而，就有了海岛。"

"你的意思是——"

"那海岛是幌子，你拿来掩盖你自己的情欲，骗自己。"

"都是一回事？可结果是那样时，我会感到失望。"

"是一回事。当你发觉两头不可兼得，你会感到失望。可是，当你力所能及，得到其中一头，你会不失时机：你可没拒绝杨花女啊！"

他们又默默走了一段路。面前那座奇形怪状的山峦，愈发显得巨大了。他们已经走在它的阴影之下。约翰又开口了，半睡半醒的，因为他太疲惫了。

"毕竟，我也不是只指望着海岛。我还可以回去——回到东方，登一下那些山岳。"

"那些山岳根本不存在。"

"你咋知道的？"

"你到过哪里吗？除了黑夜或日出光芒中，你还曾见过它们么？"

"没。"

"你的祖先必定乐于去想，当佃约到期，他们就会上山，住在大地之主的城堡里——相比于没处可去，那倒是个愉快愿景。"

【页47眉注：通向巨人囚牢的一个学说。】

"我想是吧。"

"很明显，这又是一件人们因望而信（people *wish* to believe）的事情。"

"可是，我们难道没做过别的事么？是不是我这一刻看到的一切事物，都只是因为我期望看到它们？"

"绝大多数是这样，"西格蒙德说，"比如说吧——你情愿我们面前的这个东西是座山;那就是你认为它是座山的原因。"

"为什么?"约翰哭了,"那它是什么?"

我在梦境中想,约翰变得像个吓坏了的孩子,双手捂住眼睛,不看那庞然大物。可是年轻的启蒙先生拉开他的双手,愣使他抬起头来,看时代精神。它坐在那儿,像个石头巨人,身躯有山那么大,双目紧闭。接着,启蒙先生打开了岩石中间的一扇小门,将约翰推进山侧的一个地牢。地牢就在巨人对面,因而巨人透过槛窗,能看到地牢里面。

"它一会就睁眼了。"启蒙先生说。

接着他锁了门,将约翰关进囚牢。

第七章　惨不忍睹

Facing the Facts

约翰整夜戴着镣铐，睡在这间又冷又臭的地牢里。天亮了，槛窗透进一丝光亮。环顾四周，看见有许多狱友，有男有女，有老有少。不过，他们不跟他说话，而是挤作一团，尽量远离那点光亮，远离槛窗，退缩到地窖深处。约翰则想，要是能呼吸点新鲜空气，感觉会好点。于是他爬上槛窗。往外一看，就看见那个巨人，吓得他心惊肉跳：就在他往外看的那个当儿，巨人睁开了眼，约翰忙从槛窗溜了下来，自己都不知道为何要溜。【页48眉注：他见所有人都成了一束束情结（bundles of complexes）。】这时我梦见，巨人

的眼睛有种特性：看什么，什么就变得透明。结果，当约翰
环顾地牢，瞧见狱友，他吓得退了好几步。因为这地方像是
挤满幽灵。离他最近的是个女人，可是并不知道那是个女
人，透过那张脸，他看见了头盖骨；透过头盖骨，看到脑髓和
鼻腔，还有喉结，腺体在分泌黏液，血液在血管流动。往下
看，只见肺一张一合，像两个气囊，还有肝脏，肠道像蛇一般
扭结在一起。约翰的目光，离开了她，落在一个老人身上。
老人因患癌症，看上去就更可怕了。约翰瘫倒在地，不敢抬
头，以免看见恐怖景象，却看到自己的脏腑。接下来我梦
见，这些可怜造物，就在巨人的目光之下，在那个洞里住了
数个日夜。而在约翰将这一切都尽收眼底的那个当儿，突
然一头栽倒，脸重重摔在地上，双手挖进眼睛，大哭起来：
"这就是黑洞。也许没有所谓大地之主，可是，黑洞却千真
万确。我要疯了。我要死了。我被永远打入地狱。"

第八章 鹦鹉症

Parrot Disease

　　有个狱吏，天天给囚徒送饭。摆放盘子时，总会给他们说几句话。如果送来的是肉类，就会提醒说，他们吃的是死尸，给他们描述一下屠宰场面；如果送来的是动物内脏，就会读一篇解剖学讲演，揭示伙食与他们身体相应部位之相似——这很容易做到，因为在吃饭时间，巨人的目光一直盯着地牢；如果吃的是蛋类，他就会让他们回想起，他们正在吃的是以害虫为食的家禽的经血，还会和女囚徒开几个玩笑。他天天如此。接着我梦见，有一天，伙食除了奶，再啥也没有。他放下瓦罐，说：

【页 49 眉注：最后，他的常识（common sense）开始反抗。】

"我们跟母牛的关系，不体面吧——这很容易明白，想象一下，你们吃的是她的另一样分泌物。"

跟别的狱友相比，约翰在地牢里呆的时间要短些。所以，听到这话，仿佛有东西在他头脑里咔嗒一响，他长出一口气，突然斩钉截铁地说：

"谢天谢地！现在我终于知道了，你在胡说八道。"

"你什么意思？"狱吏说，转身对着他。

"你试图伪称，不相似的事物是相似的。你试图让我们以为，牛奶跟汗水或粪便是一类东西。"

"老天，若非因为习俗，还会有什么差别？"

"自然排泄在外的东西与自然储为食粮的东西，你若看不出有何不同，那你到底是个骗子还是个蠢蛋？"

"这么说，自然就是一个人，有目标有意识，事实上就是个地主婆了。"狱吏轻蔑地说，"想象着你能相信那种事，对你无疑是个安慰。"他转身离开监牢，趾高气扬，神气活现。

"我对此一无所知，"约翰在他身后喊道，"我说的是发生的事。牛奶哺育牛犊，牛粪则否。"

"你看,"狱吏咆哮着,返了回来,"我们已经说得够多了。你犯了叛国罪。我要把你带给主人。"接着他拽了一下铁链,开始把约翰往门口拉。约翰在被拖走时,向别的人呼喊:"你们能否明白,这整个是个骗局。"狱吏朝他的牙齿狠狠击了一拳。约翰满口是血,说不了话。这时,狱吏向囚徒们发话了:

"你们看,他还试图去论证。有没有人现在告诉我,什么是论证?"

一阵叽叽喳喳。

【页50眉注:魔咒渐解。】

"过来过来,"狱吏说,"现在,你该熟悉你的功课了吧。就是你,"(他指着一个刚脱了孩子气的囚徒,他的名字叫学舌鹦鹉),"什么是论证?"

"论证,"学舌鹦鹉说,"就是将论证者的欲望合理化的企图。"

"很好,"狱吏答复说,"不过,你应立正,手背后。这才像样。听着:有一项旨在证明大地之主存在的论证,正确回答是什么?"

"正确的答复就是:'你那样说只因你是管家。'"

"好孩子。不过，抬起头来。好样的。有一项论证，在证明菲勒先生（Mr. Phally）和半途先生的歌声，一样地黄（brown）。正确回答是什么？"

"两句话，就能让它永劫不复，"学舌鹦鹉说，"第一句是，'你这样说因为你是清教徒'；第二句是，'你这样说因为你是享乐主义者'。"

"不错。还有一个。围绕二加二等于四的信念的论证，正确回答是什么？"

"回答就是：你这样说，只因你是个数学家。"①

"真是个好孩子，"狱吏说，"等我回来，给你带些好东西。现在，轮到给你了。"说着，就给了约翰一脚，打开格栅。

---

①　路易斯为这种论证专门发明了个名字，叫"布佛氏论证"（Bulverism）。布佛是路易斯虚构的一个人物。布佛五岁时，偶听父母争论。父亲坚持说，三角形两边之和大于第三边。母亲则对父亲说："哇噻，因为你是男人你才这样说。"路易斯说，就在那一刻，这人就有了一项伟大发现："反驳并非论证的必要组成部分。假定你的论敌是错的，接着解释他的错误，世界就在你脚下。"路易斯虚构这个名叫布佛的人，并非闲着没事吃饱了撑的，而是因为他发现，布佛这样的人，恰是"20世纪的一个缔造者"。或者换句话说，在20世纪，布佛氏论证随处可见。参路易斯的《布佛氏论证》（Bulverism, 1941）一文，文见拙译《古今之争》（华东师范大学出版社）。

第九章　巨人的克星

The Giant Slayer

走到外面，约翰有些晃眼，不过不太厉害，因为他们还在巨人阴影里，光还不强。巨人很是生气，嘴里冒烟，因而看上去，更像个火山，而不是普通山峦。约翰此时认定自己必死无疑。正当狱吏将他拖到巨人脚下，清了清嗓，开审"此囚一案"——这时一阵骚动，传来一阵马蹄声。狱吏四下张望。就连巨人，也将他那可怕目光转离约翰，四下环望。末了，约翰也张望起来。只见众多卫兵朝这边跑来，牵一匹黑骏马。马背上坐着个人，身披蓝色斗篷，盖着头，遮着脸。

【页52眉注：一旦容许理性论辩，巨人就输了。】

"又一个囚徒,主人。"卫兵统领说。

这时,巨人缓缓抬起他那沉甸甸的壮硕手指,指了指地牢门口。

"且慢!"披斗篷的那个身影说。接着,突然伸出带着镣铐的双手,手腕猛地一抖。镣铐的碎片,掉落在马蹄下的岩石上,叮当作响。卫兵们松开马缰绳,纷纷退后,观望。这时,骑手将斗篷甩到身后,一道钢铁亮光,跃入约翰眼帘,映在巨人脸上。约翰看见,那是个女人,正值如花年纪:她那么高大,在他面前就像是个泰坦女神。① 她浑身甲胄,威风凛凛,手里握着一把剑。巨人从椅子上俯下身来,瞅着她。

"你是谁?"他问。

"我名叫理性。"少女说。

"快给她弄通行证,"巨人低声说,"让她过去,她想走多快,就让她走多快。"

---

① 泰坦女神(Titaness):据希腊神话,天神乌拉诺斯(Uranus)和地神盖亚(Gaea)交合,生下十二泰坦,六男六女。

"且慢,"理性说,"我走之前,给你出三道谜题,打个赌。"①

"赌什么?"

"你的头。"理性说。

山间一阵沉寂。

"好吧,"巨人最后说,"该来的早晚会来。问吧。"

"头一道谜题,"理性说,"黑暗角落的东西,深海里的鱼,人体里的内脏,是什么颜色?"

"我说不上来。"巨人答。

"好吧,"理性说,"现在听第二道谜题。有个人往家里跑,敌人在后面追。他家在河对岸。河流太急,没法游过去;也太深,没法蹚过去。他跑得没敌人快。他正在逃命,妻子捎来口信说:'你知道,过河只有一座桥。告诉我,我是毁了桥,以防敌人过河呢? 还是留着桥,以便你过河?'这人该怎么答?"

"这问题太难了。"巨人答。

"那好,"理性说,"现在试回答第三道谜题。你靠什么

---

① 用三谜题来赌命,典出《尼伯龙根的指环》第三部《齐格弗里德》第一幕第二场。

法则,区分原型与摹本?"

【页 52 眉注:巨人殒命。】

巨人嘴里拌蒜,答不上来。理性策马扬鞭。战马一跃而起,冲上了巨人毛茸茸的膝盖,在巨人大腿上疾驰,直至理性将剑刺入巨人心脏。传来山体滑坡那样的坍塌声。那块硕大尸体,一动不动了。时代精神变回约翰起初看到的模样,一滩乱石,铺了一地。

卷四　重回大路

BACK TO THE ROAD

　　要是从人们底心中取去了虚妄的自是，自谀的希望，错误的评价，武断的想象，就会使许多人底心变成一种可怜的、缩小的东西，充满忧郁和疾病，自己看起来也讨厌。对于这一点会有人怀疑么？①

——培根

---

　　①　语出培根《论真理》，文见水天同译《培根论说文集》（商务印书馆，1983）第5页。培根说这番话，是在解释谬见伪说缘何会深入人心。

第一章　污秽的，叫他仍旧污秽①

Let Grill be Grill

【页 57 眉注：被弗洛伊德熏染太久，便无可救药。】

---

① 本章原标题为："Let Grill be Grill."典出斯宾塞《仙后》卷二第 12 章第 86—87 节。Grill 是希腊语舶来词，意为猪。在《仙后》里，女巫的老情人，因与女巫鬼混而被女巫施了魔法变成畜生。Grill 就是其中之一。骑士谷阳公囚禁女巫，求"行者"解除了这些畜生身上的魔法。他们恢复人身，却对解救者满怀愤恨，Grill 则破口大骂：于是行者将魔杖朝他们一伸，/那些畜生们就立马变回了人；/但虽变成人，却没大丈夫精神，/像鬼一样瞪着眼，有些人愤愤，/有的感到丢人，看夫人被囚禁；/其中有个格里力当时是猪身，/与其他人不同，他有满腹郁闷，/破口大骂行者，污蔑牢骚纷纷，/因行者将他变回人身而发嗔。//谷阳说："我看清他的兽心人面，/将造物之美忘得没剩下半点，/他完全忘记了人之初本善，/现在做了甘愿为畜生的择选，/粗鄙到了极点，毫无智慧可言。"/于是对行者说，"那就如他所愿，/因为他是甘愿沉沦，肮脏卑贱／让他做猪头格里力，随他的便，/咱们动身，刚好可以顺风扬帆。"（邢怡译《仙后》，北京时代华文书局，2015）拙译之所以将"Let Grill be Grill"译为"污秽的，叫他仍旧污秽"，乃是因为斯宾塞此语，典出《启示录》廿二章 11 节："不义的，叫他仍旧不义；污秽的，叫他仍旧污秽。"

卫兵落荒而逃。理性翻身下马,在山脚苔藓上擦干了她的剑。那山脚,曾是巨人的膝盖。接着,她转向地窖,破门而入。地窖黑咕隆咚,浊气逼人。

"你们都可以出来了。"她说。

可是里面没有丝毫动静。约翰只听见,囚徒相向而泣,说:

"又一个梦,又一个'愿望的达成'(wish-fulfilment)①;又一个梦,又一个愿望的达成。千万别上当。"

不一会,学舌鹦鹉来到窖口,说:"你愚弄不了我们。一朝被蛇咬,十年怕草绳。"他朝理性吐了吐舌,又回去了。

"这种鹦鹉热,②是一种顽疾。"理性说着,翻身上马。

"夫人,我能不能跟您一起走?"约翰问。

"你可以跟着,只怕你跟不上。"理性说。

---

① wish-fulfilment 一词,因弗洛伊德《梦的解析》中"梦是愿望的达成"(The Dream as a Wish-Fulfilment)一语,成为一个学术关键词。

② 鹦鹉热(psittacosis),一种会传染给人的鸟类传染病。

第二章　原型与摹本①

Archtype and Ectype

【页58眉注：揭穿循环论证。】

只见他们二人，一起离开。约翰就走在夫人的脚蹬边。我在梦中看见，他们走上岩谷，也就是约翰那夜被捕的那条山谷。隘口无人把守，只有马蹄声在回荡。不一会，就出了山区。下了一道绿草如茵的山坡，来到平原地带。那里没几棵树，光秃秃，冷凄凄的。不过没过多久，约翰无意间看到草丛中有朵番红花。多少天来，曾经的甜蜜（the old sweet-

---

① 原型（Archtype）与摹本（Ectype），洛克《人类理解论》（*An Essay Concerning Human Understanding*）卷二第30—31章里的一对概念。

ness），还是头一次穿透约翰的胸膛。接着，他努力追索海岛上空盘旋鸣唱的鸟儿，轻拍沙滩的碧浪——因为它们是一闪而过，就在他回过神来之前，已杳无影踪。他眼眶润湿了。

他转向理性，说：

"夫人，您能告诉我，海岛那样的地方，是西边有呢，还是说那只是我心里的一种感受？"

"我不能告诉你。"她说，"因为你并不知道。"

"可是您知道呀。"

"不过，我只能给你说你所知道的东西。我能把你心中暗处的东西，带到你心中的明处。可是，你现在问我的东西，甚至都不在你心中的暗处。"

"哪怕它只是我自己心中的一丝感受，那么，它是一种低劣感受吗？"

"关于善恶，我无缘置喙。"

"我的意思是这样，"约翰说，"而且您也能告诉我。海岛必定总是以杨花女而告终，还是说它其实是以杨花女为开端，这两种说法，哪个对？他们说，海岛只是个幌子，只是色欲之伪装。"

"他们这样说,你怎么想?"

"好像是这样,"约翰说,"两者都甜蜜(sweet)。两者都充满憧憬。一个引向另一个。它们像极了。"

【页 59 眉注:科学,将它们自诩从事实里抽绎出来的哲学,带入"事实"。】

"它们是很像,"夫人说,"不过你还记得我的第三个谜题么?"

"关于摹本与原型的那个? 我还不懂。"

"你现在就能懂了。在我们方才离开的那个国度,他们看到,你对海岛的爱,特别像你对杨花女的爱。据此,他们就说,一个是另一个的摹本。他们还会说,你追随我,因为我像你母亲;而你对我的信任,则是你对母亲的爱的摹本。他们会接着说,你对母亲的爱,只是你对杨花女的爱的摹本。这样,他们就兜了一圈,回到原地。"

"那我该拿什么对付他们?"

"你应说,或许一个就是另一个的摹本。可是,谁是谁的摹本?"

"这我倒没想过。"

"你还没到深思的年龄,"理性说,"只不过,你一定明白,假如两样事物相像,那么进一步的问题就是,到底头一个是第二个的摹本呢,还是第二个是头一个的摹本,抑或二者是第三者的摹本。"

"那这第三者会是什么?"

"一些人曾认为,这些爱,都是我们对大地之主的爱的摹本。"

"可是,他们确实已经考虑到这一点,并加以拒斥。他们的科学已经驳斥了这一点。"

"他们做不到。因为,这个国度跟它东面或西面的任何事物的一般关系,他们的科学根本不关心。他们的科学的确会给你说,假如两个事物相似,美好的那一个总是丑陋的那一个的摹本。只不过他们这样说的理由只是,他们已经决定,最美好的事物——也即大地之主,照你说则是山岳和海岛——只是这一国度的摹本。他们妄称,他们的研究引向这一说法,可事实上,他们一开始就预设了它,再用它来诠解他们的研究。"

"可是他们有理由那样预设呀。"

"他们没有任何理由。因为,关于这一假定,唯一能给他们说些什么的那些人,他们却对之闭耳塞听。"

"那些人是谁?"

【页 60 眉注:没有证据,理性有义务不作断定(哪怕是要出人命)。】

"她们是我妹妹,名叫哲学和神学。"

"妹妹? 那您父亲是谁?"

"你很快就会结识。"

这时天色已晚,他们到了一个小村庄附近。进了村,请农民容他们借宿一夜。答应得很是爽快。

第三章　存在就是被感知[①]

Esse is Percipi

第二天一大早，他们一起上路。我梦见，他们穿过一处丘陵。道路沿着谷底，曲折蜿蜒。约翰就走在理性的旁边。就在理性杀死巨人的那时，约翰手上的铁链就断了，可是铐子仍卡在手腕上。断成两半的铁链，还垂在两只手上。这一天，惠风和畅，树篱上结满花骨朵，含苞待放。

"夫人，"约翰说，"就您昨天说的，我琢磨来琢磨去，我

---

① "存在就是被感知"（*Esse is Percipi*, to be is to be perceived），是英国哲学家贝克莱（Berkeley）在《人类知识原理》（*Principles of Human Knowledge*）中提出的著名哲学命题。

想我能理解,海岛尽管特别像我当初碰见杨花女的那地方,可她或许只是影子(shadow),而海岛则是实存(reality)。不过,仍有一件事困扰着我。"

"什么事?"理性问。

"我忘不了,自己在巨人地牢里看到的一切。假如我们看穿了确实就像那样,那么,我们想象的任何东西,不管它表面上多么天真无邪,都必定变得可恶。或许一般而论,丑陋事物并不总是原型,美好事物并不总是摹本。可是,当我们不得不应对人类想象,不得不应对那些出于我们的东西,那么,巨人不正好说对了吗? 至少更为可能的是,看上去美好的任何事物,只不过是坏事物的面纱——只是我们的一部分皮肤,逃过了巨人之眼,因而未变得透明而已。"

【页61眉注:关于无意识的一切说辞,缘何均是误导?】

"关于此,有两样可说。"夫人回答,"首先,谁告诉你海岛只是你的一种想象?"

"可是,您不会向我保证,它是真实事物呀。"

"我也没保证它就不是呀。"

"可是,我必定会想它是不是真的。"

"根据我父亲的灵,你切莫——除非你有一些证据。你能否保持悬而未决?"

"我不知道自己尝试过没有。"

"你必须学着去做,假如你和我分了手的话。做起来并不难。在猥亵城,确实不可能做到。因为那里住的人,每周或每天都不得不提出一个观点,否则玛门先生会断了他们的粮。不过出了猥亵城,走在这片国土上,你可以头脑里带着一个未得解答的问题,日复一日地走着——在拿定主意之前,你不用说话。"

"可是,要是有个人,他如此急于知晓,以至于除非这问题有个着落,否则他就会死——同时却没有更多证据出现。"

"那就死吧,别无他途。"

他们默默走了一段路。

"您说,有两点可说,"约翰问,"第二点呢?"

"第二点是这样。你是否以为,你在地牢里见到的就是真实的:我们真的就像那样?"

"我当然这样想。只是我们的皮肤掩盖了它们。"

"那我就必须拿我问巨人的同一个问题,来问你了。黑暗中的事物是什么颜色?"

"我想,无颜色可言。"

"它们的形状呢? 除非你看到或摸着,抑或说除非你见过多次摸过多次,否则你是否对其形状有个概念?"

"我不认为我会有。"

"这样,你该明白,巨人怎么骗了你的吧?"

"不是很明白。"

"他玩了个戏法给你看:假如我们的内心是可见的,它们会是个什么样子。也就是说,他给你看的不是那个事物,而是假如这世界变得面目全非时会有的某种事物。可是,在真实世界中,我们的内心是不可见的。它们根本不是有颜色的形体,而是感受(feelings)。这一刻你肢体之温暖,你吸气时呼吸的甜美,酒足饭饱时肚囊的舒服,以及你盼着下顿饭的饥饿——这些才是实存(reality)。而你在地牢里看到的所有的囊和管,都是诳骗。"

【页 62 眉注:尽管它们也有自身用途。】

"可是,如果解剖一个人,我们就会看到它们。"

"一个人被解剖了,就不再是人了。要是你不及时缝合,你看到的都不是器官,而是死亡。我并不否认死亡之丑陋,可是,巨人使你相信,生命是丑陋的。"

"我忘不了那个得了癌症的人。"

"你看到的是,非实存(unreality),那个丑陋的肿瘤是巨人的诡计。实存则是痛苦,痛苦无色无形。"

"这样说就更好些了?"

"这取决于那个人。"

"我想我开始明白了。"

"当你把事物看成是它所不是的那个东西,它就会变得陌生,这不奇怪吧?你把一个器官从人的身体里拿出来,为其赋予形状和色彩;或把一个憧憬从人的心灵深处拿出来,为其赋予自我意识。你所赋予的,都是它们在实存中所没有的。当此之时,它们不显得怪异才怪呢。"

"这么说来,我在巨人目光下所看到的东西,一点真相都没有了?"

"这类图像只对外科医生有用。"

"这样说,我就真的洁净了,"约翰说,"我不像——不像那些东西。"

理性笑了笑。"也有些真相,"理性说,"真相跟巨人的把戏混在一起。让你时不时记起里面的丑陋,对你没坏处。

你所自来的族类,可不能给以骄傲的资格。"①

　　她说话时,约翰抬起头来,若有所思,琢磨她的意思。跟她结伴同行,他第一次感到有些后怕。不过好在这一印象只是稍纵即逝。"看,"约翰说,"这里有家小客栈。我们是不是该歇歇脚,吃点东西了?"

_____

　　①　中国古人说,"万恶淫为首"。依基督教,万恶傲为首。人在伊甸园里所犯的原罪,是"傲",而不是"性"。路易斯《返璞归真》卷三第 8 章:"按照基督教导师的教导,最根本的罪、最大的恶就是骄傲,与之相比,不贞、愤怒、贪婪、醉酒都是小罪。魔鬼因为骄傲才变成了魔鬼,骄傲导致一切其他的罪,是彻底与上帝为敌的一种心态。"(汪咏梅译,华东师范大学出版社,2007,第 125—126 页)

第四章　落荒而逃

Escape

【页 63 眉注：若说宗教是达成愿望的梦（Wish-Fulfil-ment dream），那么，是谁的愿望？】

午后，天暖洋洋的，他们又上路了。约翰突然想起要问夫人，她的第二个谜题的意思。

"有两层含义，"她说，"首先，桥梁象征着推理（Reasoning）。时代精神，既想允许论证，又不想允许论证。"

"它怎会这样？"

"你听到他们说什么了吧。要是有人跟他们争辩，他们就说，这人是在将自己的欲望合理化（rationalizing his own desires），因而不用搭理。可是，若有人听他们的，他们就会自己争辩说，自己的学说是对的。"

"我明白了。那么该如何应对呢？"

"你必须问他们，推理本身是否可靠。他们若说不可靠，那么，他们自己的学说，由于也是推出来的，就垮掉了；他们若说可靠，那么，他们就不得不检查你的论证，靠真凭实据来反驳：因为，若总有推理是可靠的，那么，他们深知，你的那个推理，就有可能是可靠的那个。"

"我明白了，"约翰说，"可是，第二个解法是什么呢？"

"第二，"理性说，"桥梁象征着巨人自己钟爱的学说：梦是愿望的达成。因为这学说，他既想用，又不想用。"

"我看不出来，他怎会不想用。"

"他是不是喋喋不休地说，大地之主是桩一厢情愿的梦？"

"是啊。那确实是真话呀——是他说过的唯一真话。"

"可你想想，巨人和西格蒙德，猥亵城的居民，还有半途先生，扰扰攘攘，难道真都盼望着，应该有大地之主，有规矩牌，有溪涧对岸的山峦，还可能有黑洞？"

约翰停在路上，陷入沉思。一开始，他耸耸肩，接着，双手叉腰。再接下来,他开始大笑,笑得身子骨都快散了。快停下来的时候,曾一度得手的那个骗局的大而无当、厚颜无耻及无知愚蠢,重又掠回心际,他笑得更厉害了。可就在他差不多快平静下来、快缓过气的时候,脑海里浮现出一幅图景:维多利亚娜、格拉格里和半途哥听到传言,说确实有大地之主,而且大地之主就要来猥亵城,他们会是个什么表情。约翰又忍不住了,笑得那样厉害,以至于已经断开的时代精神的锁链,这时全都从手腕上掉落下来。整个这段时间,理性都坐在一旁,看着他。

【页64眉注:当然不是约翰的愿望!】

"你最好再听一下剩下的论证,"理性最终说话了,"它或许没有你想的那样可笑。"

"啊,是——听论证。"约翰说,擦了擦眼睛。

"这下你该明白,巨人不想让愿望达成理论朝哪个方向去用了吧?"

"我还不敢说我明白了。"约翰说。

"你难道没看到,假如你采用了他自己的法则,会有什么推论?"

"没看到。"约翰说话的声音很大,因为他仿佛若有所悟,一个可怕的领悟。

"可是,你一定看到了,"理性说,"对于巨人及其臣民来说,不信大地之主恰是个一厢情愿的梦。"

"我不会采用他的法则。"

"在巨人国度滞留,你却没得到任何进益,那你就是个蠢蛋。"理性说,"愿望达成理论有某种力量。"

"或许有吧,不过力量不大。"

"我只想给你摆明,不管它是何种力量,那也是有利于大地之主存在的力量,而不是不利于——尤其是对你而言。"

"为什么尤其对我?"约翰有些悻悻然。

"因为大地之主就是你有生以来最害怕的。我不会说,任何理论正因其令人不适,就应得到接受。可是如果要接受一点理论的话,那么信大地之主的理论,就应优先。"

理性说这些话的时候,他们爬上一座小丘的顶端。约翰请求歇一小会,他快喘不上气了。回望过去,连绵起伏、绿油油的土地之外,是一线山脉的黑色剪影,那是巨人地盘的边界。而在那些山峦的背后,则是古老的东方群山,在落日余晖照映之下,巍然屹立在天边。它们看上去,跟好久以前约翰在清教乡看到的,一样雄壮。

"我不知道您会把我领到哪里，"约翰最终开口了，"在这曲里拐弯的路上走，我都搞不清方向。再说了，我发觉您的马也累了。请您原谅，我想接下来自个行走。"

【页 65 眉注：他决定，在此停止推理。】

"随你便吧，"理性说，"不过我还是强烈建议你，往左边走。"

"那会通向哪里？"约翰满怀狐疑。

"会把你带回大路。"理性说。

"那太好了！"约翰说，"夫人，现在我要走了，祝福一下我吧。"

"我没什么祝福给你，"这位女士说，"祝福与咒诅，不是我的事。"

约翰跟她道别，踏上了她指的那条路。她刚一淡出视野,我梦见,约翰就埋头一阵猛跑;因为这蠢货还以为,她会跟踪他。他一路在跑,直至发觉自己正在上山——山很陡,他要是接着跑,会喘不上气——在山顶,这条路接上了另一条路,另一条沿着山脊左右延伸的路。约翰看这条路,一头向东,一头向西。他明白,这确实是大路。他停了一小会,擦了擦额头的汗。接着他朝右一拐,面朝夕阳,又上路了。

卷五　大峡谷

THE GRAND CANYON

不走陆路也不走水路，

你可否找到，

去往极北之地的路途？①

——品达

生命短暂的凡人来相助？君不见

---

① 原文是：Not by road and foot nor by sail and ocean / Shalt thou find any course that reaches / The world beyond the North. 出处未知。

他们软弱无力，

有如虚渺的梦幻，

把那昏盲的芸芸众生在其中禁锢。①

——埃斯库罗斯

啊！他们怎能教训人而不致误入歧途呢？

他们既无自知之明，更不明白上帝，

不知道世界怎样开始，人类怎样自甘堕落。②

——弥尔顿

---

① 语出埃斯库罗斯的悲剧《普罗米修斯》第 546—551 行，见《古希腊悲剧喜剧全集》第一卷《埃斯库罗斯悲剧》第 175 页。

② 语出弥尔顿《复乐园》卷四第 309—311 行，见朱维之译《复乐园·斗士参孙》(上海译文出版社，1981) 第 96 页。

第一章　大峡谷

The Grand Canyon

【页 69 眉注：他决心过德性的生活，即刻遇到障碍。】

大路很快变成上坡。爬了一阵坡，约翰发觉自己走在一片荒凉高原上，前面还是上坡路，只是不再那么陡了。走了一二里地，他看见前面有个身影，背对夕阳，轮廓清晰。那人一开始静静站着，接下来则左右踌躇，仿佛在做决定。他转过身来，面朝约翰。约翰吃了一惊，像是个老熟人。由于霞光满面，约翰一开始竟没认出来，原来他就是美德。他们握了握手。

"什么让你滞留在这里？"约翰诧异地问，"我想，按你的步履，自打我离开你到现在，本该比我提前一个礼拜的旅程才对。"

"你要是这样想，"美德说，"你的路途就必定比我的好走多了。你没翻那些山？"

"我从隘口过来。"约翰说。

"大路翻山而过，不弯不拐，"美德说，"我经常一天连十里地都走不了。可是不打紧：我已学会爬山，也掉了很多浮肉。真正让我滞留的是这东西——我到这儿已经好几天了。"

说着，他示意约翰向前走。他们一起走到坡顶。这时我看见约翰退后几步，倒吸一口凉气。因为他发觉自己站在悬崖边上。他镇定了一下，小心翼翼地又向前探。

【页 70 眉注：良知告诉他，自己努力，就能跨越它也必须跨越它。】

只见那条路没任何预警，径直上通到一道大峡谷——或者说深渊——的边缘，当空而断，像是断裂开来。深渊大概有七里宽。至于长度，他向左看看南边,向右看看北边,都没个尽头。太阳在正前方闪耀,将对岸投进阴影,因而不大看得清。不过,巨木苍翠,看上去像是一片富饶大地。

"我已经探过悬崖了,"美德说,"我想,我们能下到一半的地方。离我近点。看到那个平台了没?"

"我恐高。"约翰说。

"就是那个。"美德说,指着一条狭长的绿色地带,在脚下千米左右的地方。

"我永远到不了那儿。"

"嗨,到那儿,轻而易举。难就难在,到那以后,不知道又是怎么个情形。我倾向于认为,它就挂在半空。那样的话,尽管我们能下到那儿,可我保证不了能返回来,要是再往下没路可走的话。"

"那时,我们这样自信就是发疯。"

"这我不知道。不过,下到那里去,倒合乎准则。"

"什么准则?"

"准则就是,"美德说,"如果有百分之一的存活机会,我们就必须试一下;如果没存活机会,绝对没有,那尝试就是自取灭亡,就不要试了。"

"这可不是我的准则。"约翰说。

"这就是你的准则。我们所有人都有着同一套准则。真的。你知道的。"

"即便这就是我的准则，那我也遵守不了。"

"我想我还是不理解你，"美德说，"不过，当然，或许你攀岩技术很差，以至于对你一点机会都没有……我同意这点差别。"

这时，响起了另一个人的声音。

"你们俩人都根本没机会。除非我背你们下去。"

两个年青人循着声音转过身去。一位老妇人，就坐在悬崖边的一座像是石椅的东西上。

"啊，柯克妈妈，是您吗?"美德一面问，一面悄声对约翰说:"在崖边，我已经不止一次看见她了。一些乡里人说，她有先见之明（second-sighted），一些人说她是疯子。"

"我不会信她的，"约翰同样悄声说，"依我看，她更像是个巫婆。"接着他转向老妇，大声说:"老妈妈，您怎能背我们下去呢? 我们背您，倒还差不多。"

【页 71 眉注:传统基督教说，他过不去。】

"我背得动，"柯克妈妈说，"不过，那力气是人地之主给我的。"

"这么说,您也信大地之主喽?"约翰说。

"亲爱的孩子,我怎能不信?"她说,"我就是他的儿媳。"①

"他连身好衣裳都不给你。"约翰说着,瞥了一眼老妇人土里土气的衣着。

"衣裳够我穿的了。"老妇人平静地说。

"我们应该让她试试,"美德对约翰耳语道,"只要有点机会,我们就不许放过。"可是约翰对他皱了一下眉,叫他别吱声,又跟老妇人说起话来。

"难道您不认为,您的这位大地之主很奇怪吗?"他说。

"怎么个奇怪?"她问。

"他为啥要修这样一条路,直通到悬崖边——除非就是故意要让路人在黑暗中摔断脖子?"

"哦,谢天谢地,他可从没让路成这样就撇下不修了,"老妇人说,"刚修成的时候,这可是环绕世界的一条坦途啊。这条峡谷,远远晚于这条路。"

"您的意思是说,"美德说,"这里曾有过某种大事变。"

---

① 依基督教教义,教会是基督的新娘。

"是啊,"柯克妈妈说,"我看今晚我还是不背你们下去了吧,这样就能给你们讲讲这个故事。过来,坐我身边。你们俩,该没有谁聪明到耻于听老婆婆讲故事的程度吧。"

第二章　柯克妈妈的故事

Mother Kirk's Story

【页 72 眉注：亚当之罪。】

他们坐了下来，老妇人就讲了这个故事：

"你们必定知道，有段时间，这片土地上还没有佃户。因为大地之主，以前自己耕种。那时这儿只有动物，大地之主和他的儿女们，照看它们。每日清晨，他们下山来，挤牛奶，将羊群带到草场上。不需要太费心，因为那时，动物们都驯良；也用不着篱墙，因为即便有狼窜入畜群，也不会伤害它们。有一天，大地之主干完活，回家路上，他回望这片土地，只见兽畜欢跃，作物欣欣向荣。这时他心中冒出个念头，一切都这么好,不该只留给自己。所以他决定,将这片地租给佃户。头一个佃户,是一对结了婚的年青人。起初,大地之主在原野中央修了一处农庄,也就是你们现在坐的地方。这里土地肥沃,空气宜人。他们日后是要拥有这个原野的,只不过地土太广,他们那时忙不过来。大地之主的想法是,他们可以耕种这块农庄。剩下的土地,暂时留作苑囿。日后他们可以再将苑囿分开来,分给孩子耕种。你们一定要知道,那时他订的佃约,跟今天的佃约大不相同。对他那一方而言,那是份永久佃约,因为他答应,从不赶他们出去;而他们这方,则随时可以选择离开,只要有个孩子在这里,看顾着农庄就行。他们自己,则可以上山,跟他住一起。他想这是个不错的主意,因为跟陌生人住一起,能开拓自家孩子的眼界。他们也认为这是好事。不过,将土地交给佃户之前,他还必须先做一件事。那时,这片土地上长满了一种水果,那是大地之主为自己和孩子们种植的。干活口渴了,他们可以到树下摘果子吃。那水果特别好吃,据他们说,山上种的还更多。不过,那水果性烈,只有山里长大的才能吃,因为只有他们才吃得消。在那之前,地上只有动物,每片丛林里都有山苹果,就没事。因为你知道,除了对自己有好处的食物,动物再啥都不吃。可现在，既然土地上要有人了，大地之主就担心，这些山苹果会害了他们。不过也不要想着说，他应当将每棵山果树都挖了，那会使这片土地变成荒漠。【页 73 眉注：正因为此，他的后代发现路途上有了裂谷。】因而他决定，最好跟这对年青人说明白。当他发现，就在农庄中央长着一棵巨大的山苹果树时，他说道："这样更好。要是他们听得进去，最好一开始就告诉他们；要是他们听不进去，那防也防不住。因为即便他们在农庄里找不到山苹果，在别的地方也会很快找到。"因而他没挖那棵果树，就将农庄交给年青夫妻。离开他们之前，他就这事对他们细说端详，前前后后都给他们讲说了，并警告他们，切莫吃山苹果。然后他就回家。有那么一段时间，那人跟妻子都中规中矩，照料动物，打理农庄，禁食山苹果。据我所知，要是那妻子没有结识个新熟人，他们就不会犯禁。这个新熟人，是个小地主。他就在山上出生，是我们的大地之主的一个孩子，不过他跟父亲吵翻了，另立门户，那时，已经在另一片土地上弄起来一份可观的产业。他那份产业跟这片土地接界。由于他是个大掠夺者，他总想吞并这块地——还差点得手。"

"我可从没碰见他的佃户。"约翰说。

"你是没碰见领头佃户（tenants in chief），亲爱的孩子，"老妇人说，"所以你不认识他们。不过，你该碰见过骄子们吧，他们就是玛门先生的佃户。而玛门先生，则是时代精神的佃户。时代精神由敌人直接领导。"

"我敢保，"约翰说，"骄子们听到他们竟有个地主，定会大吃一惊。他们定会想，你所说的这位敌人，跟您的大地之主，一样是迷信。"

"但事情就是这样，"柯克妈妈说，"小人物不认识他们所隶属的大人物。大人物也不想让他们认识。即便底层的小人物都知道事情真相，隶属关系也不会有大的改变。不过这跟我的故事不相干。我方才说，敌人想方设法结识了农妇。且不管他是怎样做到的，也不管他说了什么，不久，他就说服了她，她唯一所需的就是一颗美味的山苹果。她摘了一颗，吃了。然后——你知道做丈夫的都会怎样吧——她让丈夫改变主意。就在他伸出手去，摘了果子的那个当儿，地动山摇。这片土地从北到南，裂开了。此后，这儿不再是农庄，而成了这条峡谷。乡下人叫它大峡谷。可在我的语言里，它的名字是亚当之罪。"①

---

① 原文是"*Peccatum Adae*"，就是人类始祖所犯"原罪"。

第三章　美德之自足

The Self-Sufficiency of Vertue

【页 74 眉注：恐惧太多疑，天生良知太骄傲，都不接受帮助。】

"那我猜，"约翰酸酸地说，"大地之主恼羞成怒，就发明了那些规矩和黑洞？"

"故事没这么简单，"老妇人说，"吃了苹果之后，发生了太多太多的事。比如，那味道在那男人和那女人心中激起一种渴欲，他们寻思，自己怎么吃都吃不够。所有那些野苹果树，他们还嫌不够，又栽种了许多许多。还在别的树上嫁接山苹果，这样，每种水果里都有了一点那个味道。他们很成功，以至于这块土地上的植物系统如今都受了感染：在这块土地上，当然是在峡谷的这一边，几乎没有哪种水果或哪个根系，没有一点点山苹果在里面。你所尝过的东西，从来没有哪个不受沾染。"

"可这跟牌子上的规矩又有何干？"约翰说。

"息息相关。"柯克妈妈说，"在食物都或多或少有点毒的土地上——当然，有的食物毒素要少很多——为了保持健康，你就必须有套特别繁琐的规矩。"

"说了这么多，"美德说，"我们的旅程没前进一步。"

"明天早晨我会背你们下去，要是你们愿意。"柯克妈妈说，"不过提醒二位一下，这地方危险，你们必须严格听我吩咐。"

"要是这地方这么危险——"约翰正要说话，由于老妇人的最后一句话刺痛了美德，美德就突然插话：

【页75眉注：拒绝了基督教，约翰转而求助于世俗文化（cultured Worldliness）。】

"老妈妈，恐怕不用了吧，"他说，"我不能听命于任何人。我必须做自己灵魂的统帅，做命运的主宰。[①] 不过，还

----

① 原文是：*I must be the captain of my soul and the master of my fate.* 典出英国诗人威廉·亨利（William Ernest Henley，1849—1903）的名诗《不可征服》（Invictus）最后两句。坊间有该诗全译，译者未（转下页注）

是要谢谢您的美意。"

"你说得对，"约翰急忙说，又悄声补上一句，"这老太婆明显不正常。我们的真正任务是南北勘察这条裂谷，直到找见可以下得去的地方为止。"

美德起身了。

"我们在想，老妈妈，"他说，"我们要先弄清楚，除了有人背，有没有我们可以下得去的地方。您也看见，这双腿已经伺候了我这么长的路程，我不应现在就开始让人背吧。"

"试一下对你没坏处，"柯克妈妈回答说，"要是你们找到一条下去的路，我也不惊讶。可说真的，从那边上去是又一个问题了。不过到那时，我们或许还会相遇。"

这时，天已经很黑很黑了。两个年青人向妇人道了晚安，回到大路，讨论他们的计划。离悬崖边不到半里，大路有两条分岔。向北的那条岔路，仿佛好走一些，而且稍稍向

(接上页注)知："透过覆盖我的深夜，/ 我看见层层无底的黑暗。/ 感谢上帝曾赐我，/ 不可征服的灵魂。/ 就算被地狱紧紧攫住，/ 我不会退缩，也不惊叫。/ 经受过一浪又一浪的打击，/ 我满头鲜血都不低头。// 在这满是愤怒和眼泪的世界之外，/ 恐怖的阴影在游荡。/ 还有，未来的威胁，/ 可我是毫不畏惧的。/ 无论我将穿过的那扇门有多窄，/ 无论我将肩承怎样的责罚。/ 我是命运的主宰，/ 我是灵魂的统帅。"

回折了一下，离崖边稍远一点（晚上沿着崖边走，约翰很怕）。他们就向北进发。那是个晴朗的星夜。不过越往前走，越冷了。

第四章　善感先生

Mr. Sensible

【页 76 眉注：世俗文化之伪善及轻薄。】

走了一里多地，约翰叫美德看大路后面的一点灯光。接着我看见，他们顺着那灯光走去，穿过一条通道，走到门前，叩门。

"这是谁家啊？"仆人开门的时候，美德问。

"这是善感先生家，"①仆人说，"如果你们是夜间赶路的行客，他会很乐意接待你们。"

---

① 　愚按：sensibility 作为文学批评术语或哲学术语，学界通常译为"感受力"或"敏感性"。18 世纪，有一种"感受力崇拜"（the cult of sensibility），赋予情感以极端的重要性。据此，拙译将 Mr. Sensible 译为"善感先生"。

他将他们领到一间屋子,屋里点着一盏灯,亮亮的,却并不刺眼。一堆通红通红的炭火旁边,坐着位老绅士,狗蜷在脚下,书摊在膝上。身子一边,是一幅散在木框里的智力拼图;另一边,则是一盘没下完的棋。他站起身来,热情招呼他们,但不慌不忙。

"欢迎欢迎,先生们,"善感先生说,"过来暖暖身子吧。苦力,"(他叫仆人)"给我们仨弄点晚餐:普通晚餐,苦力。我没法给你们提供奢华的东西,先生们。酒是自家地里产的,樱草酒,权当饮品吧。这酒会不对你们口味。不过对我,自家果园自家厨房出产的干酿,滋味会总是胜似灵泉。① 这些小萝卜,也是我自个种的,我想我可以厚颜夸耀一下。可是看二位表情,我已暴露了自己的弱点。我承认,我的园子是我的骄傲。不过那又何妨? 我们都还是孩子。我估摸着,谁能用现有玩具弄出最大乐子,不假外求,谁就是我们中间最聪明的人。'灵魂富足堪与国王匹敌。'②知足吧,朋友,知足

---

① 灵泉(*Hippocrene*),古希腊赫利孔山上的泉水。据希腊神话,此泉在缪斯家附近,泉水可激发诗歌灵感。

② 原文为拉丁文 *Regum oequabit opes animis* 意为 equal to a king in the riches of the spirit。语出古罗马诗人维吉尔(Virgil,前 70—前 19)的《农事诗》卷四第 132 行。

才是最大的财富。别让狗缠着你，先生。它有癞疥。走开，鲁为！走啊，鲁为！汝不知审判已临汝乎？"①

"您不会真把它宰了吧，先生？"约翰说。

"它开始讨人嫌了，"善感先生说，"再养着它，那是愚蠢。换你会怎么做呢？'我们都要到同一个地方去。'②它已经晒够太阳，抓够跳蚤了。现在，可怜的家伙，必须到'长眠之地'③去了。死生寿夭，我们都必须认命。"

"您会想念您的老伙伴的。"

"为什么啊？你知道的，生活的伟大艺术是，去留无意宠辱不惊。情感对象，跟财产一样。拥有时，我们必须足够爱它们，以充实我们的生活——但不要太过，以防失去时，会损及我们的生活。你看这拼图，玩的时候，将这些图拼起来，对我就无比重要。但拼完以后，我就不再想它了。即便拼不起来，我也不会伤心。这个混账苦力。嗨，婊子养的，

---

①　这里，善感先生诌了一段古英语。为传此神气，特以蹩脚文言译之。

②　原文为拉丁文：*Omnes eodem cogimur*，意为 We are all being gathered to the same fold. 语出古罗马诗人贺拉斯（Horace，前 65—前 8）《颂诗集》（*Odes*）第二部第三首第 25 行。

③　原文是拉丁文 *quo dives Tullus et Ancus*，意为 whither rich Tullus and Ancus，也即 the underworld, the land of the dead. 典出贺拉斯《颂诗集》第四部第 7 首，第 15 行。

晚饭要等一晚上吗?"

【页 77 眉注:文化界远不是攻击属灵生活,而是对之居高临下。】

"马上就好,先生。"苦力在厨房答道。

"这家伙在灶台上睡大觉了吧。"善感先生说,"不过,且让我们利用这点时间,继续谈话。我认为,好的谈话就是生命的甜点(the finer sweets of life)。不过我不会把长篇大论、说教或揪住一个话题不放,算在里边的。你的不变通,是一切谈话的孽根。我坐这儿听你的意见——'不偏不倚'①——球滚哪儿,我跟到哪儿。我蔑视体系。我喜欢探索你赤裸的心灵。无物不好——'我喜欢游戏,爱情,书籍,音乐,城市和乡村——凡事喜欢!'②机缘毕竟是我们最好

---

① 原文是拉丁文 nullius addictus,语出贺拉斯《书信集》(Epistles)第一部第一首第 14 行。英国皇家学会即以此诗第 13—14 行为座右铭:Ac ne forte roges,quo me duce,quo lare tuter,/ Nullius addictus iurare in verba magistri. 意思是:"任何场合都不必问我追随哪位首领,或者何方神祇庇佑我,我不必尊崇任何大师的圣言。"(见《国外著名科学院所的历史经验和借鉴研究》第一章,阎康年、姚立澄 主编,科学出版社,2012)

② 原文为法语:J'aime le jeu,l'amour … et la campagne - enfin,tout! 意为:"I like games, love, books, music, town and country - everything, in fact!"语出法国诗人拉封丹(Jean de la Fontaine,1621—1695)的《普赛克与丘比特之爱》(Les amours de Psyché et de Cupidon)卷一第 2 章。

的向导——除了将你们二位今夜带到我檐下的幸运骰子，我还要找更好的见证吗？"

"绝非机缘，"美德说，他一直焦急等待说话机会，"我们在旅途上，正在找路穿越大峡谷。"

"我并非嫉妒，"①这位老绅士说，"你们该不会坚持让我结伴而行吧？"

"我们从没想过。"约翰说。

"到时，我为何要乐意放你们走呢？"②善感先生笑道，笑声很悦耳，"而且，你们图个什么呢？我常以沉思心灵的那种奇怪骚动以自娱。这骚动驱迫我们，尤其是你们年青人，爬一座山，

----

①　原文是拉丁文："*haud equidem invideo*"语出维吉尔《牧歌》其一第 11 行："我并非嫉妒，只是惊奇，整个农村是这样混乱……"

②　为凸显善感先生之卖弄学问，路易斯让善感先生所说的"You do not insist on my accompanying you?"与"Why then I am very willing that your should go!"这两句普通对话，几乎一字不落地援用鲍斯威尔的经典游记《赫布里底群岛旅行日记》(*Journal of a Tour to the Hebrides*, 1785)之开篇。当鲍斯威尔向约翰逊提议，去访问一下伏尔泰：

"He looked at me, as if I had talked of going to the North Pole, and said,'*You do not insist on my accompanying you?*'

'No, sir.'

'*Then I am very willing that you should go.*'"

蔡田明先生译为：他瞪着我，就像我谈到要去北极那样，马上说，"你别想我陪你去！""先生，我不强求你。""我很愿意你能去那里。"（见《惊世之旅：苏格兰高地旅行记》，国际文化出版公司，2011，第 119 页）

只为了接着下山;漂洋过海,只为了付钱给客栈,让他们上桌酒菜,比在自家能吃到的差多了的酒菜。'我们换了个风景,而不是换了个自己。'①我不会压抑这个冲动,这你们理解,同样我也不会饿死自己天性中的任何别的部分。这里也一样,幸福的秘密在于知道适可而止。适当允许旅行——刚好足以平息又不餍足好奇心——就非常好。带回一点罕见东西,放在自家柜子,免得日子沉闷。不过这大峡谷——沿着这边崖际适当走走,也能给你同样的风景,而且还让你安全无虞。"

"这不是我们寻找的风景,"约翰说,"我在努力寻找西方海岛。"

【页78眉注:一切善感之人的哲学。】

"毫无疑问,你说的是某种审美体验。这里也一样,我不会逼着年青人对这种事闭上眼睛。夕阳西下,一叶知秋,当此之时谁不会感到一丝永生盼望呢?②谁又不会向彼岸

---

① 原文为拉丁文:*Caelum non animum mutamus*,语出贺拉斯《书信集》第一部第 11 首第 27 行意为 "[Crossing the sea] we change the scenery, not ourselves."

② 莎士比亚《安东尼与克莉奥佩特拉》(*Antony and Cleopatra*)第五幕第二场,克莉奥佩特拉说:I have immortal longings in me. 朱生豪译为:"我心里怀着永生的渴望。"(《莎士比亚全集》卷六,译林出版社,第305 页)

伸手呢？'我也曾住在阿卡迪亚。'①我们都曾犯过傻——
哎，还傻得起劲。不过我们的想象，也得像嗜欲那样，需要
检束。老天保佑，这可不是为了什么超验伦理，而是为了自
个结结实实的好处。那个狂野冲动，必须品尝一下，但不要
听命于它。蜜蜂虽会蜇人，我们还是取蜜。将那令人窒息
的甜蜜，放入完美瞬间之杯，让它不离双唇，不错过一丝一
毫的瞬间之快味，同时我们自己，在某种意义上，又不为所
动——这才是真正的艺术。为了过上合情合理的生活（the
reasonable life），甚至要驯化这些快感：失去它们好像不堪
忍受，但却是为合理化（rationality）所要付出的必需代价。
如果暗示说，就矫正后的味觉而言，干酿的味道——甚至最
后的那丝甜味——都归功于我们知晓，干酿是强行压榨出

----

① 原文是拉丁文：*Et ego in Arcadia*。墓碑上常见 *Et in Arcadia
Ego* 一语，与路易斯的语序略有不同。据考证，17 世纪法国画家尼古
拉·普桑（Nicolas Poussin，1594—1665）的名画《阿尔卡迪的牧人》（约
1638—1639）里的墓碑上，就刻着 *Et in Arcadia Ego* 几个字。关于这句
墓志的含义，有两解。一说其中的 *Ego*，指死神，所以墓志的意思就成
了："甚至在阿卡迪亚，也有我的存在。"（even in Arcadia am I［＝
Death]）一说 Ego 指长眠此地之人，墓志的意思就是："我也曾住在阿卡
迪亚。"（I too have been in Arcadia）路易斯刻意改变语序，是为了突出第
二个意思。

　　关于此墓志的讨论，可参艺术史家潘诺夫斯基（Erwin Panovsky）的
《视觉艺术的含义》第 7 章。

来的,这样说是不是有点莽撞?① 将快感同其自然的后果及条件割离,权且分开美妙阶段和不相干的背景,正是人兽之别,正是野蛮人和文明人的区别。有些道学家痛骂罗马人,骂他们在宴会上使用催吐药。我不会与他们为伍。还有道学家,禁止我们近期堪称善举的避孕措施。我更不会跟他们一道了。一个文明人吃喝,是受趣味(taste)促动,而不是受本性(nature)促动,又不会担心胃痛。他可以纵情声色,却又不用担心私生子来搅和。在他身上,我找到了都市文明(Urbanity)——这才是核心所在。"

"您知道穿过峡谷的路么?"美德突然问。

"不知道。"主人说,"因为我从没探过路。'人文研究的就是人',②那些无用的玄想,我一律置之不理。就算有条路穿越峡谷,我走这路又图个啥? 我费劲巴拉从这边爬下去,从那边爬上去,结果发现脚下是同样的土地,头顶是同样的蓝天。我白费这劲干啥? 以为峡谷那边的土地,总跟

---

① 本句原文是:Is it an audacity to hint that for the corrected palate the taste of the draught even owes its last sweetness to the knowledge that we have wrested it from an unwilling source?

② 原文是:*the proper study of mankind is man*,语出蒲伯(Alexander Pope,1688—1744)的长诗《论人》(*An Essay on Man*,1733)卷二第 2 行。

这边的土地不一样，这想法很可笑。'所有的东西都永远是一样。'①为了我们的舒适惬意，自然已经竭尽全力。在家里不知足，才会在外边徒劳寻觅。这该死的找打！苦力！！你是给我们上晚饭呢，还是情愿骨肉散架？"

【页79眉注：它痛恨一切连贯推理。】

"马上，先生。"苦力在厨房答道。

"峡谷那边，住的人或许不一样。"就在那个间歇，约翰小心地说。

"这更不可能。"善感先生说，"人性本同。衣着或风俗或许千差万别，但在这变幻的假象之下，我发现了不变的心灵。② 峡谷那边要是有人，放心吧，我们也已经认识他们了。他们也出生，他们也入死。生死之间的时光里，他们跟我们足不出户就认识的可爱流氓，没啥两样。"

"可是，"约翰说，"您其实无法确定，就没有我的海岛这样的地方。理性，也对此悬而未决啊。"

---

① 原文是拉丁文：*Eadem sunt omnia semper*。语出卢克莱修《物性论》卷三第949行，见中译本（方书春译，商务印书馆，1981）第179页。

② 路易斯对普遍人性论，颇有微词。参路易斯的《失乐园序》第9章，拙译该书将由华东师范大学出版社出版。

"理性!"善感先生失声道,"你说的就是跨马提枪在这块土地上游荡的那个疯女人吧? 我相信,当我说起合情合理生活(reasonable life),你该不会认为,我说的就是她所首肯的东西吧? 我们的语言里有个奇怪的混淆。因为我所提倡的情理(reasonableness),①其最凶险的敌人,正是理性(Reason)。或许我该停用这一名称,而去说我的神祇不是理性,而是明智。"②

"这有什么不同吗?"美德问。

"明智平易近人,理性(reason)拒人千里。明智知道在哪儿止步,会优雅地不了了之;理性则专横地追随逻辑,走哪儿她都不知道。一个寻求心安(comfort),寻着了;一个寻求真理,还在寻觅。明智家道兴旺儿女众多,理性则不孕不育,还是个处女。要是我能乾纲独断,我会把你的这个理

---

① "Reasonableness"一词,是英国诗人、文学批评家马修·阿诺德(Matthew Arnold,1822—1888)的一个标志性词汇,尤其他常说 sweet reasonableness。如阿诺德的名言:Protestantism has the method of Jesus with His secret too much left out of mind; Catholicism has His secret with His method too much left out of mind; neither has His unerring balance, His intuition, His sweet reasonableness. But both have hold of a great truth, and get from it a great power.

② "明智"一词原文为法语:*le bon sens*,一般英译为 good sense。

性投入大牢,让她呆在草堆里去玄思冥想。这骚货脸蛋是漂亮,这我同意。但她领我们远离真正归宿——欢乐,快感,轻松,知足,不管你怎样称呼！她是个狂热分子,从我导师那儿,她一点都没学着恪守中庸之道。身为可朽之人,未知生焉知死。珍视中庸之道的人——"[①]

"您这样说,很怪。"美德打断了他,"因为我也受亚里士多德熏陶。我想,我读的本子必定跟您不一样。在我读的本子上,中道说一点都不带有您所赋予的意思。他特别强调说,没有善的过度。[②] 正道上,您不可能过度。我们所走的路,可能从三角形底边中点出发,但还是越远离两端,越好。[③] 从这个角度讲——"

---

①　原文为拉丁文:*Auream quisquis*,语出贺拉斯《颂诗集》(*Odes*)第二部第 10 首第 5 行,意为"The man who cherishes the golden mean."

②　廖申白译注亚里士多德《尼各马可伦理学》(商务印书馆,2003)卷二第 6 章:1106b36—1107a6:"所以德性是一种选择的品质,存在于相对于我们的适度之中。这种适度是由逻各斯规定的,就是说,是像一个明智的人会做的那样地确定的。德性是两种恶即过度与不及的中间。在感情与实践中,恶要么达不到正确,要么超过正确。德性则找到并且选取那个正确。所以虽然从本质或概念来说德性是适度,从最高善的角度来说,它是一个极端。"

③　查亚里士多德《尼各马可伦理学》论"中道"的章节,并无三角形的隐喻。这可能是路易斯那个时代讲述亚里士多德的一个形象说法。亚里士多德说,一种德性(virtue)像两种相反的恶之间的中道,(转下页注)

【页 80 眉注：其无知而又业余的怀疑论。】

"我放弃了。"①善感先生忍不住了，"年轻人，剩下的就免了吧。我们不是在上课。你的学问比我前卫，我甘拜下风。哲学应是我们的婢女，②而不应是主人。在谈天说地

(接上页注)比如，勇敢是怯懦和鲁莽之"中道"，距离这两种恶同样地远。值得注意的是，若要画图表示，"中道"并非两个极端之间的中点，而是一个等腰三角形的顶点。这是因为，不但两个恶的极端相互对立，而且，恶的两极也跟"中道"对立。比如，"勇敢"是中道，但懦夫也会称勇者鲁莽，而莽夫则会称勇者怯懦。亚里士多德说：

所以，有三种品质：两种恶——其中一种是过度，一种是不及——和一种作为它们的中间的适度的德性。这三种品质在某种意义上彼此相反。两个极端都同适度相反，两个极端之间也彼此相反。适度也同两个极端相反。正如相等同较少相比是较多，同较多相比又是较少一样，适度同不及相比是过度，同过度相比又是不及。在感情上和实践上都是如此。例如，勇敢的人与怯懦的人相比显得鲁莽，同鲁莽的人相比又显得怯懦。同样，节制的人同冷漠的人相比显得放纵，同放纵的人相比又显得冷漠；慷慨的人同吝啬的人相比显得挥霍，同挥霍的人相比又显得吝啬。所以，每种极端的人都努力把具有适度品质的人推向另一端。怯懦的人称勇敢者鲁莽；鲁莽的人又称勇敢者怯懦，余类推。（廖申白译注《尼各马可伦理学》卷二第 6 章：1108b10—27）

① 原文是拉丁文：*Do manus*！

② 拙译路易斯《人之废》第 3 章："培根咒诅那些把知识当作目的本身而加以珍视的那些人；对他而言，这恰如嗣续繁衍之佳偶，变为寻欢作乐之玩物。"（华东师范大学出版社，2015）培根《学术的进展》（*Advancement of Learning*，1605）卷一第 5 章第 12 段说："无论是天上的还是地上的知识，求知都是为了剔除无益的玄想，摒除空虚无用的东西，保留和扩大那些可靠而有益的东西。知识不应当如同情妇似的，只是增加人的欢愉和虚荣，或者像女奴隶，只供主人占有和驱使，而应当如同配偶，是为了繁殖、结果和慰藉。"（刘运同译，上海人民出版社，2007）

的社交场合,刻意卖弄精确,大煞风景,就像——"

"至于有死的存在就要想有死的存在,"美德还没停下来,在我的梦境里,他阅世未深,"亚里士多德引用这话,是说他不同意。① 他认为,有死生命之目的在于,应努力追求不朽的东西。他也说过,最无用的研究就是最高贵的。"②

"我明白你在咬文嚼字,年青人,"善感先生说,差不多是在冷笑了,"我敢保,这些琐碎知识,要是重复给你老师听,肯定会得到应得的赞赏。可在这儿,请你海涵,地方不对。一个绅士对古代作者的知识,没有学究气。我想,你大概已经误解了,哲学在理性生活中该处的位置。我们不照搬体系(*systems*)。哪个体系站得住脚? 哪个体系不会留给我们这句古谚——'我何所知'?③ 哲学的力量在于提醒我

---

①　《尼各马可伦理学》卷十第7章:"不要理会有人说,人就要想人的事,有死的存在就要想有死的存在的事。应当努力追求不朽的东西,过一种与我们身上最好的部分相适合的生活。"(1177b:30—33,廖申白译,商务印书馆,2003)

②　亚里士多德《形而上学》982b:"只因人本自由,为自己的生存而生存,不为别人的生存而生存,所以我们认取哲学为唯一的自由学术而深加探索,这正是为学术自身而成立的唯一学术。"(吴寿彭译,商务印书馆,1959)

③　原文是法文: *que sais-je*? 蒙田(Michel de Montaigne, 1533—1592)印章上的铭文。

们事物的奇异——在于她退居默想中迷离恍惚的魅力——
总之,在于她的装点功能,这样,哲学就成了好生活的工具。
我们去廊下(the Porch)和学园(the Academy),①做旁观
者,不是做参与者。苦力!!"

　　"晚饭好了。先生。"苦力说着,出现在门口。

　　于是我梦见,他们进了餐厅,走向餐桌。

_____

　　① 斯多葛学派,亦称廊下学派;学园,指柏拉图学园。

第五章　桌边谈话[①]

Table Talk

【页 81 眉注：有赖于人，却不承认。】

和樱草酒一道上来的，还有牡蛎。酒有点涩，就像老绅士提前声明的那样。酒杯很小，美德差点一口干了。约翰担心不会再上酒，便一口一口呷。部分原因是他怕主人难堪，部分原因是他不喜欢这味道。不过他的担心是多余。因为上汤的时候，又上了雪莉酒。

"桌上珍馐，不见市面。"[②]善感先生说，"但愿这花园里

---

① 此标题可能典出马丁·路德的名著《桌边谈话录》。

② 原文是拉丁文：*Dapibus mensas onerabat inemptis.* 意为：(转下页注)

的野葡萄酒,对没被宠坏的舌头,还算不错。"

"您不会是说您种有葡萄吧?"约翰兴奋了。

"我是说樱草酒。"善感先生说,"我希望很快就会有一些好葡萄,不过目前,我还是有点依赖邻人。这是我们自己的雪莉酒吗?苦力。"

"不是,先生,"苦力回答说,"这是开明先生(Mr. Broad)送来的那坛。"

"大比目鱼呢!"约翰问,"您该不会——"

"不是,"善感先生说,"海鱼,我承认,定是从我的滨海朋友那儿弄来的。"

进餐的时候,约翰出于礼貌,没再继续打问。跟沙拉一道端上来的,还有一两根小萝卜。约翰一下子如释重负,主人这下能够声言这是自家产的了。("萝卜或鸡蛋,调调味。"①善感先生。)可是我在梦中有特权,知道这顿大餐的来历。樱草酒和萝卜,是自家地里的。骨肉相连,是玛门先生的礼物。开胃

(接上页注)"He loaded his table with delicacies not bought at the store." 语出维吉尔《农事诗》(*Georgics*)卷四第 133 行。

① 原文是:His humble sauce a radish or an egg. 语出威廉·珂柏(William Cowper,亦译威廉·考柏)的诗集 *The Task* 卷四《冬夜》(*The Winter Evening*)第 172—173 行。

菜和小点心，来自猥亵城。香槟和冰激凌来自老半途先生。部分食物，是善感先生来这儿住的时候，从以前这栋房子的住户那儿接手的。因为在那片高原上，尤其是大路以北地区，空气稀薄，天气寒冷，东西可以保存很长时间。面包，盐，苹果，就是伊壁鸠鲁留下来的，他盖了这栋房子，也是头一个居住。① 一些上等肘子肉，原归贺拉斯。② 红葡萄酒和（就我记忆所及）大部分银器，是蒙田的。③ 而波尔图葡萄酒，餐桌上最好的东西，确实是千里挑一，原属拉伯雷。④ 那是他住这儿的时候，柯克妈妈给他的礼物，那时他们是朋友。接下来我梦见，晚餐

---

　　① 尼古拉斯·布宁、余纪元编著《西方哲学英汉对照辞典》（人民出版社，2001）释"伊壁鸠鲁主义"（epicureanism）：为伊壁鸠鲁所创立的哲学。他于公元前306年在雅典建立他的花园学派。在形而上学方面，伊壁鸠鲁信奉德谟克利特的原子论，并依据亚里士多德的批评而对其有所修正。在认识论上，他提出所有感性的东西都是真实的。在伦理学上，他提倡内在的平静和痛苦的缺失是主要的善，他反对世俗社会的竞争，追求绝对的平等，相信真正的幸福在于一个平和的心灵和一个健康的身体。他关于指导生活的基本学说，在于其提出的四重疗法，包括：在神面前不惧怕，在死亡面前不忧虑，善是易于获得的，恶要情愿去忍受。……他的作品的绝大多数都散失了，但他的学说为卢克莱修所保存。……

　　② 贺拉斯（Horace，前65—前8），与维吉尔和奥维德同为罗马奥古斯都时期的顶级诗人。

　　③ 蒙田（Montaigne，1533—1592），法国文艺复兴后期重要的人文主义作家，启蒙运动以前法国的一位知识权威和批评家，《蒙田随笔》被誉为"16世纪各种知识的总汇"。

　　④ 拉伯雷（Rabelais，约1494—1553），法国作家，牧师。对同时代人来说，他是医生和幽默作品《巨人传》的作者。

过后,老善感先生站起身来,用拉丁语向大地之主祝谢,感谢赐予他们食物。

"什么?"约翰说,"您信大地之主?"

"我们天性里的任何部分都不要压制,"善感先生说,"在优美传统中闪闪生辉的这部分,就最不应该压制了。大地之主自有其功能,跟其他任何事物一样,也是美好生活的一个元素。"

【页82眉注:一切善感之人的宗教。】

善感先生这时脸色变红,猛地紧盯着约翰,重复说:

"是一个元素。是一个元素。"

"我明白了。"约翰说。一阵长长的沉默。

"不过话说回来,"约莫过了十分钟,善感先生重振旗鼓说,"那是知书达理的一部分。'最重要的事,是按律法要求去荣耀众神。'①亲爱的美德先生,亲爱的年青朋友,你们的酒杯都快空了。我是说完全空了。'明日再驶回茫茫大海'。"②

---

① 善感先生这里诌了一句希腊语:*Athanatous men prota Theous nomoi hos diakeitai - Tima*,意为 The most important thing is to honour the gods as is required by law. 据传是毕达哥拉斯所作《金诗》(*Golden Verses*)第一条。

② 善感先生这里说了半句拉丁文:*Cras ingens iterabimus*. 语出贺拉斯《颂诗集》(*Odes*)第一部第七首最后一行。更长一点的引文是:勇士们,多少患难你们不曾与我／一同忍受,现在且让酒将烦扰赶开,／明日再驶回茫茫大海。(见李永毅译注《贺拉斯诗选》,中国青年出版社,2015)

又一阵沉默，比前阵子更长。约翰开始纳闷，善感先生是不是睡着了。这时善感先生说话了，信心十足：

"明天我们再度扬帆起航。"①

他朝他们笑了笑，就睡着了。苦力立即走了进来，背主人上床。在黎明时分的灰光中——我想，那时天已经蒙蒙亮，百叶窗缝隙里透进灰光——苦力显得又老又瘦又脏。接着我见他又走回来，领客人们上床。我见他第三次走进餐厅，将喝剩的红葡萄酒倒进一个杯子里，一饮而尽。接着他站了一小会，眨巴眨巴布满血丝的双眼，揉了揉瘦骨嶙峋胡子拉碴的下巴，最后打了个哈欠，开始打扫房间，准备早餐。

---

①　善感先生这时在说醉话，胡诌了一段拉丁文加希腊文：*Pellite cras ingens tum-tum*，*nomoi hos diakeitai*. 其中前半段的拉丁文，语出贺拉斯《颂诗集》(*Odes*)第一部第七首最后一行。

第六章　苦　力

Drudge

【页 83 眉注：这些善感者都是寄生虫。】

我梦见约翰被冻醒了。他睡在一间装饰奢华的大屋里，整座房子悄无人声。因而约翰想，起床也是没用。于是他将衣裳搽在身上，试图再度入睡。可是，只觉越来越冷。他自言自语道："即便是没早饭可吃，也要四处走走，免得冻死。"于是他起了床，将所有衣物都裹在身上，走到楼下房间。火还没生。发现后门开着，他就走了出去。清晨，天灰蒙蒙的。阴沉沉的云，很低。刚一出来，一片雪花就落上脚面。不过，就只一片。他发觉自己就在善感先生的花园里。

不过,这与其说像个花园,不如说像个院子。四周一圈高墙。墙内是干巴巴的褐色泥土,中间几条石头小径。约翰用脚拨了拨,发现土壤只有半英寸厚。下边则是坚硬的岩石。离房子不远处,他见苦力跪在地上,用手将像是灰尘一样的东西刨成一堆,可那实际上就是花园里的土壤。算是堆了个小堆,但代价却是苦力四周裸露了一大圈岩石——就像秃顶的头。

"早安,苦力,"约翰说,"你在干什么活?"

"修萝卜田。先生。"

"你家主人是个好园丁啊。"

"再说吧。先生。"

"他自己不在花园干活?"

"不。先生。"

"这地好薄。赶上好年景,自家地里产的总够养活他了吧。"

"够养活我。先生。"

"这地里长什么——除了萝卜。"

"再没了。先生。"

约翰走向花园尽头,越过一段矮墙一看,不由得退了一

步,心里一惊。他发现,往下瞧是个深渊。花园正坐落在大峡谷的边缘。约翰脚下,就在谷底,是森林。峡谷对面,他看见一片片林木一段段峭壁。峭壁绒绒的样子,披挂着绿色。一条条溪流,从远方大地奔流而下,因距离太远看似一动不动。即便是严寒的早晨,那一边看上去也比这边富饶,温暖。

"我们必须离开这里。"约翰说。这时,苦力喊他。

【页84眉注:他们的文化岌岌可危。】

"我不会靠那堵墙的。先生,"他说,"那里经常滑坡。"

"滑坡?"

"是的,先生。那墙我重修过十几次了。这房子原本在那墙外边——就在峡谷中央。"

"这么说,峡谷在变宽?"

"就在那里,先生,在伊壁鸠鲁先生的时代——"

"这么说,别的主人也雇佣过你喽?"

"是的,先生。我见过好多主人。无论谁住这儿,都需要我。以前他们唤我杂役,现在他们叫我苦力。"

"给我说说你的老主人呗。"

"伊壁鸠鲁先生是头一个。他精神有点问题,可怜的绅士。他对黑洞有一种挥之不去的惧怕。[1] 这糟透了。不过没有比他更好的雇主了。他和蔼,心善,说话轻声细语。很可惜,他坠崖了——"

"天哪!"约翰失声了,"你是说,你的一些主人,都因滑坡丧命?"

"绝大多数。先生。"

这时,楼上窗户里传来一声吼叫。

"苦力! 狗娘养的。热水。"

---

[1]　路易斯在《现代人及其思想范畴》一文开头就说:"最早的传教士,即使使徒,向三类人布道:犹太人;犹太化的外邦人,它有个专名 *metuentes*(畏神者);异教徒(Pagans)。在这三类人中,他们能指望上一些素质(predisposition),而在我们的受众身上,这些素质却指望不上。这三类人都信超自然(the supernatural)。即便是伊壁鸠鲁学派,他们也信,尽管他们认为众神毫不作为。这三类人都意识到罪(sin),且害怕神的审判(divine judgement)。伊壁鸠鲁主义,正因为它许诺把人从这种恐惧中解放出来,才得以风行——只有声称能治四处泛滥的疾病,新药才会大获成功。"(见拙译《切今之事》,华东师范大学出版社,2015,第98—99页)

"马上。先生。"苦力说着,不大情愿地站起身,最后拍了拍他拢的那堆土。"我很快就要离开这里了,"他继续对约翰说,"我想再往北走走。"

"再往北?"

"是的,先生。山上的野蛮先生(Mr. Savage)在招人。我在琢磨,您和美德先生是否也走那条路——"

"苦力!!"房子里传来了善感先生的咆哮。

"来了,先生。"苦力说着,开始解绑在裤腿上的两根绳子,"您也看到了,约翰先生,要是您二位容许我和你们一起走,那我荣幸得很。"

"苦力! 还要我再叫你吗?"善感先生叫了起来。

"来了,先生。要是你们同意,我今早就给善感先生打个招呼。"

【页85眉注:解除其颐指气使的权力。】

"我当然要向北走一点。"约翰说,"我没意见,只要美德先生同意。"

"你们真好,我就知道,先生。"苦力说。他转过身去,慢慢向房子走去。

第七章　美德拙于应世

The Gaucherie of Vertue

早餐时，他们碰面了。善感先生心情不好。"那个忘恩负义的榆木脑瓜仆人，在我危难之时要离我而去。"他说，"接下来的几天里，我们必须轮流当值。我恐怕不是个好厨师。美德，或许你会给我面子，在我找到新仆人之前，自己来做饭？我敢说，你可以让咱仨过上三天颇堪忍受的野炊生活。"

两个年青人则告诉他，早餐过后，他们还要赶路。

"这下嘛，"善感先生说，"还真的就麻烦了。你们的意思是说，要抛弃我了？我要彻底变成孤家寡人——斯文扫地——每日被迫从事贱役了？好吧，先生。我对现代风度真是无知：无疑，年青人就是这样回报好客的。"

"抱歉，先生，"美德说，"我可不这样看。伺候您一两天，要是您这样想的话，我当然愿意。可我不理解，您自己做饭吃，怎会成这么大的负担？您昨夜勾画美好生活蓝图时，我不记得您说过任何关于仆人的事。"

"怎么？先生，"善感先生说，"我讲蒸汽机原理，该不需要详细说明，我希望火要点着，或引力定律要起作用吧。一定有某些事情，我们视为理所当然。我讲生活的艺术，我就预设了，这门艺术所需的正常生活条件。"

【页86眉注：树倒猢狲散。】

"比如财富。"美德说。

"一点财产。一点财产。"善感先生说。

"还有健康？"美德说。

"基本健康。"善感先生说。

"这么说，您的艺术，"美德说，"好像是要教人，幸福的秘诀就是各方面都顺风顺水。大家不会觉得这个建议有多少益处。而现在，如果苦力指给我洗碗槽，我就会把早餐用具洗了。"

"不劳大驾了,先生。"善感先生冷冷地说,"你的热诚,我装不出来。早餐桌上受训,我不会选。要是你懂点世务,你就会学到,不要将社交平台变成教室。话说回来,要是我感到跟你在一起有点累的话,那就敬请原谅了。谈话应像蜜蜂一样,如风一般造访花朵,花朵还未停止摇动,就飞向下一朵花。你却将谈话弄得像木蠹蛾,啃着桌子开路。"

"随你说啦,"美德说,"可你接下来怎么办?"

"我要锁门走人,"善感先生说,"在一家旅店里实践经济独立。总有一天,我会给这地方装上一些机械,它们会让我完全独立。我看到,我已经让自己落后于时代了。我有几个好朋友在哗众市,对现代发明了如指掌,我本该多听听他们。他们向我保证过,机器很快就会让美好生活摆脱机缘之摆布(beyond the reach of chance)。即便单凭技术还不够,我也认识一个优生学家,他答应我,会给我培育出一个劳工人种,这种劳工在心理上不会像苦力那样耍我。"

结果就是,这四个人一起离开那栋房子。善感先生震惊地发现,苦力(他很礼貌地向雇主道别)跟年轻人为伴。然而他只是耸了耸肩,说:"瞎忙活!你在我这座名叫'德廉美'的房子里住过,这房子的座右铭是'依愿行事'。① 人心不同,各如其面。但愿我凡事宽容,除了不可宽容者。"接着他就走自己的路,他们再没见过他。

---

① 典出拉伯雷《巨人传》里虚构的理想社会"德廉美修道院"(Thele-ma),该修道院只有一条规矩,就是"依愿行事"(鲍文蔚中译本译为"做你愿意做的事"):

院内整个生活起居,不用法规、章程、条例来订定,而取决于各人的自愿与乐意。什么时候高兴,便什么时候起床,什么时候心里动念,就什么时候喝酒、吃饭、工作、睡觉;没有人来叫他们起身,也没有人勉强他们喝酒吃饭,或做任何别的事情。这都由卡冈都亚特别规定。他们的规则只有一条:

做你愿意做的事

因为出身清白,受过良好教育,惯和良朋益友交谈的自由人们自有一种天生的本性,推动他向德行而远避邪恶,这种本性,他们称之为品德。(鲍文蔚译,人民文学出版社,2004,第164页)

卷六　峡谷向北

NORTHWARD ALONG THE CANYON

因为,他们仿效大度的人而又不像他,而且只在他们有
能力仿效的方面仿效。[①]

——亚里士多德

他们多多谈论灵魂的事,但都错误,

---

① 亚里士多德《尼各马可伦理学》卷四第 3 章 1124b3—4(廖申白译注,商务印书馆,2003)

在他们自己身上寻求美德。①

———弥尔顿

我决不赞美一种德行过度，例如勇敢过度，除非我同时也能看到相反的德行过度……我们不会把自己的伟大表现为走一个极端，而是同时触及到两端并且充满着两端之间的全部。②

———帕斯卡尔

众所周知，轻蔑是一种自卫反应。③

———I. A. 瑞恰兹

---

① 语出弥尔顿《复乐园》卷四第 314 行，见朱维之译《复乐园·斗士参孙》（上海译文出版社，1981）第 96 页。

② 帕斯卡尔《思想录》第 353 则。更长一点的引文是："我决不赞美一种德行过度，例如勇敢过度，除非我同时也能看到相反的德行过度，就像在伊巴米农达斯的身上那样既有极端的勇敢又有极端的仁慈。因为否则的话，那就不会是提高，那就会是堕落。我们不会把自己的伟大表现为走一个极端，而是同时触及到两端并且充满着两端之间的全部。然而，也许从这一个极端到另一个极端只不外是灵魂的一次突然运动，而事实上它却总是只在某一个点上，就像是火把那样。即使如此，但它至少显示了灵魂的活跃性，假如它并没有显示灵魂的广度的话。"（何兆武译，商务印书馆，1985）

③ 原文为："Contempt is well recognized defensive reaction."语出英国文学批评家瑞恰慈（I. A. Richards, 1893—1979）《实用批评》（*Practical Criticism*, 1929），Poem III.

第一章　北上头一站

First Steps to the North

【页 88 眉注：与贫穷和美德为侣。】

"走大路没用，"美德说，"我们必须顺着崖边走，探探路，不时试着下去。"

"抱歉，先生，"苦力说，"我对这一带很熟悉。这里没有下去的路，至少三十里地以内没有。今天沿着大路走，绝对啥也不会错过。"

"你怎知道的?"美德说，"你试过吗?"

"哦，谢天谢地，还真试过，"苦力说，"年青的时候，我常常试着穿越峡谷。"

"很明显，我们最好顺着大路走。"约翰说。

"虽然我不以为然，"美德说，"不过，我们回来的时候，可以一直沿着崖岸走走。我有个想法，要是有下去的路，那路就在最北边的入海口。即便一切都宣告失败，我们可以弄条船渡过入海口。现在呢，我敢保，不沿着大路走，情况会更糟。"

"我完全同意。"约翰说。

于是我见他三人，踏上了一条比我先前所见更荒凉的路途。虽然四周的高原，看上去平平坦坦，可是肌肉和肺旋即告诉他们，那其实是条缓缓的连续上坡。植物很少——这里一小丛灌木，那里一堆小草。大多地带是棕褐色泥土、苔藓和岩石，脚下是石头路。灰蒙蒙的天，严丝合缝。我不记得，他们看见过哪怕一只鸟。天很冷，要是他们坐下来休息一会会，汗水马上就会变得冰凉。

【页 89 眉注：约翰步入更强硬的心灵地带。】

美德从未放慢步伐。苦力寸步不离，虽然出于尊敬，总落后一尺。但我看见，约翰腿脚发酸，渐渐落后了。好几个小时，他总在找借口停下歇歇。最后，他终于说："朋友们，不行了，我走不动了。"

"但你必须坚持。"美德说。

"年青绅士都娇弱,先生,很娇弱,"苦力说,"对这种事,还不习惯。我们必须帮帮他。"

于是他们一人架了他一条胳膊,又走了几小时。荒原上,他们没找到吃的喝的。傍晚时分,听到一阵凄凉的叫声,"麦维—麦维"。抬头一看,一只海鸥挂在半空,迎风而上,像是沿着伸向低垂乌云的一溜看不见的台阶,闲庭信步。

"太好了!"美德大声道,"我们接近海岸了。"

"还得走好大一阵子呢。先生。"苦力说,"这些海鸥,会来内陆四十里地。天气不好,还要更远些。"

他们又艰难跋涉了几里地。这时,没有太阳的阴天,开始变成没有星辰的黑夜。四下张望,看见路边有个小棚屋。于是,前去叩门。

第二章　三个苍白人

Three Pale Men

　　门开了，他们见到三个年青人。身形清瘦，面色苍白，围坐在低矮棚屋下的一个火炉旁边。靠墙的长凳上铺着几条麻袋，再没有什么舒适品了。

"在这里你们会很苦,"有个年青人说,"不过既然我是管家,按职责,让你们分享我的晚餐,就是我的义务。可以进来了。"他是新安立甘先生。

"很抱歉,我的信念并不允许再去提供我朋友的帮助,"另一个说,"因为,我不可重蹈人道主义和平均主义的覆辙。"他叫新古典先生。

【页90眉注:反浪漫主义制造出奇特盟友。】

"但愿你们的孤独漫游,"第三个说,"并不意味着,在你们的血液里还有一些浪漫主义病毒。"他名叫人文先生。①

约翰太累,苦力太诚惶诚恐,都没答话。美德则对新安

---

① 关于这三位先生分别代表何人,学界聚讼纷纭。路易斯的早期传记作者之一,美国诗人、批评家 Chad Walsh（1914—1991）认为,新安立甘先生（Mr. Neo-Angular）代表的是 T. S. 艾略特（T. S. Eliot, 1888—1965）,新古典（Mr. Neo-Classical）代表白璧德（Irving Babbitt, 1865—1933）,人文先生（Mr. Humanist）代表桑塔耶那（George Santayana, 1863—1952）,参见 Walsh 的《路易斯的文学遗产》（*The Literary Legacy of C. S. Lewis*, 1979）一书第 67—68 页。另一位路易斯研究者认为,人文、新安立甘和新古典三位先生,代表的则是白璧德、艾略特以及休姆（T. E. Hulme）的某些方面。参见 Scott Carnell, *Bright Shadow of Reality：C. S. Lewis and the Feeling Intellect*（1974）, pp. 129—130。这样说来,白璧德就既像是人文先生,又像是新古典先生。

窃以为,这种对号入座的解读,并不可取。因为这样读解,可能会大失寓言之为寓言的本旨。这一点,路易斯为本书第三版所写《序言》足可为证。

立甘先生说："你真是宅心仁厚。你救了我们性命。"

"这一点都不是宅心仁厚。"新安立甘先生温和地说，"我只是履行我的义务。我的伦理学，基于教理（dogma），而不是感情（feeling）。"

"我很理解你，"美德说，"可以握个手吗？"

"你能成为我们中间一员么？"另外两个说，"你是天主教徒？还是经院派？"

"我对此一无所知，"美德答，"不过我知道，人得守规矩。不是因为它切合我当下的感受，而是因为它是规矩。"

"我看出来了，你不是我们的一员。"安立甘说，"你无可救药。'异教徒的德性是炫目的恶。'①现在吃饭吧。"

这时我梦见，三个苍白人，拿出三听牛肉罐头和六块饼干。安立甘跟三位客人分享他那一份。每人分到的，是很少的一点。我想，最大份额落在约翰和苦力头上。因为美德和这位年青管家争相谦让，比着看谁留给别人的最多。

"我们的饮食很简单，"新古典先生说，"对于由低地的美味佳肴养大的舌头而言，或许不可口。不过你们看到了

---

① 原文是拉丁文：*Virtutes paganorum splendida vitia*。意为："The virtues of the pagans are splendid vices."出处未知。

形式的完美。这牛肉是完美的立方体，这饼干是真正的长方形。"

"你总该承认，"人文先生说，"我们的肉食里，老浪漫派酱料的残余，一点不剩。"

"一点不剩。"约翰说，盯着空罐头盒。

"比萝卜好吃。先生。"苦力说。

"你们就住这儿？先生们。"就在空罐头盒收走的时候，美德问。

"住这儿。"人文先生说，"我们在创建一个新社会（a new community）。目前，筚路蓝缕，还不得不进口食物。不过等开发了这片土地，食物就会充裕——充裕得足够习得节制了。"

"我对你太感兴趣了，"美德说，"这个社会的原则是什么？"

【页91眉注：现代思想在卑贱灵魂里孕育弗洛伊德主义，在高贵灵魂中间孕育否定主义。】

"大公主义。人文主义。古典主义。"他们仨都说话了。

"大公主义！那么你们仨都是管家喽？"

"当然不是。"古典先生和人文先生说。

"那你们仨至少都信大地之主吧?"

"我对此不感兴趣。"古典先生说。

"至于我,"人文先生说,"深知大地之主是个寓言。"

"而我,"安立甘先生说,"深知他是个事实。"

"这就奇怪了,"美德说,"我就看不出,你们怎会走到一块,或者你们会有什么共同原则?"

"对共同敌人的共同反感,将我们团结在一起。"人文主义说,"你一定懂得,我们是弟兄仨,都是哗众市启蒙先生的儿子。"

"我也认识他。"约翰说。

"我们的父亲结过两次婚。"人文主义说,"先娶的太太,名叫隔岸观火,①后娶的名叫兰心蕙质。② 头一位太太给他生了儿子,名叫西格蒙德。他因而就是我们同父异母的

---

① 原名为希腊语 *Epichaerecacia*,意为 spiteful joy at another's misfortune; gloating。依路易斯此页所加眉注,此人名当寓指卑贱灵魂。赵译本音译为"厄辟喀瑞卡里亚",寓意全失,故不取。

② 人名原文为希腊语 *Euphuia*,意为:shapeliness; goodness of disposition。依路易斯此页所加眉注,此人名当寓指高贵灵魂。赵译本音译为"尤富亚",寓意全失,故不取。或疑路易斯用此名,跟流行于 16 世纪末 17 世纪初讲求高雅的文体 euphuism(绮丽体,亦译尤弗伊斯体)有关。此文体,因英国文艺复兴时期的大学才子派剧作家约翰·利利(John Lyly,1554—1606)的小说《尤弗伊斯》(*Euphues, or the Anatomy of Wit*)而得名。

哥哥。"

"我也认识他。"约翰说。

"我们仨是他第二桩婚姻的孩子。"人文主义说。

"这么说,"美德失声道,"我们都是亲戚了——如果你们有心承认这门亲缘的话。你们大概听过,兰心蕙质在嫁给你们父亲前,已经生过一个孩子。那孩子就是我。不过我承认,我从未找到生身之父。因而我的敌人捕风捉影,说我是私生子。"

"你说的已经够多了。"安立甘答道,"你就别指望,我们会欣然接受此事。或许我应再补上一句,我的职责——如果再无理由的话——甚至让我跟亲戚脱离关系。"

"那共同的仇恨又是怎么回事?"约翰问。

"我们的同父异母的哥哥在猥亵城的大学,我们都由他养大。我们在那里日渐看到,谁跟半途先生在一起,必定要么一路奔向猥亵城,要么就留在兴致市,成为他的杨花女的永久奴仆。"

"这么说,你们自己没跟半途先生一起住过?"约翰问。

"当然没了。我们由于观察到他的音乐对别人的效果,才恨上他的。对他的恨,首先将我们团结起来。接下来我们发现,猥亵城的住宅如何不可避免地通向巨人的地牢。"

【页 92 眉注:这些人对任何事物的兴趣,都不在其所是,而在其所非。】

"这些我也晓得。"约翰说。

"因而共同的恨,恨巨人,恨猥亵城,恨半途先生,让我们联手。"

"不过,尤其恨半途先生。"古典主义说。

"我倒要说,"安立甘评点说,"恨一切折衷与妥协——恨一切托词,说在大峡谷此岸,还有着良善或美好,哪怕只是说有着尚可忍受的临时栖身之所。"

"这也就是为什么在某种意义上,"古典主义说,"安立甘是我的敌人,而在另一意义上又是我的朋友。他对峡谷彼岸的观点,我不能同意。可是,正因为他将幻想寄托在彼岸,他就全然同意我对此岸的看法,成为一个(跟我一样的)无情揭露者,揭露一切向我们兜售任何超验的、浪漫的、乐观的垃圾的企图。"

"我自己的感觉是,"人文主义说,"就拒斥混淆经验之层次而言,我跟安立甘站在一起。他疏导了一切神秘的糟粕——希慕啦,①漫游啦,②还有迷狂啦——并将它们移送到遥远的彼岸。这就防止它们在此岸流散,从而不再妨碍我们真正发挥作用。这就让我们可以在这片高原上,自由地创建一个真正尚可忍受甚至舒适惬意的文明。这种文化,基于善感先生所承认并为巨人们所揭示的那些真理,却又抛弃了这二者耽于幻想的那温情脉脉的面纱。这样一来,我们就仍保持着人性:我们不会跟巨人一道沦为野兽,也不会跟半途先生一道变成败育的天使(abortive angels)。"

"年青绅士已经睡着了,先生。"苦力说。的确,约翰打瞌睡有好一会了。

"你务必海涵,"美德说,"他今天一直在赶路。"

接下来我看见,他们六个人一起躺在麻袋上。这一夜,比他们伫在善感先生的房子里,冷多了。不过,由于这里没有装出来的舒适,又由于六个人挤在窄小棚屋,约翰在这里要比在"德廉美"睡得暖和。

---

①　原文为德文:*sehnsucht*。关于此词之重要,可参见拙译路易斯《惊喜之旅》第一章。

②　原文为德文:*wanderlust*。

第三章　新安立甘

Neo -Angular

【页93眉注：这些人说起话来，仿佛已经"看透"。】

　　清晨起床，约翰腿脚酸痛。他知道，今天没法赶路了。苦力给他们打保票，说海岸现在不会太远。他想，美德一天以内就能打一个来回，约翰可以在棚屋里等他。至于约翰自己，则不愿给住得如此寒碜的主人们添麻烦。安立甘先生执意强留。不过他解释说，如果出于人道情怀，那么，好客这种世俗美德就毫无价值，关爱受苦人就是罪。他必须这么做，只是职责所系。因而在我的梦里，我看见苦力和美德向北进发，约翰则留下来跟这三位苍白人在一起。

晌午,约翰跟安立甘有过一次对谈。

"这么说你相信,"约翰说,"有条路穿过峡谷。"

"我知道有路。要是愿意让我领你去见柯克妈妈,她用一小会工夫,就背你过去了。"

"可是,我保证不了,我不是在南辕北辙。我离家出走,我从没想过穿越峡谷——更不用说柯克妈妈了。"

"你在想什么,一点都不重要。"

"对于我来说,很重要。你看看,我穿过峡谷的唯一动机,就是希望我所寻觅的某些东西或许就在彼岸。"

"主观动机,这很危险。这个某种东西是什么?"

"我看见过一座海岛——"

"那你就必须尽快忘掉它。半途们关心的才是海岛。实话跟你说,你必须先从心中将这种胡言乱语抹除得一丝不剩,我才能帮你。"

"可这是我唯一需要帮助的一件事,去除了它,你又如何帮得了我?你对一个饥肠辘辘的人说,只要没有吃饭问题,你就会满足他的欲望,这又有何益?"

【页94眉注:这些事,他们甚至从未见过。】

"要是你不想穿过峡谷,那就没什么好说的了。不过话说回来,你必须认识到你在哪里。要是你喜欢,尽可以追寻你的海岛。但不要自欺欺人,说那根本就不是峡谷此岸这块将亡之地(the land of destruction)的一部分。① 即便你是个罪人,老天在上,那也该是个愤世嫉俗之人啊。"

"可你怎么能说,海岛一无是处呢?不是别的,正是对海岛的憧憬,才将我千里迢迢带到这儿。"

"这没啥差别。峡谷此岸的一切,全都大同小异。要是你囿于此岸,那么,时代精神就是对的。"

"柯克妈妈可没这样说啊。她还特别强调说,此岸的一些食物比别的食物毒性要小得多。"

"这么说你遇见了柯克妈妈?难怪你这么糊涂。除非通过一个称职的管家,你无权跟她谈话。我敢说,你误解了她说的每一句话。"

"但是还有理性啊。她也拒绝说海岛就是一种幻象。不过,你或许跟善感先生一样,也跟理性争吵过。"

"理性是神圣的。可是你怎会理解她呢?你只是个初学者。对于你,跟理性打交道的唯一安全途径就是,向长者学

---

① 班扬的《天路历程》里,那个天路客的家乡,名叫"将亡城"(City of Destruction)。

习教理。这些教理里面，凝聚着她的正见（deliverances）。"

"听我说，"约翰说，"你是否亲眼见过我的海岛？"

"上帝不许。"

"你也从未听过半途先生唱歌。"

"从来没有。我也从来不愿。你把我当成个遁世者了吧？"

"那么在这个世界上，至少有样东西，我比你懂得多。我尝过你所谓的浪漫垃圾，而你只是谈论而已。你不必告诉我，说那里面有危险，有罪恶因子。你以为我没有感受到那危险那罪恶？我的感受，比你多成百上千次。我也知道，虽然其中的恶，不是我走它那儿要寻找的东西；可是，离开了它，我就会什么都不寻觅，什么也找不到。这一点，就像我对它的成打的知识，是靠亲身体验知道的。而你对此说得越多，越暴露你的无知。要是我出言不逊，请你见谅。不过在这事上，你给我建议，怎么可能？有人守贞有困难，你会推荐他向阉人去做告解吗？对我眼目的情欲，生来目盲的人，能做我最好的向导吗？我是动气了。你也曾将饼干分给我吃。我敬请你原谅。"

"忍辱负重，是我的本分。"安立甘先生说。

第四章　人文主义者

Humanist

【页 95 眉注：吃不到葡萄，说葡萄酸。】

下午，人文先生领约翰出去，看他开辟的花园。据说到时候，新文化（new culture）就能自给。举目所及，荒无人烟，甚至不见鸟兽踪迹。所以，也就没有必要弄个围墙或篱笆。不过园子的区域，还是用摆放得错落有致的石头和贝壳标示出来。这有必要，否则园子和荒原就分不清了。有那么几条小径，也由石子和贝壳标示，整齐划一。

"你看，"人文先生说，"我们已经彻底抛弃了老式浪漫主义园艺家的观点。你觉察到某种简洁（severity）。园艺家会在右手栽些垂柳,会在左手弄座假山,再弄些曲折小径,弄个池塘,还有花圃。他会在那些幽深的地方弄些情调——闲散地种点土豆,浪漫地点缀些白菜。这号东西,你瞧,这儿一点没有。"

"确实一点没有。"约翰说。

"目前,当然还没有什么出产。可我们是先驱。"

"你们试着挖过地吗?"约翰小心问道。

"为什么要挖呢?"人文先生说,"你瞧,一寸以下,就全是岩石了,所以我们不想动土。那会撕下人文观点很是需要的温情面纱。"

第五章　来自北方的食物

Food from the North

【页96眉注：这地方，无力抵御比自家哲学更非人的哲学。】

夜深了，棚屋门开了，美德跌跌撞撞地走了进来，一屁股坐在火炉旁。他疲惫不堪，喘了好一阵子气，才张口说话。一张口，就说：

"你们必须离开这里，先生们。这里岌岌可危。"

"苦力哪去了？"约翰问。

"他留在那里了。"

"危险何在？"人文先生问。

"说来话长。对了,北方没有穿过峡谷的路。"

"这么说,自从我们离开大路,"约翰说,"就是白忙活了。"

"但我们现在知道了这一点。"美德回答说,"我必须吃点东西,才能讲我的遭遇。今晚,我能回报朋友们的好客了。"说着,他在身上左掏右掏,掏出一堆东西。有吃剩的一大块饼,有两瓶高度啤酒,还有一小瓶朗姆酒。棚屋里一阵沉寂。吃完东西,一小锅水就烧开了,他们每个人又有了一杯热乎乎的格罗格酒。美德这才讲起了自己的遭遇。

第六章　极北之地

Furthest North

【页 97 眉注：革命的亚人类，无分左派右派。】

"一路连山——大约十五里地——路上没什么好说的，除了岩石、苔藓和几只海鸥。你一接近山峦，山峦就显得吓人。而大路则一路通向一个隘口，我们倒没费多大劲。越过隘口，就进入一条狭窄的岩谷，在这里我们才首次见到人烟。山谷整整齐齐排满洞穴，像养兔场一样，里面住着矮人。这些矮人，我估摸了一下，有许多种，虽然我只能分出两种。一种是着黑衫的黑矮人，一种是红矮人，自称马克思曼尼（Marxomanni）① 。他们都

---

① *Marxomanni* 之构词，乃马克思主义者（Marxist）与马科曼尼人（Marcomanni）之复合。

异常暴躁,相互吵闹不休,却都效忠于一个叫做'野蛮'(Savage)的人。听到我说想要见见这个人,他们倒没刁难我,就带我进去——除了坚持要给我派个看守。就是在那里,苦力离开了我。他说,他为加入红矮人而来,我该不会介意独自上路吧。他始终是那样的彬彬有礼,但一进地洞,就跟他们打成一片,我连插嘴机会都没有。接着,看守我的矮人,带我前行。我不太在乎这一安排。他们不是人,你们知道,不是矮个子人,而是真正的矮人(dwarfs)——是穴人(trolls)。① 他们会说话,也直立行走,可体格跟我们大不一样。我始终感到,要是他们杀了我,就像鳄鱼或大猩猩杀了我一样,算不上谋杀。确实是不同物种——虽然不知道他们是怎么来的。长相也不一样。

"咳,他们一路带我上山。尽是弯弯曲曲的石头路,绕了又绕。幸运的是,我没绕晕。对我的主要威胁是,每走上

---

① Troll(洞穴巨人),北欧神话中一种智力低下的食人巨人,相貌丑陋而邪恶,住在洞穴里,保卫着地下的财宝,遇见阳光即会变成石头。在神的劫难(Ragnorok)中它们曾代表巨人出战,后来逐渐演变成类似矮人(dwarf)的怪物,依旧住在地下,但已经不再像以前那样高大强壮,也不像以前那样残暴,不过仍然喜欢偷窃儿童或女人,而且在智力方面比它们的先辈略高一等。

山脊时那刮来的风——因为我的向导大约只有三尺高,就不像我这样易受攻击。有那么一两次,我命悬一线。野蛮的巢穴,令人毛骨悚然。那是一个长长的大厅,像个仓库。我头一眼看到它——那时他们领我走在半空里——我暗自寻思,无论我们去的是什么地方,都不会是那儿。它仿佛遥不可及。可是我们就是要去那儿。

"你们一定要晓得,一路上尽是洞窟,都住着矮人。整座山就像蜂窝。我看见成千上万的矮人。又像个蚁丘——除了我,那地方没一个人。

"从野蛮的巢穴往下,一眼就看到大海。我想,那是一切海岸中最高的一座悬崖了。正是在那里,我才看见入海口。入海口只不过是稍低一些的悬崖。最低处,离海面还有几千尺的样子。没地方可以下到海面。除了海鸥,谁也没办法。

【页98眉注:都是残忍的爪牙。】

"不过你们定想听听野蛮的情况。他坐在他那仓库的尽头——很高大,几乎是个巨人。我这样说,不是指他的身高:对于他,跟我对矮人们的感觉一样。我心里嘀咕的是物种。他身着皮衣,头顶铁盔,铁盔上镶着两只角。

"他那儿还有个女人,身材高大,黄头发,高颧骨。名叫

格里姆希尔德（Grimhild）。① 有意思的是，约翰，她是你的
一个老朋友的姐姐。她就是半途先生的大女儿。显然，野
蛮曾下山到过兴致市，劫了她。更奇怪的是，这女孩和老绅
士，竟为此高兴，没别的想法。

"矮人们把我一带进去，野蛮就拍着桌子，大喊道：'给
爷们上菜'，就过来开始上菜。有好一阵子，他没跟我说

① 在北欧神话中，Grimhild 是个美丽而又邪恶的女人。

一句话。他就坐那儿，看着我，唱着歌。我在那儿的时候，他翻来覆去唱的，只有一首歌。我记得一些片段：

> 如今年代战斧利剑逞雄，
>
> 刀锋把盾牌一劈成两爿。
>
> 以往岁月暴风恶狼横行，
>
> 那是早在世界毁灭之前。①

"还有一段，这样开头：

> 东面一片铁树林里，
>
> 坐着一个白发老妪。
>
> 恶狼劳里尔的后代，
>
> 全靠她来抚养长大。②

---

① 语出诗体《埃达》之第一部《女占卜者的预言》（*Voluspá*）第 45 节。这一节，女占卜者预言世界毁灭之前末日景象，甚是震撼："兄弟阋墙哪顾手足情谊，/咬牙切齿非把对方杀掉。/兄妹乱伦悖逆天理纲常，/生下孩子遭人痛骂唾弃。/偷情通奸世上习以为常，/藏污纳垢人间充满淫荡。/如今年代战斧利剑逞雄，/刀锋把盾牌一劈成两爿。/以往岁月暴风恶狼横行，/那是早在世界毁灭以前。/岂有人肯高抬贵手，/轻饶对方一条性命。"（石琴娥译，译林出版社，2000）

② 语出诗体《埃达》之第一部《女占卜者的预言》（*Voluspá*）第 40 节。

他唱了一段，我就坐了下来。因为我不想让他以为，我怕他。等饭菜摆上桌子，他叫我吃点，我就吃了。他给我接过一种甜酒，很烈，装在兽角里，我就喝了。他则自斟自饮，高谈阔论，说他目前能给我喝的，就是兽角里的蜂蜜酒。'不过很快，'他说，'我就要用头盖骨喝人血了。'还说了很多不着调的话。我们吃着烤肉，手抓着吃。他继续唱着他的歌，继续高谈阔论。直到饭后，他才开始把话说囫囵了。但愿我还记得全。这可是我的遭遇里的重要部分。

【页100眉注：英雄的虚无主义笑傲江湖。】

"我要不是个生物学家，就听不懂他那些话。他说，这些矮人就是跟我们不同的物种，是比我们更古老的物种。不过，这种特别的变异，在人类后代中间，一直有可能重现。他们又蜕化成矮人了。结果就是，他们繁殖得特别快：他们的数量增长，不仅依靠内部的普通繁衍，而且还依靠外部的这些返祖或变种。除了马克思曼尼，他还说起来许多亚种，如墨索里米尼，①万字提息，②匪帮曼尼③……我记不全

---

　　①　原词为 Mussolimini，寓指墨索里尼时代的意大利纳粹分子。

　　②　原词为 Swastici，指希特勒时代的德国纳粹。德国纳粹党党徽卐字，英文词为 swastica。

　　③　原词是 Gangomanni，指一切匪帮，语本英文 gangster 一词。

了。① 好长一段时间，我都不明白，他如何定位自己。

"最后他自己说了。他豢养并训练他们，是为了南下这块土地。有那么一阵子，我还试图探明到底为啥，他却只是盯着我，唱着他的歌。最后——我差不多明白了——他的理论仿佛就是，斗争本身就是目的。

"我跟你们说，他没醉。他说，他理解那些老派的人，这些人信大地之主，守规矩，希望着在离开这片土地之际，能上山，住在大地之主的城堡里。'他们活着有盼头，'他说，'而且，要是他们的信念真实不虚，那么他们的举动就明智之至。可如果他们的信念虚假不真，那么，就只留下一条生命道路适合于人。'这另一条路，他一会唤作英雄主义（Heroism），②一会唤作主人道德（Master-Morality），③一会唤作暴力。④

---

① 1932年7月31日，共产党和纳粹党获得德国国会半数以上席位，路易斯此书写于此后一两个月。

② 寓指英国历史学家卡莱尔（Thomas Carlyle，1795—1881），《英雄及英雄崇拜》（*On Heroes，Hero Worship and the Heroic in History*，1841）一书之作者。

③ 寓指尼采。尼采在《道德的谱系》（1887）一书中提出"主人道德"（master morality）和"奴隶道德"（slave morality）这对概念。

④ 1908年，法国作家，工团主义革命派理论家乔治·索雷尔（Georges Eugène Sorel）出版《论暴力》（*Réflexions sur la violence*）一书，论证无产阶级暴力革命之正当。

'至于这两条路都不走的那些人,'他说,'都在耕耘沙漠.'他接着将哗众市的人臭骂了一通,还骂了善感先生.'这都是些人渣,'他说,'他们总想着幸福.他们胡拉被子乱扯毡,东拼西凑,还试图造城.难道他们看不见,世界法则(the law of the world)在跟他们作对? 百年以后,他们又在哪里?'我说他们还可以为后代造福.'那后代又为谁造福呢?'他问,'难道你不明白,最终一切注定都是虚无? 这个最终,或许明天就来.而且,不管这最终来得多晚,只要一回望,他们的一切"幸福",都只是一瞬,浮云一般,不留一丝踪迹.你无法积累幸福.白天你的快乐成百上千,上床睡觉,你手中的快乐就多了吗?'我问他,那他的'英雄主义'是否也留不下任何东西? 但他说,能留下东西.'丰功伟绩才永垂不朽,'①他说,

---

①　原文是:"The excellent deed is eternal."这是一个很古老的主题.如维吉尔《埃涅阿斯纪》卷十第467—468行:"对一切人来说,寿限都极短,死了也不能再生,但是一个有勇气的人职责是靠他的功绩延长他的名声."(杨周翰译,人民文学出版社,1984,第265页)法兰西史诗《罗兰之歌》第1013—1014行:"每个人都应该显示英豪,不要让别人把我们讥笑."(杨宪益译,上海译文出版社,1981)如莎士比亚《亨利五世》第四幕第三场第49—58行:"老年人都健忘,然而即使一切都被忘记了,但他仍会记得……他在这一天曾做出的英勇事迹……那位好老人一定会把这个故事传授给他的儿子.从今天起直到世界末日,克里斯品节这个日子永远不会轻易过去,而在这个日子作战的我们也一定永远受到人们的纪念."(刘炳善译,《莎士比亚全集》,译林出版社,1998,第294—295页)

'只有英雄才有此特权,死亡对于他不是战败,对他的垂吊及纪念,就是他孜孜以求的善的一部分。战斗在即,对未来无所畏惧,因为生死已被置之度外。'

【页 101 眉注:英雄的虚无主义嘲笑不那么彻底的强硬派。】

"他这样说了好多。我问他,怎么看猥亵城居民。他放声大笑,说:'当残酷们(the Cruels)遭遇骄子们,摧枯拉朽,连打斗的影都见不到。'我又问,他是否认识你们三位,他笑声更大了。他说,等安立甘长大了,或许还会成为一个值得交手的敌人。'但我并不确定,'他说,'因为他很可能就是翻了个个的猥亵城居民——偷猎者摇身一变,成了猎场看守。至于其余两位,他们甚至是末等人之末等。'①我问他这是什么意思。'哗众市的人,'他说,'其愚蠢或许还有的说,因为他们至少还仍旧相信,你们的土地上,幸福还有其可能。而你的这两位朋友,不折不扣的疯子。他们声言已经触底,大谈特谈幻灭感。他们自以为已经抵达极

---

① "末等人之末等"(*the last even of the last men*),参见尼采《查拉图斯特拉如是说》第一部《查拉图斯特拉的序言》第 5 章。其中提出"末等人"(the last man),与"超人"(*Superman*)对立。

北之地——仿佛在他们的北边就没有我似的。他们生活在从不养人的巨岩上面，一边是无法跨越的深渊，一边是不敢返回的巨人家园。可他们仍就文化和安全夸夸其谈。如果说一切试图造福的人，只是在一艘沉船上擦拭铜器的话，那么，你的这两位朋友就是蠢之又蠢，他们虽知道而且承认船在沉没，还跟其余人一道擦拭铜器。他们的人文主义之类玩意，是旧梦加了个新名称。世界已经烂透，漏洞大得无边。他们尽可以缝缝补补，随他们的便，但他们救不了。最好是放弃。最好顺水推舟。如果我活在一个毁灭的世界，那就让我成为其推动者（agent），而不是其承受者（patient）。

"最后他说：'我会对你的朋友网开一面。除我之外，他们比任何人都更靠北边。他们比自己种族里的任何一个，都像人。当我领着矮人们进入战斗，他们会享有这一殊荣：我将头一个用人文先生的头盖骨，来畅饮人血；格里姆希尔德，用古典先生的。'

"他说的大约就是这些。他带我出去，跟他一道走上悬崖。站稳脚跟，就是我那时能做的一切。他说：'这风直接从北极刮来，它会让你成为一个人。'我想他是要吓唬吓唬我。最后，我就离开了。他让我给自己和你们带足食粮。'喂饱他们，'他说，'他们身上的血，目前还不足以解矮人剑锋的渴。'然后我就走了。我累得要死。"

第七章　愚人乐园

Fool's Paradise

【页 102 眉注：他们对此束手无策。】

"我倒想会会这位野蛮，"安立甘说，"他仿佛头脑特清醒。"

"我不敢苟同，"人文说，"依我看，我与之战斗的，正是他和他的矮人们——这是哗众市的逻辑结论，为了反对这，我才竖起人文主义大旗。全都是野性的原始情感。它们就是半途先生偷偷放出来的——我一点也不惊讶，他会乐意让女儿成为一个瓦尔基里。① 小半途虽然揭露了这些原始

---

① 瓦尔基里(Valkyries，又译"女武神")，北欧神话里主神奥丁的处女随从，引导英灵的死神。她们的主要任务是上战场，依照奥丁的命令来决定谁当战胜，谁当战死，并将英勇死者带到英灵殿瓦尔哈拉，以备奥丁来打诸神黄昏来临时的末日之战。

情感,但揭露完毕,却对之钟爱有加。除了整个地废弃了人(a complete abandonment of the *human*),它们最终会在哪里止步? 很高兴能听说到他。他表明我是如何地必不可少。"

"我同意,"约翰激动万分,"不过,你如何去战斗? 你的军队在哪? 你的后方基地在哪? 靠满是石子和贝壳的园子,你养活不了一支部队啊。"

"胜由智取。"人文说。

"理智是不动的。"①约翰说,"你看到,野蛮炙手可热,你却冻得要死。你必须获得热量,去对抗他的热量。你真以为,凭藉'不浪漫',就能打垮矮人的百万大军?"

"美德先生该不会见怪吧,"古典说,"我倒觉得是,这一切都是他做的梦。美德先生很浪漫:他总要为他一厢情愿的美梦付出代价——代价就是个魂飞魄散的噩梦。众所周知,我们的北面,没人居住。"美德太疲惫,没为自己的遭遇辩解。很快,棚屋里的所有人都睡熟了。

---

① 参见亚里士多德《尼各马可伦理学》卷六第 2 章(1139a35):"理智本身是不动的,动的只是指向某种目的的实践的理智。"(廖申白译注,商务印书馆,2003)

卷七　峡谷向南

SOUTHWARD ALONG THE CANYON

　　现在离特洛亚的灭亡已经过了七个春秋,七年来我们一直在海上漂流,从一国到一国,经过了多少无法栖身的岩岛,暴露在各种天候之下,我们穿越这无边的大海,在波涛中颠簸,寻找一个捕捉不到的意大利。这里是厄利克斯的国土,是兄弟之邦,阿刻斯特斯是我们的东道主,谁会禁止我们筑起城墙,建起城市,定居下来呢?祖国啊,我们的家神白白地被我们从敌人手里抢救出来了。难道特洛亚城这个名称永远消失了吗?难道我就永远看不到使我怀念赫克托尔的赞土斯河和西摩伊斯河了吗？起来和我一起去把那些倒霉的船烧掉吧。①

——维吉尔

由于这两种缺陷，并非由于其他的罪过，我们就不能得救，我们所受的惩罚只是在向往中生活而没有希望。②

——但丁

有些人还愿望这儿就是他们天父住处的前一站，这样他们就不必再费劲翻山越岭了，不过，道路总是道路，而且总有个尽头。③

——班扬

① 语出维吉尔《埃涅阿斯纪》卷五第 626—635 行。见杨周翰译本（人民文学出版社，1984）第 124 页。
② 语出但丁《神曲·地狱篇》第四章第 40—42 行。见田德望译本（人民文学出版社，2002）第 20 页。
③ 语出班扬《天路历程》第二部第六章，见郑锡荣译本（中国基督教协会，2004）第 208 页。

第一章　美德病倒了

Vertue is Sick

【页 105 眉注：在这些思想面前，传统道德摇摇欲坠。】

我看见，睡在麻袋上的这两个旅人起床，跟主人道别，向南进发。天还是阴沉沉的。在这片土地上，除了阴云密布只刮风不下雨而外，我再没看到别的天气。美德心情不佳，不知不觉越走越快。最后他才意识到还有同伴，于是开口说话："约翰，我也不知道自己怎么了。老早以前，你曾问我——或许是半途妹问我——我去哪里？为何要去？我记得，我将这问题扫到一边。那时在我眼中，重中之重是恪守自己的原则，每天走三十里地。但我现在开始发觉，这办不到了。在过去的日子里，问题总是如何去做我选择的事情，而不是我想要什么。而今，我开始拿不准，我选择的到底是什么了。"

"何至于此？"约翰说。

"我差点决定跟野蛮在一起了，你不知道吧？"

"跟野蛮在一起？"

"这听起来像是胡话，但仔细想想吧。假设没有大地之主，东方没有山岳，西方没有海岛，只有这片土地。几周前，我会说这些都无关紧要。可现在——我就不知道了。很明显，这片土地上一切普通的生活方式，都将人领向我定然不会选择的东西。这一点我知道，纵然我不知道我会选择什么。我知道，我不想成为半途，不想成为骄子，不想成为善感。于是就有了我自己一直在过的生活——向我不知道的地方一路前行。【页106眉注：对它而言，无欲，则无动力；有欲，则无道德。】我实在看不出，除了砥砺意志（imposing my will on my inclinations）这个事实而外，其中还有别的什么善德。这仿佛是好的操练，但为什么操练？假如最终是为战斗而练呢？想到这还真有可能就是我为之而生的东西，难道是荒诞不经？狭路相逢，非生即死——这必定是意志的最后行为——征服心灵最深处的意愿(inclination)。"

"我想我心都要碎了，"他们默默走了一段路，约翰说，"我离家出走，为的是寻我的海岛。美德，我不像你那样高尚(high-minded)：指引我的，没别的，只是甜美渴欲(sweet desire)。记不起来，记不起来有多长时间，我没有闻过海岛气息了。在家乡，我见得还多些。而今，我唯一的朋友，却说起了自己卖身给矮人们。"

"我替你难过，"美德说，"也替自己难过。替每一片草叶，替我们脚下光秃秃的岩石和头顶的苍天难过。不过，我对你爱莫能助。"

"或许，"约翰说，"这片土地的东西两边，都终究还是有些事物。"

"你还是这样的不了解我！"美德失声了，向他转过头来，"东面的和西面的事物！你难道没看到，这是另一种致命的可能性吗？你难道没看到，我们被夹在中间左右为难吗？"

"为什么？"约翰问，接着又说，"我们坐下来吧。我累了，我们没什么地方赶着要去的——现在没有。"

美德悄无声息地坐了下来，几乎没人注意到他坐了。

"你难道不明白?"他说,"就假设东边和西边有某些事物吧。可这怎能给我前进动力? 是因为后面有可怕的事物? 这只是在威胁。我志在做自由人(a free man)。我志在,选择事物是因我选择了去选择它们——而不是因我想得到回报。你是否以为,我是个小毛孩子,能用棍棒吓唬吓唬用糖果引诱引诱? 正是出于这个理由,我从未探问,大地之主的故事是真是假。我看到,他的黑洞和城堡,会败坏我的意志,杀死我的自由。即便那就是真理,那也是诚实之人切莫知晓的真理。"

高原进入黑夜。他们坐了很长时间,一动不动。

"我想我是疯了,"美德突然说,"世界不可能是我眼中的样子。即便有什么东西值得追求,那也是贿赂,我不能追求;即便我能追求,却又没有什么值得追求。"

【页 107 眉注:此后,良知指引不了约翰。】

"美德,"约翰说,"退一步吧。就顺从一次渴欲吧。别管你的选择(choosing)了。想望(want)一下某些东西。"

"我做不到,"美德说,"我必须选择,是因为,我因选择而选择。这样循环不已。在整个世界上,我找不到理由,从这块石头上起身。"

"严寒不久会让我们在这里丧命,难道这还够不上理由?"

天很黑了,美德没答话。

"美德!"约翰说,突然又提高嗓门,惊慌失措地喊道,"美德!!"没人应答。他在黑暗中摸索他的朋友,只摸到了高原上的冻土。他爬了起来,四下摸索,呼叫。但他迷路了,甚至再也找不到方才起身离开的地方。他说不出,在同一块地面上摸过多少次,他是否离他们方才歇息的地方越来越远。他不能停下来。天太冷了。所以整整一夜,他在黑暗中来回寻找美德,呼唤着美德的名字。他脑袋里不时冒出个想法,美德从一开始就是梦中的一个幻影,他一直都在捕风捉影。

第二章　约翰带路

John Leading

我梦见，黎明冲破了高原上的黑暗。我看见在曙光中，约翰站起身来，一身白霜，脏不兮兮。他四下张望，但除了荒原，一无所见。接着他左右转悠，还在寻找，寻找了好长时间。最后他坐下来哭了，哭了好长时间。哭够了，他像一个铁了心的人一样，站了起来，重回南下路途。

【页 108 眉注："厌倦，让矛盾的概念耗尽精力，最后在绝望中放弃了是与非的探寻。"①】

---

① 语出华兹华斯《序曲》卷十一第 304—305 行，拙译采丁宏为先生之译文。

还没走二十步远，他就停了下来，一声尖叫。美德就躺在脚下。我在梦中清楚，他在黑暗中摸索了一夜，不知不觉离他们坐下的地方越来越远。

约翰立即跪了下来，听美德的心脏。还在跳。他低头接近美德的双唇。还有呼吸。他抓住美德的双肩，摇。

"醒醒，"他喊道，"天亮了。"

美德睁开双眼，冲约翰笑了笑。傻傻的样子。

"你还好吧！"约翰问，"还能上路吧！"

但美德只是笑。他哑了。约翰伸手，拉美德起来。美德摇摇晃晃站起身来，刚一迈步，就踉踉跄跄摔倒了。他也瞎了。约翰过了很久才明白过来。最后，我见他拉着美德的手，领着他，重回南下路途。这时，约翰心头袭来无法抚慰的孤独（last loneliness）——抚慰者本人需要抚慰，向导需要引导。

第三章　重回大路

The Main Road Again

　　他们发现善感先生的房子空空如也,如约翰所料,百叶窗紧闭,烟囱里没烟。约翰决定继续沿大路行走。这样最次最次,他们也会碰见柯克妈妈。不过他希望,还不至于到此境地。

　　他们的南下路途,从北边山峦到善感先生的房子,是一路下坡。可从这房子到大路,则开始变成了慢上。大路顺着矮矮的山脊延伸。因而,他们一踏上大路,南方的土地就一下子展现在他们面前。同时还出现了一抹阳光,这可是许多天来头一遭啊。这路北边是荒原,没有围栏。南边却是一道树篱墙,墙上有门。【页 109 眉注:他巴望着那些不那么令人不快的思维方式。】透过门,约翰一搭眼就看到一条长长的土埂。农民的儿子,他可没白当。他将美德领到路边,安排坐下,就一点也不耽搁,翻过门,双手在土埂里刨。如他所料,土埂里埋着大头萝卜。不出一分钟,他就坐在美德身边,将一根小萝卜弄成块,给瞎子喂,又教他怎么自己吃。太阳一刻比一刻暖和了。这地方,春天好像要早一些。背后的树篱,已经不是褐黄,而是嫩绿了。众鸟鸣叫声中,约翰觉得他听到了百灵鸟叫。他们美美吃了一顿早餐。阳光洒上酸痛的四肢,暖洋洋的,他们睡着了。

第四章　南　下

Going South

　　约翰一醒来，就先看了看美德。美德还在睡。约翰伸了一下懒腰，坐了起来。他浑身温暖，精神焕发，就是有点渴。他们呆的地方，是个十字路口。北边的那条路，约翰一看到就打了个寒噤，跟南边的路是贯通的。他站在那里，向南观望。他的双眼，看惯了灰蒙蒙的北方高原。南方，这时就像一片绿毯。日高过午，斑斓的阳光照着绿油油的大地。绿野一望无际，先是伸向山谷，深入谷底，又爬上跟他脚下这块地一样高的地方，那是远方的山巅。近在手边的则是，田野和树篱，耕过的红色土地，随风婆娑的树木，树木中间若隐若现的白色农舍。他走了回来,拉起美德,想给他看看周围的一切,这才想起美德已经目盲。于是他叹了口气,牵着美德的手,踏上新的路途。

【页110眉注:遇见了开明教会,现代"宗教"。】

没走多远,就听到汩汩水声。路边有个泉眼在冒,水流汇成小溪,沿路奔流,忽左忽右,时常漫过路面。他用帽子盛满水,端给美德。又自己饮了个够,接着上路。全是下坡。每过半里地,路旁的草仿佛就长了一截,路若隐若现。那些报春花,起先三三两两,接着一丛丛,再接下来就数不清了。转弯处,约翰好几次眺见他们要去的谷底。因距离远而显出苍青色,因林木繁茂而高低不平。但常常冒出一片小树林,挡住一切远景。

他们来到的头一座房子,是红色砖房。古色古香,爬满常春藤,坐落在人迹罕至之地。看房子式样,约翰想这是个管家的房子。等他们走近了,就看见管家本人,没戴面具,在篱笆阳面,懒洋洋地干些园子里的轻活。约翰探过身去,请求款待,并向他解释了朋友的境况。

"快进来,快进来,"管家说,"荣幸之至。"

现在我梦见,这个管家,就是给善感先生送了一坛雪莉酒的开明先生(Mr. Broad),①六十岁上下。

---

① 开明先生(Mr. Broad),根据路易斯的眉注,应寓指开明教会(Broad Church),寓指"现代'宗教'"(modernising "religion")。赵译本译作"宽容先生",不只与路易斯之意不合,而且路易斯也不至于讽刺宽容之德,故不取。

第五章　草场茶饮

Tea on the Lawn

"天挺暖和,差不多能去草场喝茶了,"开明先生说,"马大,①我想我们就在草场上喝茶吧。"

摆好座椅,三人都坐了。草坪四周,环绕着月桂树和金莲花,感觉甚至比走在路上还暖和。灌木丛里,突然传出一

----

① 原词为 Martha,这个人名应出自圣经。《路加福音》十章 38—42 节:他们走路的时候,耶稣进了一个村庄。有一个女人名叫马大,接他到自己家里。她有一个妹子名叫马利亚,在耶稣脚前坐着听他的道。马大伺候的事多,心里忙乱,就进前来说:"主啊,我的妹妹留下我一个人伺候,你不在意吗? 请吩咐她来帮助我。"耶稣回答说:"马大,马大! 你为许多的事思虑烦扰,但是不可少的只有一件,马利亚已经选择那上好的福分,是不能夺去的。"

声甜美鸟鸣。

"听!"开明先生说,"这是画眉。我确信这是画眉。"

几位身着雪白围裙的使女,打开仓房落地窗。端着桌子,托盘,银质茶壶,还有蛋糕架子,从草场上走过来。这里喝茶,还备有蜂蜜。开明先生打问起约翰的行程来了。

【页111眉注:开明教会与俗世为友。】

"天哪,"当他听到野蛮先生,他连着说,"天哪!我应该去见见他。多聪明的一个人哪,照你讲的……可惜呀。"

约翰接着讲那三个苍白人。

"哎呀,"开明先生说,"我跟他们的父亲很熟。那是个很能干的人。有段时间,他对我恩德匪浅。说实话,我年轻时,他塑造了我的心灵。我想我应去看看他的孩子们。安立甘小时候，我也见过。那是个可爱的、善良的小家伙——就是有点狭隘，甚至我敢说有点守旧，尽管当然啦，我不会在乎俗世——另两个兄弟都很出色，我深信不疑。我确实应该去看看他们。可我太忙，而且我得承认，我从不适合上那儿去。"

"那里天气跟这儿截然不同。"约翰说。

"我常想，有的地方，可能太锻炼人了。他们把这种地方，叫做硬心之地（the land of the Tough-minded）①——叫作硬肤之地会更合适。要是有人总害腰痛——哎呀，对了，要是你们来自那里，总该见着我的老朋友善感了吧！"

"您也认识他？"

"认识他？他跟我交情最深了。他差不多就是我的人脉。再说了，我俩还是近邻。他在路北一里地，我大概在路

---

①　威廉·詹姆士曾区分"软心的"（tender-minded）和"硬心的"（tough-minded）哲学家（见所著《实用主义》第一讲和《多元的宇宙》第一讲）。关于此一著名区分，冯友兰有忠实概括：威廉·詹姆士谓：依哲学家之性情气质，可将其分为二类：一为软心的哲学家；其心既软，不忍将宇宙间有价值的事物归纳为无价值者，故其哲学是唯心论的，宗教的，自由意志论的，一元论的。一为硬心的哲学家；其心既硬，不惜下一狠手，将宇宙间有价值的事物概归纳为无价值者，故其哲学是唯物论的，非宗教的，定命论的，多元论的。（冯友兰《中国哲学史》，华东师范大学出版社，2000，第10—11页）

南一里地。我应该说,我早知道他了。在他的房子里,我曾度过很多幸福时光。这个可爱的老人,可怜的善感,他老得很快。我的头发还几乎都在,我没指望他能泰然处之。"

"我还以为,他的看法和您大不相同哩!"

"噢,当然,当然!他或许很不正统,不过随着年齿渐长,我越来越倾向于不拿正统说事。正统看法,很多时候都意味着了无生气的看法,干巴巴的教条。我越来越留意内心语言。① 逻辑和定义,分裂我们;联合我们的,则是我现在最珍视的这些东西——我们的共同情感,我们在乡下这场悠闲茶会中的共同欢乐,我们向往光明的共同奋斗。善感的心,没放错地方。"

"我倒在想,"约翰说,"他对自己的下人,是不是很不好。"

【页112眉注:它也不走天路。】

"他的话是有些难听,我想。我们必须宽大为怀。你们年青人,总是吹毛求疵。天哪,我记得我还小的时候……那

---

① 内心语言(the language of the heart),语出蒲伯(Alexander Pope)的《与阿布斯诺博士书》(*Epistle to Dr. Arbuthnot*,*or Prologue to the Satires*,1735)第388—389行:Unlearn'd, he knew no schoolman's subtle art, No language but the language of the heart.

时有个善感这般年纪的人，我可真够他受的。没人完美无缺。你们还要添点茶吗？"

"谢谢，"约翰说，"不过我想，我还是想继续赶路，您可否给我一点指导？我在努力寻找西边的海岛——"

"这想法，很美，"开明先生说，"要是你信得过我这个过来人，寻就是寻见（the seeking is the finding）。① 你眼前有多少幸福时光啊！"

"我是想知道，"约翰接着说，"穿越峡谷，是否真的有这必要。"

"当然必要。我绝不会拦着你。话说回来，亲爱的孩子，我想，在你这个年纪真的有个危险，就是总试图将这些事情说死。这好像也是，我这个职业在过去时代所犯的巨大错误。我们曾经试图让一切事情都符合常规（formulae），将诗歌变为逻辑，将隐喻变为教条。而今，我们开始意识到自己的错误，我们发觉自己被死人的常规捆住手脚。我不是说，这些常规从未完备过。我只是说，相对于我们的

———————

① 语出《马太福音》七章7—8节："你们祈求，就给你们；寻找，就寻见；叩门，就给你们开门。因为凡祈求的，就得着；寻找的，就寻见；叩门的，就给他开门。"开明先生在此歪用经文，下页亦是如此。

更广博的知识，它们不再完备（adequate）。既长大成人，我就把孩子的事丢弃了。① 这些伟大真理，在任何时代都需要重新阐释。"

"我拿不准自己是否听懂，"约翰说，"您的意思，是我必须穿越峡谷呢还是不必穿越？"

"我看你是要让我把话说死，"开明先生笑了笑，说，"我也乐意看到这一点。我自己曾经也这样。但年齿渐长，人就慢慢不信抽象逻辑了。你难道从未感到，真理是如此伟大如此质朴，单靠语言无法涵盖么？天和天上的天……② 我修的这栋房子显得多么渺小啊。"

"不管怎么说，"约翰决定问个新问题，"姑且假定有人确实不得不穿越峡谷，那他是不是真的就不得不依靠柯克妈妈？"

"啊，柯克妈妈！我打心底里爱她尊重她，不过我相信，爱她，可不意味着对她的错误闭眼不见。没人不会犯错。

---

① 语出《哥林多前书》十三章 11 节："我作孩子的时候，话语像孩子，心思像孩子，意念像孩子；既成了人，就把孩子的事丢弃了。"

② 语出旧约《列王纪上》八章 27 节："神果真住在地上吗？看哪，天和天上的天，尚且不足你居住的，何况我所建的这殿呢？"

即便我时不时感到，目前必须跟她保持距离，那也是因为我更敬重她所象征的观念（idea），更敬重她尚未成就的事物。【页113眉注：它喜欢一花一天堂。①】就目下而论，无可否认，她将自己弄得有点过时了。对于我们这个时代的许多人来说，在周遭的美丽世界里，肯定会有更真实更可接受的讯息吧？不知你懂不懂植物学。要是你留意——"

"我想望着海岛，"约翰说，"您能不能告诉我怎么去那儿？我恐怕对植物学没什么特别兴趣。"

"我会给你打开一个新世界，"开明先生说，"面向无限的一扇新窗户。不过这或许不是你的专长。我们所有人，终究都必须自己寻找通向奥妙的钥匙。我绝不会……"

"我想，我必须赶路了，"约翰说，"我在这里很开心。顺着这条路，几里地以内，我能找到过夜的地方吗？"

"哦，小事一桩，"开明先生说，"我会乐意效劳，你们要是愿意留下的话；要是你们不愿，智慧先生家走不多远就到

---

①　眉注原文是 It is fond of wildflowers。其中 wildflowers 一词，语出布莱克（William Blake，1757—1827）的名诗"Auguries of Innocence"："To see a World in a Grain of Sand / And a Heaven in a Wild Flower, / Hold Infinity in the palm of your hand / And Eternity in an hour."宗白华先生译为：一花一世界，一沙一天国。君掌盛无边，刹那含永劫。

了。你会发现，他是个讨人喜欢的人。年轻时，我常去看他。现在对于我，路就有点远了。一个可爱的、善良的家伙——有一点点固执，或许吧……我有时嘀咕，他是不是真的不带一丝褊狭……你应该听善感说起过他吧！不过记着，我们没人完美无缺，他总体上是个非常好的人。你会很喜欢他。"

老管家跟约翰道别，几乎是带着父亲般的慈祥。约翰则领着美德，重上旅程。

第六章　智慧的家

The House of Wisdom

　　那道水流,也就是他们一路沿着走到管家房子的那道水流,现在已经不是路边小溪,而是汇流成河。河水离路一会近,一会远。平缓时琥珀流光,湍急时银花飞溅。沿途树木,愈发枝繁叶茂,是高大树种。接近谷底,两边林木层层叠叠。【页114眉注:约翰开始研究形而上学。】他们就走在林荫里。不过在头顶,太阳越过林坡,越过有着曲曲折折的山涧长着一堆堆白草的陡峭地带,直照山巅,照耀着白鸽色的峭壁,酒红色的峭壁。到了一片开阔地带,已见蚊蛾飞舞。山谷变得开阔,河水兜了一个大圈,在河岸和林山之间造出一片广阔平坦的草场。草场中间,矗立着一栋低低的带柱子的房舍。房前有桥,门敞着。约翰领着病人走过去,看见房内已经上了灯。接着他看见智慧坐在孩子们中间,好像是个老人。

"在这儿,你想呆多久就呆多久,"听了约翰的请求,他回答说,"你朋友如果不是得了不治之症,我们说不定就能治好他。坐下吃点东西。吃完以后,你得给我讲讲你的遭遇。"

接下来我看见,给天路客端来了椅子。这房子里的几个年青人,还给他们端来了洗漱的水。洗毕,有个女人给他们铺上桌子,桌上摆了一条面包,一些奶酪,一盘水果,还有一些凝乳,一壶酸奶。"因为我们这里弄不到酒。"老人说着,叹了口气。

饭后,房内静悄悄的。约翰明白,他们在等他讲故事。于是他定了定神,默默回首往事。过了好长时间,他才开口。他将整个故事全都讲了,有条不紊,从他头一遭看见海岛,一直讲到他来他们中间。

然后,美德被单独带走。而约翰自己,也被领进一间小屋。屋里一床,一桌,还有一罐水。他躺上床。床有点硬,但不硌人。很快,就睡熟了。

第七章　月光下穿越峡谷

Across the Canyon by Moonlight

【页116眉注：他的想象力复苏了。】

半夜，他睁开双眼，见一轮满月，很大，很低，映上窗户。床边，站着一个女人，身着黑衣。他正要开口，她示意别作声。

"我名叫玄鉴（Contemplation），"①她说，"是智慧的女

---

① Contemplation一词，一般汉译为"静观"或"观照"，赵译本译为"冥想"。为突出其中的形而上意味，拙译译为"玄鉴"。《老子》第十章云："涤除玄览，能无疵乎？"河上公注曰："心居玄冥之处，览知万物，故谓之玄览。"高亨曰："览鉴古通用。玄者形而上也，鉴者镜也。玄鉴者，内心之光明，为形而上之镜，能照察事物，故谓之玄鉴。"

儿。赶紧起床,跟我来。"

约翰于是起床,跟她出了屋子,来到月光下的草场。她带着他穿过草场,来到西山脚下。茂密的森林,随山势上升。可走到森林边缘,约翰看见在他们和森林中间有道裂缝或裂隙,深不见底,尽管不是很宽,但跳不过去。

"白天,跳不过去,"女士说,"可是在月夜,你能跳过去。"

约翰对她深信不疑,就鼓足勇气,跳了。这一跳,远得超乎他所料——尽管并不惊异。然后他发觉自己在树顶和峭壁上空飞翔,直到山顶才落地。身旁,就是那位女士。

"来,"她说,"我们还有很多路要走。"

接着他们一起在月光下,飞速越过山峦河谷,一直飞到

悬崖边。他往下一看,底下就是大海。远方海面上,矗立着海岛。因为是月夜,海岛虽然不像曾经偶尔看到的那样清晰,但不知什么原因,现在看上去却更真切。

"当你学会飞得更远,

我们就可以一下子跳上海岛，"女士说，"不过今夜，这就够了。"

　　就在约翰转身回答她时，海岛、海水和这位女士本人都消失不见，他醒了。现在是白天，在智慧家的一间小屋，响起一阵钟声。

第八章　日光下的此岸

This Side by Sunlight

【页117眉注：唯心论哲学不但拒斥平实的宗教真理。】

第二天，智慧先生让约翰和美德跟他一道坐上阳台，朝西瞭望。吹着南风，天有点发阴。群山顶上的一抹轻雾，使得西山像是在另一个世界，尽管离这儿也就几里远。智慧先生开始教导他们。

"关于西方那座海岛和东方山岳，还有关于大地之主和敌人，有两种错误，孩子，你们必须同时战胜。从容中道，不偏不倚，才会有智慧。第一个是南方人的错误。他们坚持认为，这些东方和西方都是真实的地方——就跟这河谷一样真实,像这河谷一样是个地方。要是这等思想残留在你们心里,我就劝你们将它连根拔除,给它不留一点余地,不管它用恐惧威胁你们,还是用希望引诱你们。因为这是迷信(Superstition),信它的人,最终全都步入最南端的沼泽和丛林。在那里他们会住进术士城(the city of Magicians),为无益之事欣喜若狂,为无害之事胆战心惊。这错误还表现为,认为大地之主实有其人:就跟我一样真实,就跟我一样是人。这是第一个错误。第二个错误,恰恰相反。它主要流行于大路以北。北方人的错误在于,他们说东方和西方的事情,都只是我们自己心灵的幻象(illusions)。我也巴不得你们彻底拒绝这错误。你们千万要小心,谨防矫枉过正,因怕第一个错误而拥抱了第二个错误。还要谨防在两者之间跳来跳去,就像你们的心游移不定一样。【页118眉注:也拒斥唯物论。】有一些人,因他们无法无天的生活而被黑洞故事吓着了的时候,甚至当他们怕蛇的时候,会成为一个唯物论者(这就是第二个错误的名字);接下来另一天,却又信了大地之主及其城堡,因为在这片土地上凡事不顺,或者因为某个亲友佃约到期又满心盼着跟他重聚。而智者,用理性和受过训练的想象来控制激情,就会退回到两个错误的中间点,因发现真理就在这里,坚定不移。不过这个真理是什么,你们明天就会学到。当前,这个病人会得到照料。你这个健康人,可以自便。"

然后我看见智慧先生起身离开他们,美德则被人带到另一个地方。那一天的绝大多数时间,约翰都在房子四周溜达。他穿过谷底的草滩,来到西头山脚。茂密的森林,随山势上升。可就在走到森林边缘的时候,约翰看见在他和林木中间,地上有道裂缝或裂隙,深不见底。裂缝很窄,但跳不过去。其中仿佛有蒸汽升腾,使得另一边模糊不清。蒸汽不算浓,裂口也不算大,他倒可以看见这里的团团树叶,那里的盖满青苔的石头,甚至还能看见一条瀑布,在阳光下闪耀。想越过裂口奔向海岛的渴欲,扎心,但还不至于刺痛。智慧先生的话,西方的和东方的事物既不全然真实也不全然虚幻,在他心中弥漫,使他既心花怒放又心静如水。一些恐惧被消除了。以前从未消停过的疑虑,怀疑他的偏离正道迟早会使自己受到大地之主的制裁,如今随风而去。随之而去的还有这个咬人的焦虑:担心海岛从不存在。世界仿佛充满期待(expectation)。即便是他和林木中间的那层纱雾,好像既掩盖又揭开了世界的崇高和美——

崇高而不恐怖，美而不至于色。① 时不时会有一阵强劲南风，刮走薄雾，让他领略意想不到的景致，有远方的山谷，有开满鲜花的原野，还有更远处隐隐约约的雪山。他索性就在草场上躺了下来。这时，这家的一位年青人路过这里，停下跟他攀谈。【页119眉注：但裂隙仍未跨过。】他们懒洋洋地说这说那，有一搭没一搭的。一会儿，他们谈论再往南的地带，那里约翰没去过；一会儿，又说起约翰自己的行程。年青人告诉他，顺着这条道走上几里地，出了河谷，就来到一个岔路口。向左转，走很长很长的路，就进了哗众市的地盘；向右转，则通往南方的森林，通往术士城和幽暗国。②

"再往南就尽是沼泽地和甘蔗地，"他说，"到处都有鳄鱼和毒蜘蛛，直到整个大陆沉入最后一片盐沼。盐沼的尽头，就

---

　　① 崇高（sublime）和美（beauty），是18世纪美学中曾引起广泛讨论的一组相对的美学范畴。伯克（Edmund Burke）的名文《关于崇高和美的观念的起源的哲学探索》（1756），这样区分崇高和美：

　　说实在的，恐怖在一切情况中或公开或隐蔽地总是崇高的主导原则。（第二部分第二节"恐怖"）

　　我所说的美是指物体中的那种性质或那些性质，用其产生爱或某种类似爱的情感。（第三部分第一节"美"）

　　见李善庆译《崇高与美：伯克美学论文选》（上海三联书店，1990）

　　② 幽暗国（the country of Nycteris），其中Nycteris为希腊语，意为of the night。

是南海。除了几个湖人（lake-dwellers），沼泽地带没人居住。都是些跳大神的（Theosophists）[①]和一些莫名其妙的人，一片乌烟瘴气。"

说起约翰已经知道的那些部分时，约翰就问这个知情人，他们智慧之家的这些人，了解不了解大峡谷，或知不知道下去的路。

"你还不知道？"另一个人说，"我们这里就是大峡谷的谷底了啊。"然后他让约翰坐起来，指给他看地势。往北，河谷两侧收拢，同时变得陡峭，最终拢到一块，形成一个硕大的 V 字。"这个 V 字，就是峡谷，你现在从最南头一直往里看。峡谷东侧地势平缓，你昨天一整天就从那儿走下来的，

---

① Theosophist 一词，派生于 Theosophy（神智学，亦译"通神论"）。卢龙光主编《基督教圣经与神学词典》（宗教文化出版社，1997）释 theosophy（神智学）："泛指任何神秘主义哲学与宗教学说，强调直觉和实时体验神意的思想，亦可特别指 1875 年在美国创立的神智学会（Theosophical Society）的信条。"尼古拉斯·布宁、余纪元编著《西方哲学英汉对照辞典》（人民出版社，2001）释 theosophy（神智学）：［源自希腊语 theo（神）和 sophia（智慧），意为关于神的智慧］这个术语被新柏拉图主义者第一次使用，用以指称他们自己的学说，即强调宗教和哲学的统一以及对神的本性的神秘相识。后来，这个术语用于指文艺复兴时期之后德国宗教思想中的几种倾向，尤其指瑞典自然哲学家 E. 威斯登伯格的思想，它倾向于把自然世界和精神世界混合在一起，把理性主义宇宙论和圣经启示结合起来。这个术语也与"神智会"有关联，该会是由 H. 布拉瓦茨基发起的一场运动，其宗旨是把东方宗教和形而上学引入西方思想中。

你没注意吧?"

"这么说我已经走到谷底了,"约翰说,"那现在就没有什么阻挡我穿过去了。"

年青人摇了摇头。

"没法过去,"他说,"当我告诉你我们现在就在谷底,我说的是人能到达的最低处。真正的谷底,当然就是我们旁边的这条裂隙的底。这就是说,当然啦,说还要走下去,就是胡言乱语了。根本没法过去,或者说没法到你所看到的地方去。"

"就不能搭座桥?"约翰问。

"某种意义上,没什么桥好搭的——这桥没地可通。你千万别将我们看过去仿佛看到的山啊树啊,都一个个当了真。"

"你该不是说那是个幻象吧?"

【页120眉注:不过这哲学,虽然否定了越过的希望,却对越过去的渴欲网开一面。】

"不是。跟我父亲呆久了,你就能稍微明白些了。那不是幻象(an illusion),那是表象(an appearance)。但在某种意义上,也是个真实的表象(true appearance)。你必须将它看作山的一侧或诸如此类的东西——我们确实了解之世界的延续。这并不意味着,你的双眼有什么问题或你能获得某个更好的观看方式。但是不要以为你能到得了那里。不要以为,你(身为一个人)的去'那儿'的想法还有什么意义,仿佛那儿还真的是个地方似的。"

"什么?海岛也是这样?你是劝我放弃我内心的渴欲?"

"我不会劝你。我不会劝你停止将你的全部渴欲锁定在远方。有越过的心愿(wish),那才是个人;失去这心愿,就成了个兽。我父亲的学说要消灭的,不是渴欲(desire),只是盼望(hope)。"

"那这河谷叫什么名字?"

"我们现在就叫它智慧谷。不过最古老的地图,则将它标记为降卑谷(the Valley of Humiliation)。"①

"草很湿,"停了一会儿,约翰说,"下露水了。"

"我们也该吃晚饭了。"年青人说。

---

① 降卑谷(the Valley of Humiliation,亦译屈辱谷),典出班扬《天路历程》。

第九章　智慧——公开的

Wisdom — Exoteric

第二天，一如既往，智慧叫约翰和美德到阳台上去，继续教导他们。

"昨天讲了，你们不要怎样去想东方的和西方的事物。现在我们来探究，就我们的有限机能所允许的，怎样去正确地想。首先，想想我们现在住的这片土地。你看到，地上布满道路。没人记得道路的修造。而且，不藉助这些道路，我们心里也就没法描述并归置（order）这块土地。你已经看到，我们确定任何地方的方位，都要藉助它跟大路的关系。你或许会说，我们有地图啊。但你要想到，离开这些道路，地图一无用处。【页121眉注:逻辑范畴来自哪里?道德价值来自哪里?】因为在地图上找到我们所在的方位,靠的是道路脉络,这地图上的脉络跟地上的是相同的。明白自己刚刚向左或向右转了个弯,或者正在接近一段弯道,我们也就知道了,我们离地图上的另一个地方近了,在地面上它还在视线之外。老百姓的确说,这些路是大地之主修的。哗众市民(Claptrapians)则说,是我们人先在地图上画了些道路,然后经过一些奇怪的过程,将它们从地图上投射到土地上。不过我要教你坚持的真理就是,我们发现了它们,不是我们造了它们,而且没人能修造它们。因为要造它们,他就需要俯瞰整个大地,那只有在天上才能做到。可是没人住在天上。还有,这块土地上满是规矩。哗众市民说管家们定了这些规矩。巨人的仆从们说,我们人自己定了这些规矩,为的是靠它们来约制邻人们的情欲,让我们自己的情欲堂而皇之。老百姓则说,是大地之主定了规矩。

"我们这就一一考量这些说法。管家们定的?那他们又是如何成为管家,而我们其余的人为什么就同意他们定的规矩呢?一问起这个问题,我们就不得不问另一个问题。拒绝管家们的规矩的那些人,立即着手制定他们自己的新规矩,而这些新规矩实质上又跟老规矩毫无二致,这又是怎么回事? 有人说:'这些规矩,我受够了,我要随心所欲。'可他发现,他最深处的想望(want)——尽管时而欲火中烧时而萎靡不振,时而平静时而激动,贯穿始终的唯一的想望——就是守住这些规矩。巨人的追随者会说,那是因为这些规矩,是他欲望(desires)的一种伪装。可是我会问,什么欲望? 总不是随便哪种欲望或一切欲望吧,因为这些规矩常常否定这些欲望。我们能说是自我标榜的欲望么? 可是,除非我们已经认为这些规矩是好的,否则,我们为什么要因守规矩而自以为是呢? 有人或许会自我膨胀,总以为很强壮很敏捷,乐此不疲,但他总得爱强壮爱敏捷吧。巨人的说法,因而不攻自破。即便我们只是想让自己的情欲得体一些,那我们也就已经有了'得体'的观念,而得体最终不是别的,正是依照规矩。每一个学说,都要我们听它们或遵从规矩本身,却都将遵从规矩的想望(the want to obey the rules)预设为自吹自擂。我们接下来看看关于大地之主的古老传说:这片土地之外的某个伟人(mighty man)定了这些规矩。姑且假定就是吧,那么,我们为什么要遵从规矩呢?

【页 122 眉注：哲学说，上帝之存在回答不了这问题。】

智慧先生转面对美德说："这部分对你和你的病，都至关重要。"他接着讲了起来：

"只能有两个理由。要么是因我们敬重大地之主的权柄，就因他用来支持规矩的奖惩而动心：惧怕刑罚或希望回报。要么是因我们自由地同意大地之主，因为我们也认为，他认为是好的东西就是好的。但这两个解释，都不中用。假如我们因希望和惧怕而遵从规矩，可正是在这一遵从中，我们不遵（disobey）。因为我们最敬重的规矩，无论我们是在自己内心找到还是在管家的牌子上找到，都在说一个人必须不计利害（disinterestedly）遵照实行。因而，这样遵从大地之主，就是不遵。可是，假如我们自由地遵从，因为我们同意他，那又如何呢？啊，这甚至更糟。说我们同意，并因我们同意而遵从，就只是在重复说，我们在自己心中找到了同样的规矩，遵从的就是这规矩。即便大地之主颁布了这规矩，那他颁布的也只是我们意欲为之的东西，他的声音就是白费；如果他颁布的是别的规矩，他的声音也是白费，因为我们不会遵从他。无论哪种情况，规矩的奥秘都仍没解决。对这一问题而言，大地之主是个累赘，没啥意义。如果他说话，他说话之前规矩就已经在那儿了。如果我们和他都同意这些规矩，他和我们都加以复制（copy）的共同基源，又在哪里？使得他的说法和我们的说法都对的那个东西，是什么？

"关于规矩，虽然就跟道路的情形一样，我们必须说，的确我们只是发现它们，而不是造了它们。但是，去假定大地之主就是其创造者，根本于事无补。还有第三件事（说到这儿，他看着约翰），尤其跟你有关。西方的海岛又是怎么回事？我们这个时代的百姓，都几乎忘记它了。巨人又会说，它就是你自己心中的幻觉，伪造出来掩盖你的情欲。至于管家们，有些并不知道还有海岛这种事物；有些同意巨人，将你的海岛贬为邪恶；有些则说，那是从极远处看大地之主的城堡，所得到的模糊又混淆的印象。他们莫衷一是。不过，让我们自己想一下这个问题。

"首先，我要让你毫不犹豫地认定，巨人错了。这对你比较容易，因为你已经跟理性交谈过了。巨人说它在那里是为了掩盖情欲。可是，它没有掩盖情欲。【页123眉注：哲学不会将约翰对超验的惊鸿一瞥（glimpse of the Transcendent）解释掉。】即便它是个面纱，那也是个蹩脚面纱。巨人会将我们心灵的阴暗部分，弄得既强壮又微妙，好让我们永远摆脱不了他的骗。可是,这个全能的魔法师虽使出浑身解数,他所制造的幻象,一个在青春骚动期的孩子,不出两年,独自就能揭露并看穿。这不是妄语。能看到海岛的人和民族,没有哪个不曾从亲身经历中认识到,这个异象很快以情欲结束是多么的容易;尚未腐化的人和民族,也没有哪个不曾感到这一结局之沮丧,不知道这是异象之破灭而非异象之成全。你和理性两个所说的话,是对的。找到了却不满意的东西,就不是我们所渴欲的。要是水没有让一个人释怀,那么,折磨着他的肯定就不是口渴,或不只是口渴——他想要一醉来医治他的沉闷,想望着谈天来医治他的孤独,诸如此类吧。那么,除了满足渴欲,到底如何知道我们的渴欲? 在我们说'哈,这就我想要的'之先,何时才会知道它们? 假如就有些渴欲,人感受到它是自然而然,但满足它却绝无可能,那么,这渴欲的本性对于他,难道不就总是晦暗不明? 要是古老传说是对的,要是有人不用放下他的人性就能越过我们这片土地的边界,要是他能到达传说中的东方和西方又不失为人,那么说实话,在得饱足的那一刻,在举杯时,在加冕时,在恋人亲吻时——那么首先,一回望他所走过的漫长的渴欲路途,其所有曲曲折折都变得豁然开朗。当他发现了这一点,他就会知道,他曾经寻觅的是什么了。我老了,满腹辛酸。我看见你也开始感受到我们与生俱来的悲催。放弃盼望(hope),但别放弃渴欲(desire)。你对海岛的这些惊鸿一瞥(glimpses)很容易混同于邪恶物事,很容易遭到亵渎,不要为此感到奇怪。总而言之,永远不要试图留住它们(keep them),永远不要试图重访那曾给你异象的那个地点或时间。否则你自取其咎,就跟将我们这块土地并不包含的东西锁定在这片土地上某个地点或时间上的那些人,一个下场。你难道从管家那里没听过偶像崇拜的罪,难道没听过在他们的老黄历里,要是有人企图囤积,吗哪如何变成虫子的故事吗?① 莫贪婪,莫激

_____

① 　吗哪(Manna),《圣经》故事中的一种天降食物。以色列人出埃及,在40年的旷野生活中,就以神赐食物吗哪为生。吗哪变成虫子的故事,典出《出埃及记》十六章13—20节。当时,以色列人在“汛的旷野”,没食物吃,他们抱怨耶和华。耶和华赐吗哪给他们,他们却开始积攒:早晨,在营四周的地上有露水。露水上升之后,不料,野地面上有如白霜的小圆物。以色列人看见,不知道是什么,就彼此对问说:“这是什么呢?”摩西对他们说:“这就是耶和华给你们吃的食物。耶和华所吩咐的是这样:你们要按着各人的饭量,为帐篷里的人按人数收起来,各拿一俄梅珥。”以色列人就这样行,有多收的,有少收的。及至用俄梅珥量一量,多收的也没有余,少收的也没有缺,各人按着自己的饭量收取。摩西对他们说:“所收的,不许什么人留到早晨。”然而他们不听摩西的话,内中有留到早晨的,就生虫发臭了;摩西便向他们发怒。

动;否则,你只会用灼热、粗糙的手,将你珍爱的东西,揉死在你自己的胸膛上。不过,假如你总犯嘀咕,以为你所憧憬的就是真实的(real),那么记住自己的经验教给你的东西。【页124眉注:被渴欲者是真实的,正因它永远不是一种经验。】把它看作一种感受(feeling),那感受一下子就没了价值。看管好自己的心灵,注视那种感受,这样你就会发现——我该怎么说呢?——心里的一阵踢腾,头脑里的一个形象,喉咙里的一阵抽动:难道这就是你所渴欲的么?你知道这不是,知道无论什么感受都不能让你释然,知道感受即便再纯净,都只不过是又一个冒名索债者(spurious claimant)——就跟巨人所说的情欲(gross lusts)一样。我们这就总结一下吧。你所渴欲的,根本不是自己的心境(state of yourself),正因为此,才是某种他者或外在者(something Other and Outer)。知道了这一点,你得不到它这一真相,你就发觉尚可忍受。事之'应然',是大善。这样,当你记得'实然',你对你从来无法拥有应然,就不会感到遗憾。这么说吧,任何你能拥有的东西,都远远比不上这个应然;因而,其饱足比起你对应然的饥渴,都低贱得难以形容。想望胜于拥有(Wanting is better than having)。你能居住其中的世界的荣美（glory），最终都是表象（appearance）。不过，恰如我的一个儿子所说，①这却使得这个世界更其荣耀。"

---

① 指布拉德雷。详参本书卷八第 1 章及第 268 页译者脚注。

第十章　智慧——秘传的

Wisdom — Esoteric

这一天,约翰跟昨天一样,在田野四处溜达,时不时躺卧一会。这个河谷,节气就跟踏着风火轮似的。今天河边已是彩蝶飞舞,翠鸟穿梭,蜻蜓点水了。他坐的地方,树木枝叶成荫。他心头弥漫着一丝惬意的忧伤,还有极度的闲散。那一天,他跟这座房子里的许多人都说过话。晚间,回到自己的小屋,他的心头满是这些人听天由命的语调,满是他们既平静又机敏的面孔,仿佛他们时时都在期待着某种永远不会发生的事情。等他睁开双眼,小屋月光辉映。他就这样醒着躺在床上,听到窗外一声低语。【页 125 眉注:

约翰发现,哲学家生活的真正力量。】他探出头去。有个黑影站在房子的阴影里。"快出来玩,"他说。同时,就从说话人远处一个更阴暗的角落里,传来一阵低声笑语。

"这窗太高,我跳不下来。"约翰说。

"你忘了现在是月夜。"那人说着,就拉起他的手。

"跳吧!"他说。

约翰抓了几件衣服,就从窗口跳了下去。奇怪的是,落地时他既没伤着也没吓着。不一会,他发觉自己就在这家一群欢笑的儿女中间,大步流星地奔过草场。月光下的河谷,这时要是有人观察,看起来啥也不像,就像个用大盘子为跳蚤马戏团做成的舞场。他们一路蹦蹦跳跳,直到树林边上的黑暗边界。约翰一屁股坐在一棵山楂树下,上气不接下气。他吃惊地听到,四周是银器和玻璃杯的声响,有人在打开果篮,有人在开启酒瓶。

"我父亲的饮食观太苛刻。"招待他的人说,"我们年青人发觉,对家里的伙食有必要做点补充。"

"这香槟酒,是半途先生给的。"一个说。

"凉拌鸡和口条,玛门先生给的。离开这些朋友,我们可怎么办啊?"

"南方来的大麻。是幽暗(Nycteris)亲自送来的。"

"这红葡萄酒,"约翰身旁的一个女孩怯怯地说,"是柯克妈妈给的。"

"我不认为我们应该喝这个,"另一个声音说,"这事确实有点过分。"

"没你过分,你从跳大神的(the Theosophists)那里拿鱼子酱。"那个女孩说,"再说了,我需要它。只有这个才让我还活着。"

"喝点我的白兰地吧,"又响起一个声音,"全是野蛮先生的那些矮人酿的。"

"我不明白,你怎会喝上这玩意,卡尔。[①] 你需要的是,哗众市简简单单结结实实的食物(honest food)。"

【页126眉注:来自于比他们的哲学更好或更差的源泉,但他们不承认。】

"你当然会这么说了,赫伯特,"[②]新插话的人反驳说,

---

① 【原注】马克思。

② 【原注】斯宾塞。【译注】赫伯特·斯宾塞(Herbert Spencer, 1820—1903),人称"社会达尔文主义之父",他率先将达尔文的进化论应用于社会学,也即将所谓物竞天择适者生存的进化原理用于人类社会,尤其是用于教育及阶级斗争。

"不过我们有些人觉得那食物太多(rather heavy)。让我说,从牧羊乡(the Shepherd's Country)弄来的一小份羊肉,再加点薄荷料——其实这才是你们大伙给父亲的餐桌需要做的补充。"

"我们都知道你喜欢什么,巴鲁赫。"①好多人说。

"我喝完了,"卡尔宣布,"现在是与矮人们同庆良宵的时候。有人跟我去吗?"

"这里没人,"另一个人大声说,"我今夜要到南边术士们那里去。"

"你最好别去,鲁道夫,"②有个人说,"跟我去清教乡安安静静过上几小时,对你要好得多——好得多。"

"省省吧,伊曼纽尔,"③另一个人说,"你还是直接去柯克妈妈那里得了。"

---

① 【原注】斯宾诺莎。【译注】巴鲁赫·斯宾诺莎(Baruch de Spinoza,1632—1677),犹太裔荷兰籍哲学家,近代哲学史重要的理性主义者,泛神论者。

② 【原注】斯坦纳。【译注】鲁道夫·斯坦纳(Rodulf Steiner,1861—1925),奥地利出生的科学家、歌德全集标准版的编辑者,灵智学(anthroposophy,又译人智学)之创始人。他当时称之为"精神科学"。他认为存在着灵界,纯粹思维可以理解灵界,因此他试图培养不依靠感觉的灵性感知力。他在1912年创立灵智学会,现其总部设于瑞士多尔纳赫。

③ 【原注】康德。

"伯纳德①就去了。"贡献红酒的那个女孩说。

这时候,晚会人数骤减。因为绝大多数年青人,拉人加入他们五花八门的作乐计划徒劳无功,于是就一个个跳走了,从这个树梢跳到那个树梢,很快那银铃般的笑声就消逝了。那些留下来的,都围在约翰四周,一会请他看这个娱乐,一会请他看那个娱乐。有些人坐在树荫外,在月光下玩拼图;有些人认认真真练蛙跳;而感觉无聊的人,则跑来跑去抓飞蛾,还彼此使绊子,咯吱,咯咯笑着,还要弄得别人咯咯笑,直到林子里都回响着他们欢乐尖叫。那好像持续了很久。即便那个梦里后来还有什么事,约翰醒来时也都不记得了。

---

① 【原注】鲍桑葵。【译注】伯纳德·鲍桑葵(Bernard Bosanquet,1848—1923),英国新黑格尔派哲学家,在英国学术界极为活跃,曾名噪一时。

第十一章　守口如瓶

Mum's the Word

【页 127 眉注：其实，马克思是个矮人，斯宾诺莎是个犹太人，康德是个清教徒。】

第二天早饭，约翰偷偷瞟了几眼智慧的儿女们，他一点也看不出来，他们记得夜里以另样面貌跟他会过面。的确，无论是那时，还是呆在河谷的任何时间，他都没找到证据，证明他们知道自己的夜间节日。试探着问过几个问题，他心里就有了底。他们都相信，自己整日吃的都是家里的粗茶淡饭，除非他们撒谎。伊曼纽尔确实承认，作为一种思辨的真理（speculative truth），会有梦这种事情，梦到自己也在情理之中。不过这时他有个复杂证明（约翰没大跟得上），证明没人有可能记住一场梦。尽管他的外表和体格，像个拳击家，但他将此归因于本地水果的品质精良。赫伯特是呆头呆脑的那种人，面对饭菜，从来激不起一点食欲。不过约翰发现，他把这归咎于自己的肝脏。对于一整夜都将哗众市的牛排和肉汁，拼命往嘴里塞，他却毫无概念。另一个名叫伯纳德的家庭成员，极其健壮。约翰在月光下，曾见他津津有味兴高采烈地饮用柯克妈妈的酒。可醒着的伯纳德却坚持说，他爸爸在庆生或重大场合会拿出值得称赞的大麦茶，柯克妈妈的酒只不过是父亲的大麦茶的拙劣的初级模仿。"正是这大麦茶，"他说，"我才这么健康。它使得我成为现在这样。"更不用说，他设尽圈套，还是发现不了，家里这些年青成员对夜间的蹦跳嬉闹是否有任何记忆。最终他被迫下结论，要么这整件事都是他自己的一场梦，要么这秘密确实是守口如瓶。询问他们时，几个人显出的那点不耐烦，似乎在支持第二个假设。

第十二章　更多智慧

More Wisdom

当他们坐上阳台,智慧继续他的讲论。

"你已经得知,有这三样事物:海岛、道路和规矩。它们在某种程度上必定是真实的(real),也不是我们创造了它们。你也进一步得知,发明一个大地之主,对我们毫无帮助。说世界这头应真的有个城堡,世界那头应真的有个海岛,这都是不可能的事。因为世界是圆的,所以我们在任何地方,都是在世界尽头。因为球体的尽头就是其表面。世界到处都是尽头,但我们永远无法越过这个尽头。不过,我们的想象力匪夷所思地放置在世界尽头之外一个世界里的这些事物，我们已经看到，在某种意义上是真实的。

　　"你曾告诉我，理性怎样通过诘问黑暗中事物是何颜色，驳斥了巨人的谎言。你从她那里学到，没有视觉就没有色彩，没有触觉就没有硬度。除非在感知到它的那些人的心中，否则，便无物体（body）可言。① 其推论就是，天上的星辰，地上的山川景物，都是想象：② 既非你的想象，也非我

---

　　①　这里在申述贝克莱《人类知识原理》（*The Principles of Human Knowledge*）里的著名命题"存在就是被感知"（esse is percepi）："我写字用的这张桌子所以存在，只是因为我看见它，摸着它；我在走出书室后，如果还说它存在过，我的意思就是说，我如果还在书室中，我原可以看见它；或者是说，有别的精神（spirit）当下就真看见它。我所以说曾有香气，只是说我曾嗅过它，我所以说曾有声音，只是说我曾听说过它，我所以说曾有颜色，有形象，只是说我看见它或触着它。……因为要说有不思想的事物，离开知觉而外，绝对存在着，那似乎是完全不可理解的。（For as to what is said of the absolute existence of unthinking things without any relation to their being perceived, that seems perfectly unintelligible.）所谓它们的存在（esse）就是被感知（percepi），因而它们离开能感知它们的心灵或能思想的东西，便不能有任何存在。"（第一部第3段，关文运译，商务印书馆，2010，英语文字系拙译增补）

　　②　典出贝克莱《人类知识原理》（*The Principles of Human Knowledge*）第一部第6段：有一些真理对于人心是最贴近、最明显的，人只要一张开自己的眼睛，就可以看到它们。我想下边这个重要的真理就是属于这一类的：就是说天上的星辰，地上的山川景物，宇宙中所含的一切物体，在人心灵以外都无独立的存在（have not any subsistence without a mind）；它们的存在就在于其为人心灵所感知、所认识（their being is （转下页注）

的想象,因为我们就在同一个世界碰面。要是这个世界都关在我们的心灵中,那么,这个世界就不会存在。因而毫无疑问,天地大观都漂浮在某种伟大想象(mighty imagination)中。要是你问,谁的想象? 大地之主又一次帮不了我们。他只是个人:让他变得伟大,随你的便,但他仍然不是我们,他的想象对于我们是不可企及,恰如你的想象我不可企及。所以我们必须说,世界不是在这个心灵中,也不是在那个心灵中,而是在心灵本身(Mind itself)中,就在永恒贯穿我们的那一无位格的意识原理(that impersonal principle of consciousness)中,而我们只是它的可朽坏的形体。

"你这下明白了,这如何解释了从一开始就摆在我们面前的所有问题。我们之所以发现了这些道路,也即这片土地上的理性框架(reasonable skeleton),也即使得我们既能绘制地图又能使用地图的这些参考(guiding-lines),那是因

(接上页注)to be perceived or known),因此它们如果不真为我所感知,不真存在于我的心中或其他被造(created spirit)的心中,则它们便完全不能存在,否则就是存在于一种永恒精神(Eternal Spirit)的心中。要说事物的任何部分离开精神有一种存在,那是完全不可理解的,那正是含着抽象作用的一切荒谬之点。(关文运译,商务印书馆,2010,英语文字系拙译增补)

为我们的这片土地就是合理性的后裔（the off-spring of the rational）。再想想海岛吧。你对海岛所知的一切，最终是这样的。你对海岛的头一瞥，是向往（yearning）或想望（wanting）。你一直想望着那一瞥之重现，仿佛你想望的就是想望，仿佛想望就是拥有，拥有就是想望。这一饥渴之饱足（this hungry fruition），这一至足之虚空（this emptiness which is the best filling），意味着什么？可以肯定，当你知道人说'我'字时无不模棱两可，这问题就豁然开朗。我是个老人，很快就要跨过溪涧，不在人世：我就是包罗了时空本身的永恒的人（eternal Man）。我就是那个想象者：我就是他的想象之一。海岛不是别的，就是完善和不朽。此完善和不朽，我身为绝对精神（Spirit eternal）就拥有，我身为有死灵魂（mortal soul）则徒劳渴望。【页129 眉注：绝对心灵本体论。】它的声音，在我耳际回响，却又比星星遥远；它近在手边，又永不可得：我拥有它，可是你瞧，此拥有正是失去：因为就在这一刻，身为精神（Spirit）的我确实放弃了我的富庶（rich estate），沦为会朽坏不完美的受造（that perishing and imperfect creature），我的永恒就巍然屹立于受造的生死轮回中。而我身为人，依然时刻乐享着我已失去的完美,因为只要我还活着,我就仍是精神,而只有藉着是精神,我才维系着我有灵魂的短暂生命(short vitality as soul)。看看生命如何靠死亡来存养,此生命如何变成彼生命吧。因为精神活着,靠的是不断死去,变成像我们这样的东西;我们获得自己的至真生命,也靠的是朝着我们的有死本性去死(dying to our mortal nature),从而回归我们的无人格本源(the impersonality of our source)。因为这就是一切道德律条的最终意义,节制与公义的善,爱本身的善,就在于它们将我们个体的分散的灼热激情,抛回精神之冰溪——在那里乐天知命,尽管并非一劳永逸(to take eternal temper, though not endless duration)。

"我给你讲的,是永恒福音。① 这是人们一直知道的:古人和今人都可为证。在我们自己的时代,大地之主的故事只是个形象表达(picture-writing),就人所能理解的,向人显露尽可能多的真理。管家必定告诉过你——尽管你好

---

① 原文是拉丁文:*evangelium eternum*。意为 Eternal Gospel,也即泛神论(Pantheism)。卢龙光主编《基督教圣经与神学词典》(宗教文化出版社,2007)"pantheism(泛神论,泛神主义)"辞条:"神学概念,这名称始自18世纪初,但泛神论的思想自古已有。泛神论相信神与宇宙是等同的,否认世界的存在与神的存在是分开的。换言之,神是万有,万有是神。"

像既不上心也没听懂——大地之主的儿子的传说。他们说,吃山苹果和那场地震之后,我们这片土地上的事情全都背离正道,大地之主的儿子亲自来做他父亲的佃农,住在我们中间,不为别的,只为他会被杀害。管家们本人并不清楚这故事的涵义。因而,假如你问他们,这儿子被戮怎会帮助我们,他们就被迫给出荒谬绝伦的答案。可是对于我们,涵义一清二楚,故事也很美。那是精神本身之生命的一幅图像(a picture of the life of Spirit itself)。传说中的这个儿子是什么,现实中每一个人就是什么:因为整个世界不是别的,只是永恒(the Eternal)将自身抛给死亡而得以存活——我们也得以存活。死亡是生命方式,生命成长就是通过不断死亡。

"那规矩又是怎么回事呢?你已经看到,将规矩当成一位大地之主的专断命令,于事无补。不过那些这样做的人,也不是全错,因为将规矩视为每个人的个人选择,也同样错误。还记得我们关于海岛所说的话吧。因为我既是又不是精神,因而,我既有又没有我的渴欲。【页129眉注:跟约翰曾遇到的学说相比,这学说涵盖了更多事实。】'我'字的这一双重本性,同样也解释了这些规矩。我是立法者,可我又是臣民。我,即精神,给我所变成的灵魂,强加了她因而必须遵守的律法:规矩和我们的意愿的每一次冲突,只不过是我的有死的表象的自我的愿望与我的真实的永恒的自我之间的冲突。'我应该但我不愿'(I ought but I do not wish)——这话何其词不达意;'我想要又不想要'(I want and I do not want),又是何其体贴入微。不过一旦我们学会去说,'我想要,却又不是我想要'(I, and yet not I, want),其中奥妙就真相大白。

"现在,你的朋友几乎已经痊愈,时间也快到正午了。"

卷八　进退维谷

AT BAY

亲自思考一切事情，并且看到以后以及最终什么较善的那个人是至善的人，能听取有益忠告的人也是善者。相反，既不动脑思考，又不记住别人忠告的人是一个无用之徒。①

——赫西俄德

---

①　原文是：He that hath understanding in himself is best；/ He that lays up his brother's wisdom in his breast / Is good．But he that neither knoweth，nor will be taught /By the instruction of the wise——this man is naught. 语出赫西俄德《工作与时日》第 293—297 行，拙译采（转下页注）

没受过教育的人，在切身之务上，或在那些近在咫尺的事情上，定然既不求心灵之敏锐，也不求心灵之力量；他们也没有抽象能力——他们总是目光短浅，从不高瞻远瞩。①

——黑兹利特

（接上页注）张竹明和蒋平先生之中译文（商务印书馆，1991）。沃格林（Eric Voegelin）对此论，曾有出色发挥。他注意到，在赫西俄德《工作与时日》及亚里士多德的《尼各马可伦理学》里，人分三类：第一类是完全拥有Nous（心灵，理性）的人，他能够自我教导，在这里，Nous的意思就是向神圣存在根基的开放性。第二类人是至少拥有足够的理智，在犹疑不定的情况下能够听从完全理性的人。第三类人既不能像第一类人那样拥有理性，也不能像第二类人那样听从理性，因此是无用的主体，且可能成为一个危险的主体。（沃格林《希特勒与德国人》，张新樟译，上海三联书店，2015，第110页）

① 原文是：Persons without education certainly do not want either acuteness or strength of mind in what concerns themselves, or in things immediately within their observation; but they have no power of abstraction—they see their objects always near, never in the horizon. 语出英国随笔作家威廉·黑兹利特（William Hazlitt, 1778—1830）的《论古典教育》（*On Classical Education*）一文。

第一章　两种一元论者[①]

Two Kinds of Monist

【页132眉注：何不假定有人企图靠泛神论哲学安身立命。】

那天下午，约翰在河边草场溜达，看见有人朝他走来。那人走路笨手笨脚，腿脚好像不是自己的。那人走近了，约翰才看出他就是美德，面色很是苍白。

---

①　尼古拉斯·布宁、余纪元编著《西方哲学英汉对照辞典》（人民出版社，2001）释"一元论"（monism）："C.沃尔夫发明的术语，指任何主张实际上只存在一类实体的形而上学理论。实际存在的可以是物（如唯物主义所主张的），或是心（如唯心主义所主张的）。中立一元论认为，心和物二者都得自于某种中立的基本实在。……一元论应用得较广，指任何用单一原理来说明现象的企图。"

"啊呀,"约翰惊呼,"你好了吗? 能看见了吧? 能说话
了吧?"

"是,"美德有气无力地说,"我想我能看见了。"说着,他
重重地靠在一道栅栏上,喘着粗气。

"你走得太远了,"约翰说,"你没事吧?"

"我仍很虚弱。没关系。一会就喘上气来了。"

"坐我身边,"约翰说,"等你歇好了,我们再慢慢回
房去。"

"我再也不想回到那座房子。"

"不回去? 你还不适合旅行——而且你到哪里去啊?"

"很明显,任何事情我都不适合,"美德说,"但我必须
前行。"

"前行到哪儿? 你不会仍希望穿越峡谷吧? 难道你不
信智慧给我们说的?"

"我信。正因为此,我才继续前行。"

"至少坐一会吧,"约翰说,"再给我讲讲。"

"已经够清楚了吧!"

"一点都不清楚。"

美德不耐烦了。

"你难道没听到智慧就规矩（rules）所说的话？"他问。

"当然听到了。"约翰说。

【页133眉注：这会导向一种洋洋自得的黑格尔式乐观主义？】

"是这样的，他将规矩还给了我。那个谜团，解开了。规矩必须遵守，跟我一直想的一样。我现在对此，比以往任何时候都了解。"

"就这些？"

"难道你看不见，所有剩余部分会怎样？规矩来自那个精神（Spirit）——随便他叫什么吧——这东西反正也是我。而对遵守规矩的任何不情愿，则是我的另一部分——有死的部分。从这一点，还有他所说的其余的话，难道不就推出，对规矩的真正的违背都源于我们竟住在这片土地上？这片土地，完全不是海岛，不是规矩：这就是它的定义。我的有死的自我——实际上也就是我本人——只能被定义为，跟规矩对立的那一部分我。恰如精神（the Spirit）对应于大地之主，这整个世界对应于黑洞。"

"我的理解恰巧相反，"约翰说，"毋宁说，这个世界对应于大地之主的城堡。万事万物都是这一精神的想象（Spirit's imagination），因而，万事万物，如果没理解错的话，都是好的、幸福的。承认这世界的荣美归根结底只是表象，这只会使这世界更其荣美。① 我特别同意，规矩——规矩的权威——必须变得比以往更强大，但其内容，必须变得——可以说更容易。或许我应说更丰富——即更具体。"

"它们的内容必须变得更严苛。倘若真正的善，就是'非此处所有'（what is not here），而此地只意味着'无善之地'，那么，除了尽可能短地在此地居住，除了尽可能让自己

---

①　原文是：That the glory of this world in the end is appearance, leaves the world more glorious yet. 语出英国唯心主义哲学家布拉德雷（Francis Bradley，1846—1924）的《逻辑学原理》（*The Principles of Logic*，1883）第三部第二篇"推理（续）"第四章"推理的正确性或其效力（续）"第16节：

　　承认这个世界的光荣归根结底就在于现象之中，这只会使我们的世界更为光荣，如果我们能够体会到它便是更为丰富多彩的实在的发露；可是假如我们一定要认为它不过是一层表面，遮盖着黯然无色的原子的运动，一种幽灵式的抽象的帷幕，或者毫无热气空洞渺茫的若干范畴拼凑的游戏，那样一来，感觉就必得成为阻塞我们耳目的烟幕了。（庆泽彭译，商务印书馆，1962，第 222—223 页）

　　由于庆先生之中译，改写较大，兹附英文原文如下：That the glory of this world in the end is appearance leaves the world more glorious, if we feel it is a show of some fuller splendour; but the sensuous curtain is a deception and a cheat, if it hides some colourless movement of atoms, some spectral woof of impalpable abstractions, or unearthly ballet of bloodless categories.（英文本第 533 页）拙译此处为求译文通畅，未采庆先生之译文。

少受这世界体系的束缚,真正的规矩还能是什么? 我以前老说无邪的快乐(innocent pleasures),我真蠢——好像对于活着就是堕落的我们来说,还有什么事情是无邪的一样——好像一个人吃喝生养,不是在延续诅咒似的。"①

"说实话,美德,这看法很奇怪。智慧先生的课,教给我的恰恰相反。我在想,还有多少清教病毒残留在自己身上,以至于我这么久不能享受大自然胸怀中无瑕的慷慨。至卑之物,依其自身情况,不也是'太一'(the One)的一面镜子? 最轻微或最狂野的快乐,对于整体的完善而言,不也跟最英勇的牺牲一样,一样地不可或缺? 我确信,在绝对(the Absolute)那里,即便是肉欲激情的火焰,也在熊熊燃烧——"

【页 134 眉注:抑或导向一种东方式悲观主义及自苦为极?】

"即便是进食、即便是吃最粗糙的食物吃最少的分量,

---

① 原文为:as if all that a man eats or drinks or begets were propagated curse. 典出弥尔顿《失乐园》卷十第 728—729 行:"All that I eat or drink, or shall beget, / Is propagated curse."刘捷《失乐园》中译本(上海译文出版社,2012)译为:"所有我吃的或者喝的,或者将要生养的后代,都是在延伸诅咒。"

也能被证明正当么？肉身只不过是活着的败坏。"①

"关于半途女,毕竟还有很多可说的——"

"我看,野蛮都不知道他自己那么有智慧——"

"她是有着深肤色,这没错。但是——在光谱上,难道棕色不跟其他颜色一样必不可少么?"②

"任何颜色,难道不同样是白光的败坏?"

"我们所谓的恶——我们最大的邪恶——放在真正的背景中来看,就是善的一个成分。我既是怀疑者,也是疑团。"③

"我们所谓'义'的东西,是污秽的破布。④ 你是个傻

---

① 原文是：The flesh is but a living corruption。典出《创世记》六章12节："神观看世界,见是败坏了：凡有血气的人,在地上都败坏了行为。"

② 这里,约翰说的"棕色"(brown),即跟前文所说的 brown girl 相关。拙译为避免种族歧视之嫌,将 brown girl 译为"杨花女"。

③ 原文是："I am the doubter and the doubt."典出美国著名的泛神论者爱默生的短诗《梵天》(Brahma)。梵天,印度教的最高神。张爱玲曾译全诗如右：血污的杀人者若以为他杀了人, / 死者若以为他已经被杀戮, / 他们是对我玄妙的道了解不深 —— / 我离去而又折回的道路。// 遥远的,被遗忘的,如在我目前；/ 阴影与日光完全相仿；/ 消灭了的神祇仍在我之前出现；/ 荣辱于我都是一样。// 忘了我的人,他是失算；/ 逃避我的人,我是他的两翅；/ 我是怀疑者,同时也是那疑团, / 而我是那僧侣,也是他唱诵的圣诗。// 有力的神道渴慕我的家宅, / 七圣徒也同样痴心妄想；/ 但是你——谦卑的爱善者！/ 你找到了我,而抛弃了天堂！

④ 原文是：What we call our righteousness is filthy rags. 典出《以赛亚书》六四章6节："我们都像不洁净的人,所有的义都像污秽的衣服；我们都像叶子渐渐枯干,我们的罪孽好像风把我们吹去。"

瓜,约翰,我要走了。我北上到石山上去,直至我找到个地方,那里风最凛冽,地最坚硬,最远离人的生命。我的解约通知还没来,我还必须在我们的土地这个染缸里再染一会。我将仍旧是那遮挡白色光芒的黑云的一部分。但我会尽我所能,让叫作'我'的那部分阴云尽量稀薄,几乎算不上一块云。身和心,都将为它们活着这一罪行付出代价。要是有什么斋戒或看管(watching),自残或自我折磨,对自然天性更严厉,我就终会找到它。"

"你疯了?"约翰问。

"我刚刚变得神志清醒,"美德说,"你为什么这样盯着我?我知道自己面色苍白,脉搏像打鼓。这样就更神志清醒了!生病比健康好,也比健康时看得更清楚,因为,它离'精神'(the Spirit)近了一步,少掺和了一分我们的兽性存在的骚乱。但是,要杀死我从母乳中吮吸来的肮脏的生命渴望,将需要比这更强劲的痛苦。"

"我们为什么要离开这个宜人的河谷?"约翰刚一开口,美德就打断了。

"谁在说我们?你以为我请你或指望你陪伴我吗?你会去躺在荆棘上吃刺莓?"

"你不会是说我们要分道扬镳吧?"约翰说。

"呸!"美德说,"我打算做的事,你做不了。即便你能做得了,我也不要你。友爱——亲爱——这些东西,除了是一条将我们束缚在眼下这块土地的最狡猾的锁链而外,还会是什么？谁抑制肉体,却让心灵自由快乐,因而仍去肯定——去沉迷于——她的有限意志,谁就是个十足的蠢货。【页135眉注:两种看法,仿佛不可调和。】要斩断的,不是这一快乐或那一快乐,而是一切快乐。要治好这癌症,没有哪把刀切得够深。但我还是要尽我所能,切得深些。"

他站起身来,仍摇摇晃晃,继续踏过草场向北走去。他手放在身体两边,好像很痛苦。有那么一两次,差点摔倒。

"你跟着我干什么?"他冲约翰大喊道,"回去!"

约翰停了一会,被朋友脸上的愤恨拦住了。接着,又试着往前走。他想,美德的病伤及大脑。因而他心存模模糊糊的希望,以为自己能找到法子,惹美德发笑并领他回去。然而还没走几步,美德又转过身来,手里拿着一块石头。"走开!"他说,"不然我就扔了。我们彼此没关系,你和我。我自己的身体,跟自己的灵魂是仇敌。你以为我还会饶了你?"

约翰停了下来，犹豫不决，接着躲了一下，因为另一个人已经扔石头了。我见他们就这样走了一阵，约翰拉开一段距离跟在后面，停一下，又接着走。而美德时不时拿石头打他，辱骂他。最后，他们之间的距离越来越大，石头够不着，声音也够不着了。

第二章　约翰得到指引

John Led

他们就这么走着的时候，约翰看见，河谷变窄，两侧变得陡峭。同时，左边隔开他和西部森林的那道裂隙，变得越来越宽。因为这，也因为整个河谷变得越来越窄，他们脚下的平地也就慢慢消失。很快，脚下就不再是谷底，而只是其东侧的一个岩架了。裂隙也露出真面目，不再是谷底的一条狭缝，而正就是谷底了。约翰明白了，他事实上就行走在大峡谷一侧半空中的一段横岩上。悬崖在他头顶，高耸入云。

【页 136 眉注：约翰想返回，基督逼他向前。】

这时,一个大疙瘩或悬崖伸出的一个岩脚挡住他们去路——一堆花岗岩乱石,横亘在岩架上。就在美德正要开始攀登这段险路,企图左抓右抓爬上去的时候,约翰赶上了他,又到了彼此可以通话的距离。然而,约翰还没赶到石堆脚下,美德就已经开始爬了。美德奋力抓这抓那,约翰听他气喘吁吁。一滑下来,就在划破脚踝的岩石上留下一道血痕。不过,他重整旗鼓。约翰见他迅即直起身来,摇摇晃晃,抹去流入眼中的汗水。显然已经到了顶上。他向下一看,做威胁动作,大喊,但约翰离得太远,听不见。接着约翰猛地往旁边一跳,因为,美德滚下一块巨石,差点弄断约翰的腿。滚石的回响消失在峡谷中。约翰又抬起头望,美德已经越过大疙瘩,到了视线以外,不见踪影。

约翰在这荒无人烟之地坐了下来。这里的草,跟羊爱吃的那种一样,纤细,短小,就长在石头缝里。峡谷蜿蜒曲折,早将智慧先生的河谷挡在视野之外。然而我看到,约翰没有别的想法,只想回去。他心中的确是五味杂陈,羞愧,难过,又茫然。他把这一切都置之度外,唯一放不下的是,对岩石的恐惧,还有对美德的恐惧。美德如今疯了,要是再狭路相逢,他无可逃遁。他想,"就坐这儿歇歇,等喘过气来，就回去。必须尽自己所能过好余生。"突然听见上头有人喊他。有个人，正从美德刚上去的地方往下走。

"嗨！"那人喊道，"你朋友已经走了。你大概要跟上他吧？"

"他疯了。先生。"约翰说。

"不比你更疯。也不比你更神志清醒。"那人说，"只有当你俩在一起，你们才会痊愈。"

"这石堆，我上不去。"约翰说。

"我会助你一臂之力。"那人说着，就往下走。约翰能够着时，那人伸出了手。约翰面色如纸，一阵眩晕。

【页 137 眉注：一旦企图以哲学安身立命，哲学就变成宗教。】

"时不再来。"那人说。

约翰咬紧牙关，抓住那伸过来的手。刚一抓住，他就浑身打颤。但他现在无路可退，因为他们飞速升高，他不敢怀有自个返回的企图。那人连拉带推，硬生生将他弄到顶上。他一下子瘫爬在草丛，又是喘气，又是呻吟，胸口隐隐作痛。他刚坐起身，那人就走了。

第三章　约翰忘了自己

John Forgets Himself

约翰回头一看,赶紧又转过头来,打了个寒噤。重新下去的想法,必须全部彻底打消。"这家伙可把我留在绝境了。"他满怀苦楚。接着,他看着前方。悬崖依然高耸头顶,脚下则是深渊。不过就在他这个高度上,有条岩架,最宽的地方有十来尺,最窄的地方只有一两尺,顺着悬崖蜿蜒曲折,像一条绿线。他吓傻了。于是他试图记起智慧的教导,看是否能给他一些力量。"驱使这个我,这个奴隶顺着这岩架走的,"约翰说,"是我自己,是永恒精神(eternal Spirit)。我不应在乎他是否会掉下去,是否摔断脖子。真实的,不是他,而是我——我——我。我能牢记这一点吗?"就在这时,他的感受跟这个永恒精神如此地大相径庭,以至于再也无法再称其为"我"了。"他诸事皆遂,"约翰说,"可他为什么不帮帮我?我需要帮助。帮助。"接着他凝望着峭壁,还有峭壁中间的一线天,蓝蓝的,高高的。他想起了那颗宇宙心灵(universal mind),想起了隐藏在五颜六色千形万状背后什么地方的那光灿的宁静(the shining tranquillity),想起了一切纷纭声响下面的那意味深长的静默(the pregnant silence)。他想,"要是那汪洋大海有一滴水现在能滴入我的心田,要是我这个有死之人,确能认识到,我就是那个,那么,一切就好了。我知道,那里总有些什么。我知道,感官的帷幕不是欺骗。"①在灵魂的苦楚中,他又抬起头来,喊道:"帮帮我,帮帮我。我需要帮助。"

【页 138 眉注:从泛神论到有神论。超越的"我"成为"祢"。】

可这些话一出口,一种新的恐惧,比对悬崖的恐惧不知

---

① 本句原文为:I Know the sensuous curtain is not a cheat. 语出布拉德雷《逻辑学原理》第三部第二篇"推理(续)"第四章"推理的正确性或其效力(续)"第 16 节。详见本卷第 1 章脚注(第 268 页)。

深了多少的恐惧，从无名之处向他袭来，呼之欲出，久留不去。就像一个人在梦中跟死去的朋友从容说话，事后才醒过神来，"那是个鬼！我方才跟鬼说话！"接着尖叫，醒来。约翰也这样跳将起来，因为他明白自己方才做了什么。

"我方才在祷告，"他说，"那是换了个名号的大地之主。是乔装打扮过的规矩、黑洞和奴性，捕获了我。我被逮住了。谁承想，这老蜘蛛的网，竟如此细密（subtle）？"

在他看来，这是无稽之谈。于是他说，他只不过是陷入一个隐喻（metaphor）而已。连智慧先生都承认，柯克妈妈和管家们都用形象描写（picture writing）来讲述真理。人必须运用隐喻。感受和想象需要那种支持。"重要的是，"约翰说，"不让理智受它们的束缚：谨记它们是隐喻。"

第四章　约翰吐露心迹
John Finds His Voice

关于隐喻的这个观点，令约翰大为宽心。现在也歇好了，他就上路，走那峭壁小道，还下了一点小决心。不过，在那些狭窄地带，他心惊胆战：越是往前，在他看来，胆子是越来越小而不是越来越壮。的确，他很快就发觉，只有靠不断记起智慧先生的"绝对"，他才能够前进。意志必须不断努力转向那里，有意识地从那无尽宝藏中汲取他走到下一个窄口所需的那一小份生命活力。【页139眉注：约翰必须领受上帝的恩典，否则得死。】虽然现在知道自己在祷告，但他想，他已经消除了这知识的危害。在某种意义上，他说，

精神（Spirit）不是我。我就是它，但我不是它的全部。当我
转向它那非我的部分——我灵魂无法穷尽的不知有多大的
那部分——这部分对我而言确实是个他者（an Other）。在
我的想象中，它确实必须不是"我"，而是"祢"。是个隐
喻——或许不止是个隐喻。当然，没必要将它与神秘的大
地之主混为一谈……然而无论我怎么参想它，都参不透。

　　这时，一件新事发生在约翰身上。他唱起来了。下面
就是我梦中所能记起的歌词：

> 向他屈膝，方知他是谁；
>
> 企图呼此名讳，却喃喃着"祢"。
>
> 梦想菲狄亚斯的神奇，[①]衷心拥抱意义；
>
> 我知道，那都不是祢的事迹。
>
> 一切祷告，若字字当真，总是亵渎，
>
> 单薄的意象，激起民间传说中的美梦。
>
> 人人都拜偶像，向无知无觉的偶像，

---

　　① 菲迪亚斯（Phidias，前480—前430），古希腊雕塑大师，他雕刻的
《奥林匹亚宙斯》(*Zeus at Olympia*)，被誉为"世界七大奇迹"之一。

　　　徒劳哭求,祢若听其言观其人,

　　　人人都在祈祷中自欺,

　　　祷告古训所说的那冒充的唯一;

　　　除非祢,出于恩典,加以利用,

　　　让人将胡乱射向沙漠的箭头,转向祢。

　　　主啊,莫对我们字字较真,

　　　以祢一言九鼎之言语,接纳我们的蹩脚隐喻。

　　一回想从自己嘴里出来的这些话,他又开始感到后怕。

白天渐渐过去,在这条窄谷,天差不多已经全黑了。

第五章 食粮有价

Food at a Cost

【页 139 眉注：领受了祂的恩典，就必须承认祂的存在。】

有那么一会，他小心翼翼前行，心中却萦绕着一幅画面，想到有个地方路断了，天黑看不见，他一脚踩空。这份恐惧，让他越来越频繁地驻足，检查地面。还在前行，但越走越慢。最终，站立不动了。看来除了原地休息，什么都不能做。夜不算冷，不过，他又饥又渴。他坐了下来。这时，夜色如漆。

接下来我又梦见，黑暗中又有个人向他走来，说："必须在你呆的地方过夜了,不过我给你带来一块面包。顺这岩架爬上十来步,你会找到峭壁上有条小瀑布飞流而下。"

"先生,"约翰说,"我虽不知您的名讳,也瞧不见您的面孔,不过还得感谢您。您自己不坐下来吃点?"

"我不饿,"那人说,"我还要赶路。不过离开之前,有一言相赠。你不能两头便宜都占。"

"什么意思?先生。"

"这一整天,你藉着向你给安了许多名字的某种东西哭求,才救了你的性命。你还自言自语,说你用的是隐喻。"

"我说错了吗?先生。"

"或许没错。不过必须公平处事。如果它的帮助不是一个隐喻,那么它的命令也不是。你呼求,它若应答,那么,它也能开口说话,不用你求。如果你能走向它,那它也能到你这来。"

"我想我是明白了,先生。您的意思是说,我不是我自身(I am not my own man):某种意义上,我身上终究还有个大地之主?"

"就算是吧。但什么令你不快呢?你从智慧那里听说,规矩如何既是你的又不是你的。难道你就不打算遵守它们？你若打算遵守，知道有那么一个人会让你有能力遵守，这会令你惊慌失措吗?"

"呃，"约翰说，"我想您是戳穿我老底了。或许，我不是满心打算遵守它们——不是遵守全部——或者说不是一直遵守。不过再怎么说，我想我还是打算遵守。这就好比您手上有根刺，先生。您知道，当您考虑自己将刺挑出来——真的想挑出来——您知道这会痛——而且确实痛——可不知怎的，这事不是特别急了——那我想，这是因为您感到，即便情况变得很糟，您也总能阻止。只不过您现在无意阻止罢了。不过，您将手伸给外科医生，您痛得要命，他却以为正常，那就是另一码事了。而且，还得听他的。"

【页 141 眉注：主的恐怖。】

那人笑了起来。"我看你相当理解我，"他说，"不过重要的是要把刺弄出来。"说毕，他走了。

第六章　被　困

Caught

没费多大劲,约翰就找到水流。饮水,坐下来吃。面包味道平平,有点熟悉,不好吃。但他现在,没资格挑三拣四。极度的疲惫,阻止他回味方才的对谈。这个陌生人的话,就像一块冰冷的石头,压在约翰心底,他终有一日必须把它拿出来。然而他的脑海,走马灯一样的满是悬崖和深渊的画面,对美德的担心,对次日和此刻的一点后怕,当然最主要的,还有食物和歇息的福气。这一切,都纠缠在一起,越来越乱,最终他再也记不起前一刻自己在想什么。接着,他知道自己要睡着了。最后,沉沉睡去,什么都不知道了。

清早，一切都不一样了。
刚一醒来，彻头彻尾的恐惧就
席卷了他。峭壁上空的蓝天
盯着他。峭壁将他囚禁。背
后，岩石斩断了他的退路。前
头，小径命令他向前。一夜之
间，大地之主——你爱咋称呼
就咋称呼吧——回到了世界，
充满了世界，一点余地都没
留。在耳目所及的万事万物
上，从约翰坐着的地方，直到
世界尽头，祂的眼睛都在看，

祂的手在指，祂的口在发号施令。即便你走到天涯海角，祂
也在那里。万物归一——智慧先生难以梦见的真真正正的
一。【页142眉注：而今，甜美渴欲哪去了？】而且大千世界
都在说着一个词：被俘——又被俘充奴了。从此，每天走路
都得倍加小心，忍气吞声。再也不能独处，再也不是自己灵
魂的主人，没了隐私，再也没有一个角落，你可以对宇宙说：
这是我自家地盘，我想怎样就怎样。在那无处可逃又明察秋毫的目光下,约翰缩成一团,就像一只小动物被抓在巨人手里拿到放大镜下。

他在山溪中喝完水,又洗把脸,就继续他的行程。不一会,就唱了起来:

我这辈子,你何曾放过?

这双眼让我无可逃遁。

目光吓人,还目不转睛,

就像烈焰,在阿拉伯晴空。

帐幕令人窒息,一动不动,

面色苍白的行客,蜷缩着。

漫漫长午,

日光锤击岩石。

七次呼吸,哪怕给我一次,

来自北方天空的一丝清凉。

那变幻无穷白云苍狗的天堂,

属于往昔的异教时光。

你怎能盛怒之下，

让万物归一？

在你的笼内，我振翅高飞，

左冲右突飞不出去。

　　那一天，他马不停蹄，就靠吃下的那块面包支撑。常常不敢低头去看深渊，大部分时间里，都稍稍扭头，瞧着峭壁。这时，他有时间反复去想自己心头的烦恼了，他发现了这烦恼新的一面。最重要的是，他明白过来，大地之主一回来，海岛就烟消云散了。因为，即便还有这么个地方，他也不能再随心所欲地寻找它了，而必须依大地之主的计划而行，无论那计划是什么。而且无论如何，现在看来，这最终寻找的东西，更像是个人（a person），而不是个地方（a place）。因而，他心灵深处的饥渴，与这世界最深层的本性，龃龉不合。【页143眉注：约翰开始学了点思想史。】不过有时候，约翰安慰自己说，这个真实的新大地之主，必定跟管家所声称的大不相同，尤其与人们所想的形像大不相同。约翰心头或许仍残存着，那曾将绝对者（the Absolute）掩盖起来的令他心安的幽暗。

第七章　隐　士

The Hermit

不久，他就听到一阵钟声。举目四望，只见峭壁上有个山洞，洞里有个小祷告室。里面端坐一位隐士，名曰历史。这人又老又瘦，手上青筋毕露。约翰想，一阵风就能将这人吹走。

"进来吧，孩子，"隐士说，"来吃点面包，再上路吧。"在到处都是岩石的地方，能听到人声，约翰喜出望外。他走了进去，坐下来。隐士给他接过面包和水，但自己却不吃，只是喝点小酒。

"你要到哪里去，孩子?"他问。

"好像是这么回事，老伯，我在赶往非我所想的地方。

我离家出走，为的是寻找一座海岛，可我找到的却是一位大地之主。"

隐士坐着看他，点了点头。那点头动作几乎难以觉察，因为老人总颤颤巍巍。

"骄子们（the Clevers）是对的，那几个苍白人也是对的，"约翰大声说出联翩思绪，"因为没有什么东西可以消除我与生俱来的饥渴，而且那海岛好像终究是个幻象。不过我忘了，老伯，您并不认识这些人。"

"我了解这片土地的每个地方，"隐士说，"还有各地才俊。这些人住哪儿？"

"就在大路北边。骄子们住在玛门乡（the country of Mammon），那里一个石头巨人是土地爷。而苍白人则住在硬心高原（the Tableland of the Tough-Minded）。"

【页 144 眉注：历史见识过多个时代的反浪漫派。】

"这些地方我去过千百次。年轻时，我做买卖，没有我没去过的地方。不过给我说说，他们还保留着之前的风俗么？"

"什么风俗？"

"你不知道吗？ 他们都是那地方的领主的后代。因为，路北的疆土，一大半住的都是敌人（the Enemy）的佃户。东头住的是巨人，巨人的下属是玛门和其他人。西边高原上，则住着敌人的两个女儿——让我想想——想起来了，就是无知（Ignorantia）和骄傲（Superbia）。他们总是向下级佃户们颁布奇怪的风俗。我还记得那里的好多佃户——斯多葛人，[1]摩尼人，[2]斯巴达人，[3]还有其他各式各样的人。有段

---

[1]　斯多葛学派（the Stoics，亦译"斯多亚学派"），希腊化时期（前334—前30）和罗马帝国时期（前30—476）的哲学学派，同伊壁鸠鲁学派和怀疑学派并列。在伦理学上，斯多葛学派一般与伊壁鸠鲁学派并提。伊壁鸠鲁学派一般与快乐主义相联，因为它"赋予快乐以核心地位，认为所有动物一旦出生，就即刻开始寻求快乐，将快乐奉为最大的善，将痛苦当做最大的恶。"（安东尼·肯尼《牛津西方哲学史》第一卷，王柯平译，吉林出版集团，2014，第331页）斯多葛学派则几乎反其道而行，它认为动物的第一冲动不是寻求快乐，而是自我保存。故而，人需师法自然，需清心寡欲："斯多葛学派的理想是摆脱激情或无动于衷。"（梯利《西方哲学史》，葛力译，商务印书馆，1995，第121页）

[2]　原词为Manichees，寓指摩尼教。卢龙光主编《基督教圣经与神学词典》（宗教文化出版社，2007）"Mani"（摩尼）辞条：摩尼（约216—276），波斯哲学家……摩尼教的创立者。……摩尼自称为神所选派最大且最后的一位先知，又是基督应许要赐下的保惠师。……摩尼教的信仰体系是一个混合物，包括二元论、泛神论、诺斯底主义及禁欲主义等元素，又结合了自然界的古怪哲学，使该体系增添唯物论的色彩。其哲学基础是极端的二元论，善恶对立，黑白分明，这是源自波斯的拜火教或祆教主义（Persian Zoroastrianism）。在伦理方面，摩尼派崇尚严苛的禁欲主义，跟佛教非常相似。它全然反对犹太教，也否定旧约圣经，视之为魔鬼及假先知。摩尼派首要的权威是次经的福音书及摩尼的著作。

[3]　原词为Sparitates，寓指古希腊著名城邦斯巴达（Sparta）。斯巴达人全民皆兵，以英勇好战、严于律己、刻苦自励著称。

时间，他们有个说法，要吃更好的面包，不要吃麦面做的。又有一段时间，他们的奶妈们开发出一项奇怪仪式，把婴儿和洗澡水一起倒掉。后来有一次，敌人给他们送来一只断尾狐狸。[①] 他们竟因此信服，一切动物都应没有尾巴。于是他们就给所有的狗马牛割尾巴。我记得他们曾为怎样给自己做个相应手术，苦恼不已。直到最后有个聪明人提议，他们可以割掉自己的鼻子。不过最奇怪的那个风俗，在他们移风易俗过程中，可是一以贯之。那就是，他们从不将任何事物修好，而是将其摧毁。盘子脏了，他们不洗，而是打碎；衣服脏了，烧掉。"

"那一定是个代价很大的风俗。"

"简直是毁灭性的。这当然意味着，他们得不断进口新的服装，新的陶瓷。不过，他们的确什么都得进口，因为高

① 断尾狐狸(a fox without a tail)，典出《伊索寓言》第 41 则：

有只狐狸，尾巴被捕兽器夹断了，深感奇耻大辱，惶惶不可终日。于是他拿定主意，劝其他狐狸像他一样也去掉尾巴，这样他本身的缺陷就能遮掩过去了。他把所有的狐狸都召集起来，动员他们都把尾巴割了，说长长的尾巴不仅有碍观瞻，而且徒增累赘，纯粹是多余的废物。

有一只狐狸道出了众狐狸的心声，回答说："嗨，朋友！如果不是对你自己有利的话，你就不会劝我们割尾巴了。"(李汝仪、李怡萱译，译林出版社，2010)

原的困难就在这里。它养不了人，以后永远也养不了。居民就不得不一直依赖邻居为生。"

"他们必定一直很有钱。"

"他们曾经一直很有钱。我想我记不起来，有哪个穷人或普通人到那里去过哪怕一次。胆小的人（humble people）不如意，大都去了南方。这些硬心人（the Tough-Minded）几乎都以殖民者身份，从玛门乡去了高原。我猜，那苍白人就是改头换面的骄子（Clevers）。"

"在某种程度上，我想是的。不过，您能否告诉我，老伯，这些硬心人的举止为何那么怪异？"

【页145眉注：约翰的浪漫主义中，的确有个神圣元素。】

"就说一点吧。他们知识很少。他们从不旅行，结果什么都不学。他们确实不知道，在玛门乡和他们自己的高原之外，还有别的什么地方——他们倒听过关于南方沼泽的谣传，就以为在他们南面几里地，到处都是沼泽。所以，他们对面包的厌恶，纯是来自无知。在玛门乡的家里，他们只知道玛门制作的标准面包，还有玛门从南方进口的几样甜兮兮黏糊糊的蛋糕——这是玛门会允许进境的唯一南方产品。由于两个都不喜欢,他们就自己发明了一种饼干。他们从未想过,离开高原走上一里地,到最近的农舍尝尝那实打实的面包是啥味道。他们对婴儿也一样。他们不喜欢婴儿,因为婴儿对于他们就意味着,玛门妓院里产下的各种畸形儿。同样,走不了多远,他们就能看到健康的小孩在乡间小径上玩。至于他们的可怜鼻子——在高原上没有什么可闻的,不管是香的臭的还是清淡的;而在玛门的地盘上,除了大便散发出的恶臭,再没有什么散发气味了。所以,他们看到鼻子没啥大用,尽管离他们五里地,那里正在刈草。"

"那海岛是怎么回事? 老伯,"约翰说,"他们在这一点上也错了吗?"

"这故事就长了,孩子。不过看来天要下雨了,我干脆就说给你听吧。"

约翰来到洞口,向外张望。就在他们说话的时候,天已全黑。一场温热的雨,像一道水幕,蒙上了峭壁,直落到深不见底的地方。

第八章　历史的话

History's Words

【页 146 眉注：因为在亚基督的世界，道德绝不是上帝的唯一见证。】

约翰回来坐下，隐士捡起了话头：

"你可以肯定，他们关于海岛所犯的错误，跟在别的一切事情上一样。不过，如今那谎言是什么呢？"

"他们说，那只是半途先生的一个把戏——而他只是杨花女的皮条。"

"可怜的半途！他们对他太不公了，好像什么恶名都给他加。他不过这样一种事物的本土代表（the local representative），这事物就像天空一样常见、一样必须（尽管还危险）。他也不是个糟糕代表，如果你散步时听他的歌，按本来的功用来用它们的话。当然，去他那里的人，都心如死灰，为的是得到尽可能多的快乐，因而就翻来覆去听同一首歌。最后落到半途女的怀里，只能怪自己了。"

"太对了，老伯。可他们就是不信，在遇到半途先生之前，我憧憬的是海岛——在我根本就没听过歌的时候。他们坚持认为，海岛只是半途的发明。"

"向隅之人（stay-at-homes），都这样。要是他们喜欢本村的什么东西，就将它看成是普遍的永恒的，尽管或许五里以外就没人听说。要是他们讨厌什么，他们就说这是本土的、落后的陋习，尽管事实上，它可能就是众国律法（the law of nations）。"

"这么说，所有人所有民族都有过海岛的异象，这其实是真的？"

"它并不总是以海岛的形象出现。而且对一些人，如果他遗传了某种病症，或许根本就不出现。"

"那它到底是什么？老伯。它跟大地之主有关系吗？我不知道怎么将这一切聚拢到一块。"

"它来自大地之主。我们从其结果,推知这一点。它带你到现在这地方:任何东西,若不是从他那里出来的,就不会归到他那里去。"①

"可管家们会说,来自他的只是规矩(the Rules)。"

"不是所有管家都见多识广。不过那些见识多的都深知,大地之主在规矩的周边,还安插了别的东西。对于目不识丁的人,规矩怎么用?"

"差不多所有人都识文断字啊。"

"没人生来就能识文断字。所以,我们所有人的起点,必须是一幅图像(a picture),而不是众多规矩。再说了,终其一生目不识丁的人,或者尽力学了却读不好的人,比你假想的多了去了。"

【页147眉注:即便是异教神话,也包含着神的呼召。】

"对这些人来说,图像就合适不过?"

"我不会这样说。单有图像,也危险;单有规矩,也危险。这就是为什么最好在一开始就找到柯克妈妈,最好从

---

① 原文是:"nothing leads back to him which did not at first proceed from him."典出《约翰福音》十三章3节:"耶稣知道父已将万有交在他手里,且知道自己是从神出来的,又要归到神那里去。"

褓褓里就开始跟第三样事物住在一起,它既不是规矩也不是图像,而是被大地之主的儿子带到这片土地上的。我是说,从不知道规矩和图像之争,这样最好。可这很罕见。敌人的党羽,在四处活动。在一个地方,广布文盲;在另一个地方,培养画盲。甚至就在柯克妈妈名义上还掌权的地方,也有人到老都还不知道如何理解规矩(read the Rules)。她的国度,一直摇摇欲坠。不过倒还没真的倒塌:因为,每当人们再次成为外邦人,大地之主就再一次给他们送来图像,激起他们的甜美渴欲,从而将他们领回柯克妈妈那里。这跟他很久以前引领实际的外邦人(the actual Pagans),几乎如出一辙。说实话,别无他法了。"

"外邦人?"约翰说,"我可不认识这些人。"

"我忘了你旅行不多。你很可能从未亲身到过培古乡(the country of Pagus),①虽然在另一种意义上,你生来一直住在那里。培古乡怪就怪在,那里的人没听说过大地之主。"

"难道说,别的地方为数众多的人都不认识他?"

_____

① Pagus,指外邦人(Pagans)所居之地,从未听说过上帝的地方。

"哦,为数众多的人否认他的存在。一件事,你必须先被告知,然后才能否认。外邦人奇怪的地方就是,没人告知他们。或者说即便有人曾经告知,那也是很久很久以前的事了,早已失传了。你看到,敌人实际上已将大地之主挤掉了,他严密监视,不让从那地方来的任何消息传到佃户耳中。"

"他办到了吗?"

"没有。大家都以为他办到了,可那是个错觉。大家都以为,通过大量散布关于大地之主的虚假故事,他迷惑了佃农。可我到培古乡走过不知多少趟了,知道事情没这么简单。实际情形是这样:大地之主成功地传递了大量讯息。"

"什么样的讯息?"

【页148眉注:而犹太人,没有神话,只有律法。】

"绝大部分都是图像。你明白,外邦人不识字,因为敌人一占领培古乡,就关闭学校。可他们手里有图像。你一说起你的海岛,我就知道你在说什么。在这些图像里,我见过海岛十几回了。"

"接下来呢?"

"跟发生在你身上的事,几乎一模一样。这些图像唤起渴欲。你能听懂吗?"

"太懂了。"

"然后外邦人犯错了。他们企图一而再再而三地获得同一幅图像:如果它没出现,他们就为自己制作复制品。或者说即便它出现了,他们就企图从中寻找满足(satisfaction),而不是寻找渴欲(desire)。不过,你一定知道这一切。"

"是啊是啊,确实知道。可结果呢?"

"他们继续为自己编织关于这些图像的故事,越来越多,然后伪称这些故事就是真的。他们转而去找杨花女,并企图相信,这就是他们想要的。他们中间的一些人,远走南方,成了术士(magician),企图相信这是他们想要的。没有什么荒唐事或丢人事,他们没干过。可不管他们走多远,还是遮挡不了大地之主。正当他们自己的故事仿佛已经完全胜过那源初的讯息,将其覆盖,人再也找不着,突然,大地之主就给他们送来一则新讯息,他们的所有故事显得陈腐不堪。或者,正当他们对情欲或谶纬(mystery mongering)仿佛的确感到心满意足,这时,来了一则新讯息,原先的渴欲,也就是真实的那个,又蛰咬他们,他们又会说'久违了'。"

"这我明白。接下来又再循环一次。"

"对。不过与此同时,还有一群识字的人。你听说过牧羊人(Shepherd People)①吗?"

"我还指望着您不会提起这个,老伯,我听过管家们说起他们。我想,让我对整个故事心生反感,他们是罪魁祸首。显然,这牧羊人只是外邦人的一支——而且是特别无趣的一支。要是这一切都跌跌撞撞,跌向那些怪人……"

【页149眉注:使人完全,良知和甜美渴欲必须会合。】

"这是个天大的误会。"历史说,"你,还有你相信的那些人,都没旅行过。你从没去过培古乡(Pagus),也没去过牧羊人那里。你要是像我一样,曾四海为家,就再也不会说他们是一样的了。牧羊人能识文断字,这一点要记住。因为识字,所以他们从大地之主那里得到的,不是图像,而是规矩。"

"可是谁会想望规矩(Rules),而不想望海岛呢?"

"这就如同去问,谁想要做饭,而不要晚餐呢?难道你不明白,那些外邦人,由于在敌人的治下,是从错误的那端

————————————

① 指犹太人。

起步的？他们就像一群懒惰学童,还没学语法,却企图下笔如注。他们有的,是眼前的图像,而不是脚下的路。正因为此,他们绝大多数人除了渴欲就一无所能,接着由于饥渴难忍,想象力败坏(become corrupt in their imaginations),接着醒来,绝望,又重新渴欲。而牧羊人,由于他们在大地之主的治下,是从正确的一端起步的。他们的双脚踏上了一条路。恰如大地之主的儿子曾经说过的,要是双脚放对地方,头和手迟早会放对地方。① 反过来就不行。"

"您见多识广,老伯,"约翰说,"我不知道该如何回答您。可是,这跟我听说过的关于这些地方的说法,截然不同啊。总该有些外邦人,有所成就的吧。"

"当然。他们会走到柯克妈妈那里。这就是外邦人的定义——他出发旅行,如果一切顺利,会走到柯克妈妈的座椅前,被背着跨过峡谷。我亲眼见过这事。不过我们给一个事物下定义,依据的是其完美状态。培古乡的麻烦就是,

---

① 《约翰福音》十三章8—10节:彼得说:"你永不可洗我的脚。"耶稣说:"我若不洗你,你就与我无份了。"西门彼得说:"主啊,不但我的脚,连手和头也要洗。"耶稣说:"凡洗过澡的人,只要把脚一洗,全身就干净了。……"

完美的外邦人，因而也就是典型的外邦人，凤毛麟角。必定如此，不是吗？这些图像，加上并不识字，还有极容易跟别的渴欲混为一谈的这个无休无止的渴欲——最多可以说，只有通过知道什么是它不想要的才能保持纯洁。从这样一个起点出发，你明白，只有一条是回家的路，一千条都是通向荒野。"

"可是，难道牧羊人不也一样糟糕，尽管路数不同？他们偏执（illiberal），狭隘，顽固，这不也是实情？"

"他们是狭隘。托付给他们的事情，本来就狭窄：那是路啊。他们找到了路。他们立了路标。他们打扫修补路面。不过，你切莫以为，我将他们与外邦人对立起来。真相是，一个牧羊人只是人的一半，一个外邦人也只是人的一半。因而，离开另一个，哪个都不好过。而且，哪一个都无法痊愈，除非大地之主的儿子来到这片乡土。即便这样，孩子，除非你赶上你那位昨天在这儿过夜的旅伴，否则你的情况也好不了。"

【页150眉注：欢迎甜美渴欲，危险；拒绝，则致命。】

"您是说美德？"约翰说。

"那是他的名字。尽管他没告诉我，但我知道他叫什

么，因为我认识他的家人。他的生父，他不认识，名叫律法
(Nomos)，①就住在牧羊人中间。除非你跟他歃血结义，否
则你将一事无成。他离了你，也一样。"

"我乐意赶上他，"约翰说，"可是他对我很生气，我不敢
靠近他。再说了，即便我们和好，我也不知道怎样才能不再
争吵。不知怎的，我们俩能处在一块的时间，并不久长。"

"靠你们自己，永远不会。只有一个第三者，才能让你
们和好。"

"那是谁？"

"就是让牧羊人跟外邦人和好的那个人。要找到他，你
必须到柯克妈妈那里去。"

"雨这会子下得更大了。"约翰在洞口说。

"今晚是不会停了，"历史老伯说，"你必须跟我呆到天
亮了。"

----

① Nomos，希腊语，意为习俗(custom)或法律(law)；在拉丁文圣经
里，意为 the law of God(神的律法)。

第九章 史 实

Matter of Fact

"我明白了，"约翰一会儿说，"这个问题比骄子们（Clevers）和苍白人所假想的要难。不过他们不信海岛，倒是对的。从您告诉我的来看，海岛是样很危险的东西。"

"在我们这片土地上，危险无可避免。"历史说，"有人打算学溜冰，却下定决心不摔跤，你知道结果会如何吗？他们跟我们其余人一样经常摔跤，而且最终还不会溜冰。"

"可是海岛还不止于危险。您说过，那是从错误的那头起步，而牧羊人才是从正确的那头起步。"

【页 151 眉注：它要么以中世纪的宫廷之爱出现。】

"没错。但是，要是你生来或本性就是个外邦人，你别无选择。从错误的那头起步，总比根本不起步好。绝大多数人都是外邦人。他们的第一步，总是由图像而生的渴欲。尽管那渴欲下面隐藏着一千条错误的路，但它下面也为他们藏着那唯一正道。而那些公开贬损渴欲的人——斯多葛派，苦行派（Ascetic），①严格派（Rigorist），②现实派（Realist），古典派（Classicist）③——无论出于什么由头，都是在敌人那边，不管他们知不知道。"

"这么说，总是需要海岛啰。"

"它并不总以一座海岛的形式出现，我说过。大地之主送来各式各样的图像。共同之处不是特定图像，而是某些讯息的到来，虽然并不明白易懂，却唤醒了这一渴欲（desire），使得人憧憬着世界东方或西方的某种东西。这种东西，即便能够拥有，也只能在渴欲过程中拥有，而且，它稍纵

————————

① 苦行派（Ascetic，亦译苦修派），欲通过严格律己，对抗罪恶，成就美德。

② 严格派（Rigorist，亦译严格主义者），哲学用语，指在哲学与宗教上，严守法律或禁欲的派别。

③ 古典派（Classicist），坚持素朴（simplicity）、约束（restraint）、比例（proportion）、秩序（order）等传统标准，坚信这些标准普遍而永恒。

即逝，以至于人渴求的就是渴求本身了（the craving itself becomes craved）。这种东西，不可避免地容易混同于近在手边的普通寻常以至淫邪的满足。虽如此，要是有人老老实实亲历了它的生死交替的辩证（the dialectic of its successive births and deaths），它就能够将他最终带到真正喜乐所在之地。至于它来时的形状（shape），我在旅行中见识过好多。在培古乡，我说过，有时是一座海岛。但更为经常的则是，一幅人像，画中人比我们更强健更标致。有时候则是一个讲故事的画面。它所取的最为奇特的形状，则是在中世纪①——这是大地之主外交上的大师手笔；因为，既然敌人就在这片土地上，大地之主不得不变为一个政治家。中世纪，最初住着来自培古乡的殖民者。他们在培古史上最混乱的时代，去了那里。那时，大地之主所能激起的一切渴欲，敌人仿佛已经将其全都改换为情欲，除此无它。在此境况下，这些可怜的殖民者，要是看不到画着黑黝黝的撩人的眼睛、赤裸的乳房和缠绵的亲吻，他们无法让自己的幻想

---

① 原词为拉丁文 Medium Aevum，本意为 the Middle Ages（中间的时代），也就是我们耳熟未必能详的"中世纪"。为方便汉语读者理解，直译为"中世纪"。

哪怕蹒跚上一分钟。他们好像没希望了。这时来了大地之主的无上的胆识。他送给他们的下一幅图像,恰好是一幅仕女图(a picture of a Lady)。① 此前从没有过仕女的观念,但仕女也是个女人。所以这既是件新物事,使得敌人放松了警惕;同时又是件旧物事——事实上,敌人还以为这正是他的最强项。他完全懵了。【页152眉注:要么以19世纪的自然崇拜出现。】对这幅新图像,人们为之发狂。他们为此谱写歌曲,那些歌至今还在传唱。他们的眼睛离开图像,再看周围真实的女人,也大放异彩了——以至于对女人的平常的爱,有段时间,本身就变成了此真正渴欲的一种形式(a form of the real desire),而不再只是对此渴欲的虚假满足。当然,大地之主在玩着一个危险游戏(几乎他的一切游戏都是危险的)。而敌人则一如既往,设法弄混并败坏这新讯息,不过并未完全如愿,或者情形没有人们后来所说的那样糟。就在他回过神来之前,至少已有个佃农,②由这种新面孔的渴欲得出其自然而然的结论,发现他真正想望的是

---

① 仕女(a Lady),寓指行吟诗人传唱的骑士之爱的理想。详参路易斯的《爱的寓言》(*The Allegory of Love*)一书。

② 【原注】但丁。

什么。他将这一切，都写在名为《神曲》的一部书中。"

"那半途先生是怎么回事呢?"约翰问,"他那种歌曲源于何处?"

"那可是我们所得到的,新讯息的最后一次大降临。"历史说,"那恰好就发生在我退隐之前。那是在启蒙先生的土地上,当时他还很不一样。我从没见过一个人,随着年岁增长,会如此退化。在那些日子里,哗众市还没建起来。敌人在这片土地上是有喽啰,但他自己却不常来。差不多就是在那个时候,玛门开始得势,建造新城镇,将人们赶出土地赶进工厂。结果之一就是,贫血病泛滥——尽管也有其他原因——还有心力衰竭。这时,大地之主采取了个奇特举动。他送给他们的图画,画的是他们实际居住的乡土——就像送给他们一些镜子。你明白,他做的事情,总是出乎敌人意料。恰如在中世纪,仕女图使得真实女人别有风貌,同理,当人们看了这些乡村图,转而去看真实的地景,一切都不一样了。他们心里产生了新的想法,他们看到了某种东西——某些原先的东西,西方海岛,仕女,心灵的渴欲——仿佛就藏在每一片树林里,每一条小溪中,每一块土地下,却没有完全藏住,越来越呼之欲出。由于他们看到了这一点,土地似乎又恢复了生命。外邦人的古老故事,全都回到心田,对他们自己有了前所不知的意味。【页 153 眉注:尽管每一种形式都有其相应败坏,但"拆穿"绝非药方。】又由于女人们也在地景之中,关于仕女的古老观念,也回来了。这是大地之主的一个手法(skill),当一个讯息已经死去,他就在下一个讯息的核心,令其复活。这第三次启示,他们叫作浪漫主义。人们谱写了很多乐曲,多得我都记不清了。人们也做了很多事。而且很多人跟往常一样,尽管经由的是渴欲的错误起点、幻灭及重生(rebeginnings),还是找到了回家路途。你的半途先生,就是那一群人中,比较晚近比较脆弱的一位。"

"我没大明白浪漫图画的历史,好像没有别的历史那么清楚。那大地之主到底做了什么呢?敌人又做了什么?"

"我以为你已经明白了呢!这第三个手笔,在某种意义上,是最伟大的一笔。先前所有图像,都画的是不在你周遭世界里的东西。这就给了敌人一个机会,让人们相信,你在图画里会拥有它,在别的各处就没有了——换句话说,图画本身成了你所想望的。这你知道,就意味着偶像崇拜。接下来,当偶像令你失望(必定如此),就有了通往一切虚假满足的方便通道。而一旦画中事物,正就是你在周遭看到的,敌人的这一武器就被打飞了。就连最愚钝的佃农也能看出,你已经拥有地景,以地景可被拥有的唯一方式。可你还是想望(*wanted*)。因而,地景就不是你所想望的。偶像崇拜成为不可能。当然,当敌人回过神来,就找到了一种新的防御策略。正因为新讯息不能被偶像化,它就容易被矮化(*belittle*)。乡村和图画所唤醒的渴欲,会跟任何健康人四下溜达所感受到的普通快乐,混为一谈。一旦混为一谈,敌人就伪称,浪漫派真是小题大做无中生有。你能想象得到,有一些人,没人送画给他们,因而就没感受到这渴欲,因而就心生嫉妒。这些人全都会为此解释而喜笑颜开。"

【页 154 眉注:我们知道,这一渴欲的对象并不主观。】

"我明白了,"约翰说,"可是——照您自己所说,所有这些讯息最终都模糊不清,都败坏了。这时,要做的大概又是期待新的讯息了。那几个苍白人或许很对。他们忙着清除老启示的垃圾。为下一条做准备,这或许就是最好的途径了。"

"这是他们心怀的另一个想法。要是多走几步,就会打破。他们以为,大地之主就像哗众市的工厂那般工作,每天发明新机器,取代旧机器。[①] 他们还算懂一点的东西本就为数不多,机器又是其中之一,他们就难免以为,凡事都像机器。这将他们带进两个误区。首先,他们对大地之主的从容不迫——两类图画大变迁中间的巨大间隔——想不通。其次,他们以为新事物会推翻并废弃旧事物,可实际上,则是使之复活使之更生机勃勃。因孜孜于嘲笑或拒斥旧讯息,就成了新讯息的接受者,这样的事我没见过。因为讯息之为讯息,在于源远流长。何以见得? 我记得荷马在培古乡嘲笑一些故事画,可是谢天谢地,这些图画还是流传了上千年,成千上万的灵魂还要从中获得滋养。我记得在中世纪,克洛皮内尔嗤笑仕女图,[②]可他的另一半老乡还是

------

① 依路易斯,现代人的进步信仰,背后的原型乃是机器:"信仰进步者,正确地注意到,在这个机器世界,新式机器超越老式;从这一点,他们错误地推出在德性和智慧之类事物方面的类似超越。"(拙译路易斯《荣耀之重》,华东师范大学出版社,2016,第83—84页)对此更详细的论述,详参路易斯在剑桥大学的入职演说《论时代分期》(*De Descriptione Temporum*),戴维·洛奇主编《20世纪文学评论》(上海译文出版社,1993)载有此文。

② 【原注】Jean de Meung【译注】原词为Clopinel,指《玫瑰传奇》(*Roman de la Rose*)下卷之作者让·克洛皮内尔(Jean Clopinel 或 Chopinel,约死于1305年),亦名让·德·默恩(Jean de Meung)。《玫瑰传奇》分上下两卷。上卷为基洛姆·德·洛利思(Guillaume de Lorris)所著,共4300行,其中以玫瑰象征贵族妇女,写"骑士"追求"玫瑰"而不得的故事。克洛皮内尔所写下卷,不只让全诗变得冗长,长达17000多行,而且充满对女性的轻蔑。

看它。而且，他的嘲讽并未激起新的讯息，也没帮到谁，只是帮了敌人。"

第十章　原型与摹本

Archtype and Ectype

洞内长时间悄无声息,除了洞外的潺潺雨声。然后,约翰又开口了:

"可是……"他说,"可是老伯,我很后怕。我怕大地之主真正要我去找的那些东西,跟他教我去渴欲的东西,完全不同。"

【页 155 眉注:不仅如此,甚至这渴欲也不再是我们的

渴欲。】

"它们跟你所想象的,会很不一样。不过你已经知道了,你的渴欲所想象的那些对象,对那一渴欲总是捉襟见肘。在你拥有它之前,你不会知道你想望的是什么。"

"我记得智慧也曾这样说过。这我懂。在您说过这一切之后,或许困扰我的就是,我担心我的渴欲其实不是来自大地之主,担心大地之主不允许我得到这个世界上某种更古老的与他为敌的美。我们如何能证明海岛源自他?安立甘会说,不是。"

"你已为自己证明了,你的亲身经历就是证据。幻想和感官为渴欲所提议的那些对象,不都证明失败了吗?经过试验,它们不都承认自己不是你想望的吗?通过排除,你难道没发现,这一渴欲是个'危险席'(the perilous seige),①只有那唯一者才能坐得住?"

"可是,"约翰说,"渴欲的性质,与我所想的大地之主格格不入。我本想守口如瓶的事情,现在向您坦白说了吧。对我来说,它一度几乎就是一种肉欲。有段时间……我感

---

① "危险席"(the Perilous Seige),亚瑟王传说中永远空着的圆桌骑士座席。详见本书《第三版序言》脚注(第14页)。

到一股甜蜜从灵魂流向肉体……从头流到脚。骄子们说得对极了。那是兴奋（thrill）——一种肉感（a physical sensation）。"

"这是老故事了。你必须警惕兴奋，但切莫警惕过度。那只是预尝（foretaste），在你找到之前，预尝那真正值得渴欲者（the real desirable）。我记得清清楚楚，我在中世纪的一位朋友曾告诉我：'灵魂的祝福，会流进血肉之躯。'"①

"他说过吗？我以前可不认为，除了骄子们，还有谁知道。不要笑我，老伯——或者你爱笑就笑吧——我确实很无知，我竟听从那些比我更无知的人。"

薄暮时分，因为雨的缘故，已经降临峡谷。洞内一片漆黑。约翰听老人走来走去，不久，一盏小灯的火苗，映出他的清瘦面庞。他为客人摆上晚餐，请他吃毕睡觉。

---

① 原文为：out of the soul's bliss, there shall be a flowing over into the flesh. 典出圣奥古斯丁《书信集》(*Epistle*)第 118 封信《致迪奥斯科》(to Dioscorus)第 14 段：

For God has endowed the soul with a nature so powerful, that from that consummate fullness of joy which is promised to the saints in the end of time, some portion overflows also upon the lower part of our nature, the body — not the blessedness which is proper to the part which enjoys and understands, but the plenitude of health, that is, the vigour of incorruption.

"太好了,老伯,"约翰说,"我太累了。我不知道自己为何老拿海岛的问题缠着你。对我来说,这都是陈年往事了。我清清楚楚瞧见海岛,那是很久以前的事了。此后,这异象就变得越来越稀缺,渴欲越来越微弱。【页156眉注:不过没关系,是神的爱,而不是我们的爱在推动我们及万物。】虽然我说起话来,好像还仍旧渴求着它似的。但我想,如今在我心里,我是找不到任何渴求(craving)了。"

老人静静坐着,跟以前一样,微微点头。

突然,约翰又说起话来。

"如果它来自大地之主,那它为什么会消褪(wear out)?它并不持久,您知道。这不就露了马脚了嘛?"

"你没听人们说,或难道你忘了,它就像人间情爱?"隐者问。

"这跟海岛又有什么关系?"

"要是你结过婚,或者说,即便你研究过禽兽的繁衍,你就不会问了。你难道真的不知道它跟爱很像吗?首先是喜悦,接着是苦痛,再接着是收获。这时就有了收获的喜乐,不过这不同于最初的喜悦。终有一死的恋人们,切莫企图留在第一阶段,永葆激情是一场淫梦(the dream of a harlot)，等待梦醒的是绝望。① 你切莫试图留住狂欢：它们已经完成自己的任务。积攒吗哪，终得虫子。② 你已经瞌睡了，我们最好就不说话了吧。"

于是我梦见，约翰躺在山洞里的一张硬板床上。就在半睡半醒之间，约翰想，隐者在洞底祭坛前点了两根蜡烛，走前走后，做着和说着他的圣事。快睡着的时候，约翰听见他唱了起来，歌词是这样：

---

① 路易斯《返璞归真》卷三第 6 章：人们从书本上得到这样一种印象，那就是，如果找到了合适的人结婚，他们就可以期望永远"相爱"(being in love)下去。结果，当他发现自己不再"相爱"时，就认为这证明自己找错了对象，因而有权利更换伴侣。他们没有意识到，更换伴侣之后，新的爱情就像往日的爱情一样会立刻失去魅力。生活的这个领域与一切其他领域一样，开始时会有一些激动，但这些激动不会持久。小男孩第一次想到飞行时很激动，等到加入英国皇家空军、真正学习飞行时，就不再有这份激动；你第一次看到某个可爱的地方时很激动，当你真正住到那里时，那份激动就会消逝。这是不是说不学飞行、不住在美丽的地方更可取呢？绝对不是。在以上两种情况下，只要你坚持下去，逝去的那份最初的激动都会通过一种更内在、更持久的兴趣得到补偿。更重要的是（我很难用言语告诉你，我认为这是何等地重要），正是那些乐意接受逝去的激动、安于这种冷静兴趣的人，才最有可能在一个全新的领域发现新的令人激动的事物。那位学会飞行、成为一名出色飞行员的人突然发现了音乐，那个定居在美丽的风景区的人发现了园艺。（汪咏梅译，华东师范大学出版社，2007，第 114—115 页）

② 典出《出埃及记》十六章第 13—20 节，详见本书卷七第 9 章脚注（第 245 页）。

我心虚空。本应满怀憧憬奔流的泉水，

在我心中，尽都枯干。

走遍家乡，想顺流而下寻找大海，

找不到一处泉源。

你的爱能带来什么，我竟不惦念，

除了此刻的徒然；

我差点没留意到此刻的充满，

和苦痛的烟消云散。

你，永不疲倦。

既不打盹，也不酣眠。

看顾拉撒路在阴暗坟茔，

请你也看护我，待我梦醒。

我思想不到的，你若为我思想，

我渴望不着的，你若为我渴望，

我灵魂深处的美，

尽管深埋，就不会死亡。

就像不知不觉间掉落的种子，

活过漫漫寒冬,刚好可以发芽。

因为,尽管种子忘记,

但上天记着,温存大地;

因为上天,被你的美打动,

飞蛾扑灯般,环绕大地。

卷九　越过峡谷

ACROSS THE CANYON

无麦会发生，若无麦死；

他种也相似，同走一途，

深埋于土里，消失其中，

因神大恩典，被埋之种

最后才长成，吾靠此活。①

——兰格伦

---

① 原文是：Sholde nevere whete wexte bote whete fyrste deyde；/ And other sedes also, in the same wyse, / That ben leide on（转下页注）

哪怕你在那里躺上千年，你还是不会睡去，除非你松手，放开那并非供你支配的东西。你或许以为自己死了，但那只是一个梦；你可以认为自己已经醒来，那也只是一个梦。松手，你才能真正熟睡——接着才会真正醒来。①

——乔治·麦克唐纳

给我老实点。②

——警察口头禅

（接上页注）louh erthe, ylore as hit were, / And thorwh the grete grace of God, of greyn ded in erthe / Atte last launceth up wher-by we liven alle. 语出中世纪英格兰诗人威廉·兰格伦(William Langland,亦译"朗格兰", 1332？—1400?)的头韵体长诗《农夫皮尔斯》(Piers Plowman)C 文本第十三节第 181—185 行。该诗有 ABC 三个文本。B 文本最著名，至少有两个中译本：一为沈弘译本(中国对外翻译出版公司,1999)；一为张晗译本(浙江大学出版社,2016)。拙译,采本书赵译本之译文。

① 原文是：You will not sleep, if you lie there a thousand years, until you have opened your hand and yielded that which is not yours to give or to withhold. You may think you are dead, but it will be only a dream; you may think you have come awake, but it will still be only a dream. Open your hand, and you will sleep indeed—then wake indeed. 语出乔治·麦克唐纳(George Macdonald,1824—1905)的道德寓言《莉莉丝》(Lilith，1895)第 40 则"死亡之家"(The House of Death)。

② 原文是：You may as well come quiet.

第一章　靠内在之光穿越峡谷

Across the Canyon by the Inner Light

【页161眉注：约翰意识到，成为一名基督徒是他迫在眉睫的危险。】

约翰睁开双眼时，虽离天亮还远，洞内却一片通明，像是点着上百蜡烛。隐者还在熟睡，靠着另一侧，约翰则是靠着这一侧洞壁。就他们之间，站着个女人，有点像理性，又有点像柯克妈妈，光彩照人。

"我是玄鉴（Contemplation），"她说，"起来，跟我走。"

"可你不像我认识的玄鉴呀。"约翰说。

"你遇见的，只是我的一个影子。"那女士说，"她们善处不多，但害处更少。不过，起来，走吧。"

于是约翰就起了床，女士拉着他的手，将他领到洞前的岩架上。夜依然漆黑，下着雷雨。他俩站的地方，光还照得到。当雨点从黑色夜空进入那圈光亮，中间的就像粒粒珍珠，边上的也熠熠生辉。女士牵着他的手，越过深渊，也飞越了对岸的山谷。走了很长很长的路（黑暗笼罩一切，除了他们行走的地方），他们来到海边。他们也越过了海洋，在水面上滑翔。海水也漆黑一片。可一经进入他们的光芒，海水就碧蓝碧蓝，就像在地中海的阳光下。不过没多久，四周黑暗就消散了。他们藉以远航的那点光明，这时，汇入了光明的海洋。头顶青天，历历在目，仿佛已是黎明时分。因为依然清冷，露珠打湿了他们的双脚。【页162眉注：他挣扎着退缩。】约翰举目四望。眼前田野一望无际，阳光就像河流一样倾注田野中间，也像河水一样唱着歌，不过声音更清澈更响亮。光芒耀眼，不敢直视。有许多人身处光芒之中。当约翰环视这些人，只见他们在趋近一些高墙和大门。就在塔楼林立、高耸目前的当儿，一段埋藏很深的记忆，在心头涌动。起初甜蜜，接着不安，接着弥漫过他的心海，泛起越来越大的惶恐涟漪。最后，确切无疑、无可逃遁且难以承受,眼前闪现的这些高耸的塔楼,就是很久以前在清教乡所看到的东岳顶巅的画面。他知道自己在那里了——越过了溪涧——就是乔治舅舅不见踪影的地方——大地之主的城堡——善心的大地之主和他的黑洞。他试图甩开女士的手。但手抽不出来。她在将他领向城堡大门,这群人全都顺着同一方向行走,脸上洋溢着不祥的幸福。他跟玄鉴拉扯,叫出声来。这一叫一拉扯,他醒了。

第二章　闪电下的此岸

This Side by Lightning

现在,山洞里一片漆黑。只有隐者的平静呼吸,令约翰想起自己身在何处。一意识到此,他就蹑手蹑脚出了山洞,在茫茫黑夜跟狭窄岩架玩命了。他手脚并用,皮开血流。但只要是往回走而不是向前进,他什么事都能做,什么苦都能受。因为沿这一方向,转一个弯,或许就将他领到敌人的腹地。大雨滂沱,雷声在峭壁间回鸣。脊背冰凉,但总比额头冒气好受。【页 163 眉注:但理性不答应。】他不敢站起来行走,因为新恐怖没赶走老恐怖,而是与之沆瀣一气,构成光怪陆离的交响乐。片刻之间,他的内在之眼看到了满是

蜘蛛和蝎子的黑洞——越来越窄的岩架,可怕地伸向错误
的方向——跌入黑暗,自己的身躯在峭壁间弹来弹去——
乔治舅舅因戴不上面具而露出来的惊恐面庞。电闪雷鸣,
越来越急。又有新恐惧汇了进来。每一道闪电,将峭壁照
得上下通明。这些永恒的令人刻骨铭心的峭壁景象,又给
原有的攀岩恐惧装上了一片新刀刃。这又将乔治舅舅脸上
的恐惧带了回来(我躺在谷底粉身碎骨的当儿就是这副模
样吧)。直到最后,恐惧之多样似乎无以复加,这时,黑暗中
突然传来一声喝令。他大吃一惊,仿佛从没经过惊吓那般。

"回去!"那声音说。

约翰前怕后怕,蜷在那里一动未动。他甚至拿不准,在
这段岩架上,他是否能转过身来。

"回去,"那声音说,"否则就来过招,看你能否过这
一关。"

闪电撕开黑暗,又迅疾将它合上。不过约翰还是瞧见
了他的敌人。那是理性,这一次没骑马,不过仍是披甲戴
胄,手提利剑。

"你想打斗吗?"她在黑暗中说。

约翰狂想着,就从他蜷缩的地方,抓住那带甲的脚腕。

他脑中浮现出理性掉进深渊的画面。不过，他没法将这幅画面跟自己与她同归于尽的另一幅画面分开。

"这里我转不过身。"他说。可是，剑就架在他脖子上。他转过来了。落荒而逃，仍手脚并用，却爬得贼快，很快就又经过山洞。不再有做计划或最终逃脱的问题了。被逐猎物只求延长追捕过程的冲动，使他狂奔。闪电慢慢少了，前头闪现出一两颗星星。突然一阵狂风，将最后那一阵雨刮上他的脸庞。四周一片月光。他猛地退后一步，一声呻吟。

第三章　黑暗中的此岸

This Side by the Darkness

【页164眉注：他看到死亡的面孔，才得知，死亡是唯一的活路。】

几乎是脸贴脸，他看见一副面孔。一阵云遮过月亮，那面孔又不见了。可是他知道，仍然在盯着他——一张吓人的老人脸，布满皱纹，比常人脸盘大。突然，发话了：

"你是否还在想，你怕的就是黑洞？难道你至今还不知道，黑洞只是更深的恐惧的面纱么？他们之所以都会劝你，说过了溪洞什么也没有，说一个人的佃约到期他就一了百了，难道你不知道为什么？那是因为，要是这些话是真的，

他们就会打自己的如意算盘，能将我等同于无有，也就不可怕了；能说有我就没他们，有他们就没我了。他们给你说柔和的话。① 我不是否定（I am no negation），你在心灵最深处体认到这一点。否则，你为何要如此处心积虑地将对舅舅面孔的记忆埋藏心底，以至于需要这一切才能将它勾起？不要以为你能逃脱我，也不要以为你可以称我为空无（Nothing）。对于你，我不是空无。我是蒙上双眼（the being blindfolded），是丧失一切自卫能力，是投降，不是因为

---

　　① 原文为 They have prophesied soft things to you. 典出《以赛亚书》三十章 9—10 节：他们是悖逆的百姓、说谎的儿女，不肯听从耶和华训诲的儿女。他们对先见说，"不要望见不吉利的事"，对先知说，"不要向我们讲正直的话，要向我们说柔和的话，言虚幻的事"。

有什么投降条件,而是因为失去抵抗。我是步入黑暗:全不设防(the defeat of all precautions):四面楚歌中的全然无助:自由的最终失去。大地之子无畏无惧,但怕我。"

"我该做什么?"约翰问。

"你自己选吧,"那声音说,"跳下去,或被扔下去。自己闭上双眼,或被强行蒙上。妥协,或挣扎。"

"要是可以选,我恐怕要选前一个。"

"那么我就是你的仆从,不再是你的主人。治愈死亡的良方,是赴死(The cure of death is dying)。这样放下自己的自由的人,将会收回自由。下去见柯克妈妈吧。"

月光又亮起来的时候,约翰四处找他。深渊的底部平坦,在下面很远的地方。他看见那里仿佛有一群黑魆魆的人影。【页166眉注:他重归基督教会。】他们中间,留下一片空地,中间有水闪闪发亮。水边,站着几个人。在约翰眼中,大家都在等着他,于是他开始审视脚下的岩壁。出乎意料,岩壁不再峭拔。他试了几个立足点,从岩架上往下走了五尺。他又坐下来了,心惊肉跳。不过现在他承受的恐惧,是寒冷,是举步维艰。其中没有惊慌。不久,他又接着下行。

第四章 纵身一跃[①]

Securus Te Projice

　　亚当之罪[②]的地面上,站着柯克妈妈。她头顶王冠,手执权杖,沐浴在月光之中。四周的人围成一圈,鸦雀无声。他们都面朝着她,而她则看着东边,约翰在缓慢下行的崖壁。离她不远,坐着美德,初生婴儿般赤裸裸的。他们俩都

---

①　原文为拉丁文:Securus Te Projice,意为 throw yourself down safely 或 yield yourself without fear。典出圣奥古斯丁《忏悔录》卷八第十一章。周士良中译本里的相关文字是:"为何你要依仗自己而不能安定?把你投向天主,不要害怕;天主不会缩手任凭你跌倒;放心大胆地投向他,他自会接纳你,治疗你。"(商务印书馆,1963,第157页)

②　原文为拉丁文:Peccatum Adae,意为"亚当之罪"(the sin of Adam)。

在一个大水池的边上，水池紧抵西边的悬崖，呈半圆形。水池的远端，悬崖高耸，直通峡谷边缘。大约有半个时辰，一片沉寂。

最终，有个小小的垂头丧气的人影，从峭壁阴影中走了出来，穿过敞亮月光，走向他们。那人是约翰。

"我来是缴械投降的。"他说。

"没问题，"柯克妈妈说，"你可是绕了一大圈，才到了这里。要是你让我背，一下子就到了。不过没关系。"

"我必须做什么？"约翰问。

"你必须脱掉你的破烂衣衫，"她说，"就像你的朋友已经做过的那样。然后，你们必须潜入这池水。"①

"啊，"他说，"可我从没学过潜水啊。"

【页167眉注：尽管他所经历的一切心境，】

"不用学，"她说，"潜水的艺术不是去做什么事情，而只是停止去做某些事情。你只需要放手（let yourself go）。"

"只需要放弃一切自保的努力。"美德笑着说。

_____

① 典出麦克唐纳（George Macdonald）的童话故事《金钥匙》（*The Golden Key*），见路易斯编选《麦克唐纳隽语录》（*George MacDonald：An Anthology 365 Days*，London，1946）第279则。

"我想，"约翰说，"如果最后都是一样的话，那我宁愿跳水。"

"不一样，"柯克妈妈说，"要是跳水，你还会挣扎着自救，从而可能受伤。而且，你也会下得不够深。你必须潜水，这样才能直达池底：因为你不是要在池子这边上岸。峭壁上有条隧道，就在水下很深的地方，你必须穿过那隧道，才能从那边出来。"

"我明白了，"约翰暗下思忖，"他们带我到这儿，是要杀了我。"不过，他还是开始脱衣了。对他来说，这不算什么损失。因为衣服已经破破烂烂，血迹斑斑，沾满了从清教乡到大峡谷的各地污垢。但衣服已经黏在肉上，所以，剥离时总会痛，还会带一点皮下来。当他赤身裸体，柯克妈妈叫他来到池边。美德已经站在那里了。下到水中的那段路，很是漫长。水中的月亮，仿佛从矿井深处，盯着他。他打算豁出去了，一跑到水边，就跳进去，免得有时间害怕。下这个决心，本身就像是死亡的痛楚，因而他自己差不多都相信，最坏的情况总会过去，在回过神来之前，他就已经站在水中了。可是，瞧，他仍站在池畔，仍在这一边。这时，一件奇怪的事情发生了。从那一大群观众中，出来几个影子一般的

人，悄悄走到他身边，拽他的胳膊，在他耳边低语。那几个人，都像是老熟人的凶灵。

先来的是老启蒙的凶灵，他说："还有时间。离开这里，回到我身边。这一切就会像噩梦一般消逝。"

接着来了半途妹的凶灵，她说："你真要去冒永远失去我的危险吗？我知道，你这时不想要我。可是，就永远不想了吗？再想想，不要切断你的退路。"

老半途的凶灵说："毕竟——这跟你一直所想的海岛有什么关系？回来，还是听我唱歌吧。这些歌，你知道的。"

【页 168 眉注：都起来劝阻他。】

小半途的凶灵说："你不嫌羞。做个爷们。要与时俱进。不要为一个老妇的童话故事，搭上个命。"

西格蒙德的凶灵说："我想，你该知道这是什么吧。宗教忧郁症。亡羊补牢，为时未晚。要是你潜水了，就会潜入疯狂。"

善感的凶灵说："安全第一。接触一点合理的虔诚（rational piety），会给生命增光添彩。可是这套拯救之说……怎么说呢，谁知道什么结局？永远不要产生无限的依赖（Never accept unlimited liabilities）。"

人文的凶灵说："不过是返祖而已。你潜水，是要逃避你的真正责任。所有这一切情感主义（emotionalism），一跳进去，比践行古典的美德，轻巧多了。"

开明（Broad）的凶灵说："亲爱的孩子，你是头脑发昏了。突然的皈依和激烈的挣扎，什么也带不来。大量抛弃先人以为必需的东西，我们也是不得已。抛弃之后，一切都比他们所想的，要轻松得多，优雅得多，美丽得多。"

就在这时，美德的声音闯了进来。

"来吧，约翰，"他说，"我们看得越久，就会越不乐意。"

说完,他就一头扎进水池,大伙再看他不见。至于约翰如何想,或作何感受,我不得而知。不过他也搓了搓手,闭上双眼,豁出去了。不怎么漂亮的一潜,但至少,是头先触水。

第五章　穿越峡谷

Across the Canyon

　　我的梦境变得幽微不明，因而，对约翰在水潭和地穴中的经历，我只是隐约感觉，却没有清晰记忆。他时而蹚水，时而踩着石头，沿着活动的石头中间弯弯曲曲的台阶，他和美德从山体内部往上走，一直到了原罪的彼岸。在地下，他得知许多奥秘，经历了很多恶劣天气，死过很多次。【页169眉注：他来到了哲学家所说的无人能至之地。】醒来之后，我只记得一件事。约翰路上遇见的所有人之中，只有智慧在岩洞里出现在他面前，缠着他，絮絮叨叨说，他已经来到的这号地方，没人能真正抵达，他的一切历险，都只是比

喻意义上的；因为自诩来过这号地方，只能是神话（mytho-
logy）。不过这时，背后传来另一种声音，对他说：

"孩子，它是神话，如果你想这么叫的话。它只是真理，
不是事实：一个意象，不是实体。可这正是我的神话。① 智
慧的话，也是神话和隐喻。不过因为他们不知道自己是什
么，在他们身上，这个隐藏的神话本应是仆从，却成了主人。
他们说，这不过是人的发明。可是，这是我的发明，这是自
古而今我选来露面的面纱。为此目的，我创造了你的感官
和你的想像，以便能看到我的脸却不至于死亡。那你会拥
有什么呢？你难道在外邦人中间，没听过塞默勒的故事？②
又有哪个年代哪片土地上的人，不知道麦子和美酒，就是一
位死而复活的神的血和肉？"③

此后不久，光与色，便如鼓点一般，冲进我做梦的双眼。
我的双耳，充满了鸟鸣声，树叶婆娑声。因为约翰和美德，

---

① 这三句话的原文是：Child, if you will, it *is* mythology. It is but truth, not fact: an image, not the very real. But then it is My mythology.

② 塞默勒（Semele），希腊神话中宙斯所爱的凡间女子。宙斯妻子赫拉，设计迫害。赫拉哄骗塞默勒，让她请求宙斯以其全部威严来亲近她。宙斯勉强答应，结果，塞默勒被宙斯威猛的雷电烧为灰烬。

③ 在最后的晚餐上，耶稣掰饼给门徒时说，"这是我的身体"；分酒给门徒时说，"这是我的血"。

已经重出地面，进入峡谷对岸的绿林。我看见他俩，受邀与
一大群天路客相伴。这些天路客，跟他俩一样，也都曾潜入
水中，走在地下，再次出来，如今则沿着一道清澈河流前行。
他们中间的人，形形色色。他们旅程中的这一段，理性骑马
相伴，跟他们谈笑风生，而不再突然造访突然消失。竟会有
这么多同伴，约翰简直难以置信；他也想不出，刚踏上旅程
的时候怎就没碰见他们。

在梦中，我观察这段旅程好长时间。起初，只是听见他
们低语，说目的地是个很远很远的地方。接着，在峰峦起伏
的大地上跋涉，蜿蜒前行，我见他们来到一道海湾的白色沙
滩上，这是世界的西极。这地方极古老，寂静的森林将它藏
在深处。这地方，毋宁说在某种意义上，就处在世界的开
端，仿佛人的降生就是离开这里。【页 170 眉注：目的地既
是又不是他一直渴欲的。】他们一大早，就到了这里。他们
听到了波涛声。由海面望去——海这时几乎暗淡无色——
这几千号人惊呆了。其他人都瞧见什么，我不知道。可我
知道，约翰看见了海岛。从海岛吹过来的晨风，给他们送来
了岛上果树的芳香。这芳香，让清晨气息冲得很淡，还夹杂
着一丝海腥味。可是对于约翰，因为跟着数千人一道看海

岛,那痛楚和憧憬都变了,跟从前一点都不像了。因为如今痛楚和憧憬的狂野中夹杂着谦卑,随甜美而来的,也不是自豪,不是诗人寂寞的梦,不是一片芳心千万绪(glamour of a secret),而是民间故事的朴素真理,坟茔的哀伤,清晨大地的清新。有恐惧(fear),也有盼望(hope)。他开始明白过来,海岛应该跟他的渴欲是两码事,二者如此大相径庭,以至于他若早就知道,就不会追寻海岛了。①

---

① 详参拙译路易斯《惊喜之旅》之末尾。

第六章 合乎神意[①]

Nella sua Voluntade

别的天路客后来什么遭遇，我没见到。我只看到不一会，一个眉清目秀的人将约翰和美德单独领出来，给他们说，他受命为他们做向导。我梦见，他出生在山里，大伙都称他天眼（Slikisteinsauga），因为他目力过人，谁跟他一道走，谁就会因他陪伴而目光敏锐。

"谢谢你！"约翰说，"请问，我们是在这儿乘船吗？"

---

① 原标题是拉丁文：Nella sua voluntade，意为"合乎他的意志"。语出但丁《神曲·天堂篇》第三章第 85 行，完整诗句是："合乎他的意志是我们的至福所在。"

可天眼摇摇头。他请他们再看看海岛,尤其想想海岛最顶端那峭壁或城堡的外形(因为在那个距离上,他们看不清到底是峭壁还是城堡)。

【页171眉注:基督徒生命有待开始。】

"我明白了。"约翰很快说。

"明白什么了?"向导问。

"那跟我们在清教乡所看到的东山顶巅,我们叫作大地之主的城堡,外形一模一样。"

"不只外形一样。它们就是一回事。"

"这怎么可能?"约翰心中一沉,说,"因为那些山峦在最东边,而我们自从离家,就在西行。"

"可世界是圆的啊,"向导说,"你差不多绕世界一周了。海岛就是群山,或者如果你愿意换个说法,海岛就是群山的另一侧,因而其实根本不是一座海岛。"

"那从这里我们怎么前行呢?"

向导瞅着他,就像一个软心肠的人,瞅着一头他必须加以伤害的动物那样。

"前行的路,"向导终于开口了,"就是返回的路。这里没有船只。唯一的一条路就是重新向东,并跨过溪涧。"

"要来的早晚会来，"约翰说，"我认命了。你的意思是，我终生都在浪费精力，围着世界转悠了半圈，为的是抵达乔治舅舅走一里来地就能到的地方。"

"除了大地之主，谁又知道你舅舅到了哪里？要是你从未离家出走，就过了这条溪涧，谁又知道你会到了哪里？你满可以认为，大地之主令你走的是最短的路途；尽管在地图上，这条路途好生奇怪。"

"你感受如何，朋友？"约翰对美德说。

"没办法，"美德说，"不过说实话，从水下和地底走过以后，我想，我们已经可以说越过溪涧了。"

"你会一直这样想的，"向导说，"用我们山里话说，这叫死亡。它太坚硬，不可能一口吞下去。你会碰到那条溪涧的次数，超出你的意料。而且每一次，你都会以为，这会终于万事大吉了。不过终有一天，你真的会这样。"

他们都沉默了一会。

"来吧，"最后向导说，"你们要是都准备好了，我们就重新向东吧。不过，我应警告你们一点——在归途，这片土地看上去很不一样。"

卷十　归程
THE REGRESS

如果这人又走了下去,回到那同一个座位,难道他的眼睛不会充满了黑暗,鉴于他突然走出了太阳的领域？在辨认那些黑影方面,如果他又必须和那些始终被捆绑着的人竞争,虽然此刻他眼前仍一片模糊,眼睛还没恢复原状,而这一段适应期并不可能很短暂,难道他不会遭他们的嘲笑,有关他,他们会说,他走到上面弄瞎了眼睛后,现在又回来了,并且会说,试图往上走一点也不值得？[①]

——柏拉图

[①]　语出柏拉图《理想国》卷七 516e—517a,拙译采王扬译注《理想国》之译文。这是柏拉图"洞穴隐喻"的著名段落。

必须先带领此人，绕一周天，

她或许就会知晓，

运如车轮旋转，

命却始终不变。①

————伯尔纳德·西尔维斯特

假设一个人完全没有感官的知识，……假设他口渴了把金砂放到眼睛里，眼睛痛就把酒灌入耳朵，饿了把石头放在嘴里，身上痛就把自己用铁链捆住，冷了就把脚泡在水中，看见火就跑开，累了就用面包做凳子。……假设有位善者来帮他，让他明白周围一切东西的本质和用法，给他制定正确使用这些东西的规矩，那么，如果他遵守这些规矩，他

---

① 原文为：First I must lead the human should through all the range/ Of heaven, that she may learn / How fortune hath the turning of the wheel of change,/ How fate will never turn. 语出中世纪诗人、哲学家伯尔纳德·西尔维斯特（Bernardus Silvestris, 1150 年前后）的《宇宙志》（*Cosmographia*）第四章。

显然会得到幸福，不会再饥寒交迫。①　　　——劳威廉

---

　　①　语出劳威廉《敬虔与圣洁生活的严肃呼召》第十一章"大敬虔使生命于今世便充满大平安和大喜乐"。路易斯在此是节引，汉语读者可能不知所云，兹附整段文字如下：

　　假设一个人完全没有感官的知识，独自一人在某个地方，身边有许多他不会用的东西：面包、酒、水、金砂、铁链、石头、衣服、火，等等。假设他不知道如何正确使用这些东西，他的感官也没有告诉他应该如何解渴充饥或使用周围的东西。假设他口渴了把金砂放到眼睛里，眼睛痛就把酒灌入耳朵，饿了把石头放在嘴里，身上痛就把自己用铁链捆住，冷了就把脚泡在水中，看见火就跑开，累了就用面包做凳子。假设他由于不知道如何正确利用周围的东西，他活着就白白折磨自己，最后把自己折磨死了，死的时候眼里揉着砂子，嘴里嗑着石头，身上捆着铁链。假设有位善者来帮他，让他明白周围一切东西的本质和用法，给他制定正确使用这些东西的规矩，那么，如果他遵守这些规矩，他显然会得到幸福，不会再饥寒交迫。（杨基译，三联书店，2013，第112页）

第一章　变了模样

The Same yet Different

【页 175 眉注：约翰第一次看到我们所居世界的真实样貌。】

接下来我梦见，向导为约翰和美德全身披挂，带他们沿原路返回，再次越过峡谷，进入这片土地。他们从峡谷里上来，正好就在大路跟峡谷的交汇处，柯克妈妈的座椅就在那儿。我顺着他们的目光向前看，指望着在左手光秃秃的高原上，不远处就看见善感的家，指望着在右手看见开明先生的家，还有南边的舒适山谷。不过，这些东西一概不见，只有长长的一条直路，很窄。路左，没几步远，峭壁就拔地而起，顶上白雪皑皑，一片迷雾，再上面就是黑云了。右边，沼泽和丛林几乎立刻就沉入黑云里去了。这片土地就是我此前见到的那片土地，对此，我可从未怀疑，在梦境里也没怀疑，尽管看上去并无相似之处。约翰和美德都大吃一惊，站住了。

"鼓起勇气，"天眼说，"你看到的是这片土地的真面目。它很长，但很窄。在峭壁和云端以北，它立刻沉入北海（the Arctic Sea），北海以北就是敌人的土地了。敌人的土地跟我们的土地，有大陆桥相连，名唤萨德地峡（Isthmus Sadisticus）①。地峡里，蹲着一条冰龙。这条龙寒气逼人，一言不发，长满麟甲。凡是他身体能卷起来的东西，他都会卷得

---

① 在心理分析领域，sadism 和 masochism 是一对颇为流行的术语。据说，是性学专家艾宾（*Richard von Krafft-Ebing*，1840—1903），首次将 sadism 和 masochism 这对术语引入学术界，使之成为被广泛接受和使用的概念。

sadism 一词，汉语学界一般译为"施虐倾向"或"施虐癖"，这是意译；也依其词源，即法国作家萨德侯爵（Marquis de Sade，1740—1814），译为"萨德现象"。

至于 masochism，一般意译为"受虐倾向"或"受虐癖"；也依其词源，即奥地利小说家马索克（Leopold von Sacher-Masoch），译为"马索克现象"。路易斯造 Isthmus Sadisticus 和 Isthmus Mazochisticus 二词，显然用的是 sadism 和 masochism 比较宽泛的意思，大概是指"虐人"（cruelty to others）和"自虐"（cruelty to oneself）。

死死的，从而将它们悉数吞下。而你，约翰，等我们通过这段地峡时，必须上去跟他作战，这样你才会变得坚强。至于南方，一过这些沼泽和乌云之后，大地就沉入南海。海上也有一座大陆桥，名叫马索克地峡（Isthmus Mazochisticus）。那里盘踞着一条火龙。这条龙气焰嚣张、没有脊椎，喷出的烈焰能熔化毁坏碰触到的任何东西。对于她，美德，你必须下去，攫取她的热量，从而变得坚韧。"

【页176眉注：我们如何在天堂和地狱之间走钢索。】

"说良心话，"约翰说，"我想，柯克妈妈对我们很不好。自从我们听了她的话，吃了她的食物，这路跟以前相比，仿佛窄了一半，加倍凶险了。"

"你们都知道，"向导说，"安逸是有死存在（mortals）的最大仇敌。"①

"放心，"美德说，"我们出发吧。"

于是他们上了路，美德唱了下面这首歌：

只有你跟神相抗，诸灵中间

---

① 原文是："security is mortals' greatest enemy."语出莎士比亚《麦克白》第三幕第5场第32行，朱生豪译为"自信是人类最大的仇敌"。

幽暗火热的孤岛，第十掌权者①

茵陈，②不死的撒旦，阿瑞曼，③

你，一人之下，万万人之上。

你本是火，从祂的火中来，

却困于自己的漆黑炉膛，

热浪中左冲右突，周围七面砖墙，

你于是有了力量，跟天庭对抗。

因而，除了永恒之爱的和煦，

就只有你绝对的欲望，值得思想。

---

① tenth hierarch：依照传统的天使学体系（celestial hierarchy），天使分三级九种：

上级的炽天使（seraphim）、智天使（cherubim）、座天使（thrones）；

中级的主天使（dominions）、能天使（powers）、力天使（virtues）；

下级的权天使（principalities）、大天使（archangels）、一般天使（angels）。

第十种也是灵，但不在天使席，故而指撒旦。

② 英文原词为 Wormwood，语出《启示录》八章10—11节，圣经和合本译为"茵陈"："第三位天使吹号，就有烧着的大星好像火把从天上落下来，落在江河的三分之一和众水的泉源上。这星名叫'茵陈'。众水的三分之一变为茵陈，因水变苦，就死了许多人。"值得注意的是，路易斯八年后所著《魔鬼家书》（The Screwtape Letters）里，Wormwood 是其中的小魔鬼，况志琼译为"瘟木鬼"。

③ 阿瑞曼（Ahriman），琐罗亚斯德教（Zoroastrianism，亦称"袄教"或"拜火教"）中代表黑暗的恶神，与代表光明的善神（Ormuzd）长期争战，最终被善神打败。

别的一切,都是一厢情愿的伪装,

貌似大地,实是地狱或天堂。

神在,你也在,别的都是幻象。

人当如何活着? 是通体灵明,

让父的光明穿过,不受玷染?

还是愚顽污浊,熔化于你的欲望,

像维纳斯一样欲火中燃?

主啊,不要将这一切,

过多显给我脆弱的双眼。

第二章　合成人

The Synthetic Man

【页 177 眉注："一切善感者的世界"，都变得不可见了。】

前进途中，美德向路边瞟了一眼，看看善感先生的房子是否还有踪影。但什么也没有。

"这儿跟先前你路过这里的时候，一模一样，"向导说，"只不过你的眼光变了。你现在才看到了实存（realities），而善感先生那时已接近非实体（nonentity）——跟表象一样缥缈——所以在你眼中消失不见。这颗小尘埃再也不会干扰你的视线。"

"我很吃惊,"美德说,"我原以为,即便他不是好人,也是那种异常坚强、棱角分明的坏人。"

"所有那些坚强,"向导说,"不属于他,而是属于这座房子的前主人。他身上有点节制的样子,但那来自伊壁鸠鲁;也有点诗的样子,但那来自贺拉斯。他的房子里,留着老异教徒的一丝尊严——那是蒙田的。他的心,会温暖那么一会会,但那热度是从拉伯雷借来的。他是一个东拼西凑起来的人。你将那不属于他的东西,从他身上拿走,留下的差不多就等于零了。"

"不过说实话,"美德说,"既然他从别人身上学到了这些东西,也就跟是自己的差不多了。"

"他没学到手。他从他们身上只学到口头禅(catchwords)。他可以跟伊壁鸠鲁一样,谈论节食,却是个饕餮客。他从蒙田那里得到论友爱的语言,却没朋友。他甚至不知道,这些前人究竟在说什么。他终其一生,没认真读过贺拉斯的一首颂歌。至于他的拉伯雷,他倒能称引'依愿行事'(*Do what you will*)。不过他从没想过,拉伯雷将这一自由给予他笔下的德廉美修士,条件是他们应受荣誉约束。只此一项理由,他们就不受实在法(laws positive)制约。他更不知道,拉伯雷本人也追随古时候的一个伟大管家,这位管家说'爱人如己,从心所欲'①。更不用说,他不知道这位管家是顺着他的主人接着讲。他的主人说:'这两条诫命是律法和先知一切道理的总纲。'②他只是将这话缩减为口头禅。"

① 原文是拉丁语: *Habe caritatem et fac quod vis*. 意为:"Have charity and do what you will." 疑语出奥古斯丁。
② 《马太福音》廿二章40节。

第三章　地狱边界[①]

Limbo

【页 178 眉注：神对哲学式绝望的仁慈。】

接着我梦见，约翰朝大路右边观望，见沼泽中间有座小岛，上面长满柳树。有几个古人坐在那里，身着黑袍。他们的叹息声，掠过耳际。

"那地方，"向导说，"你此前路过时，名唤智慧谷。如

---

① 卢龙光主编《基督教圣经与神学词典》（宗教文化出版社，2007）"地狱边界"（limbo）词条："基督教思想，指在基督降生前未受洗的儿童及好人的灵魂所居之处。这最初原是奥古斯丁（Augustin）提出的观念，地狱边界不是天堂也不是地狱，没有祝福也没有咒诅，只是在地狱外围。这观念虽然曾经流行，不过却从没有被任何教会纳为正统的教义。"

今,你既然在东行,就可以叫它地狱边界了,或叫作黑洞的昏暗门廊(the twilit porches of the black hole)。"

"谁住那儿?"约翰问,"他们受的什么罪啊?"

"很少有人住在那里,他们都是老智慧先生那样的人——这些人灵魂深处的渴欲,依然保持鲜活,纯洁。但因为一些致命缺陷,诸如骄傲或怠惰,或许还有怯懦,他们最终却拒绝了唯一的成全之路。他们常常殚精竭虑地说服自己,说成全(fulfilment)是不可能的。他们人数很少,那是因为老智慧没有几个儿女忠实于他。而到他这里来的那些人,要么继续前行,最后跨过峡谷,要么名义上做他的儿女,却偷偷溜了回去,吃比他的食粮更差的食粮。在他住的地方,长期逗留,既需要一种奇怪的力量,也需要一种奇怪的脆弱。至于他们所受的苦,那是他们永远'只是在渴欲中生活而没有盼望'①的宿命。"

"让他们这般受苦受难,大地之主不是太严厉了么?"

"要回答你,我只能靠道听途说了,"向导回头说,"因为痛苦是一桩秘密(a secret),他跟你这个物种共有,我这个物种则没有。你会发现,你给我解释苦难,就跟我给你透露山上人的秘密一样困难。② 不过那些博学多知的人,是这样说的:任何一个自由人,都会选择这一渴欲所带来的痛苦,甚至永远这样选择,而不会选择不再感到痛苦的那种平静;尽管最好的是去拥有(to have),但去想望(to want)也不差,而最差的则是没了想望(not to want)。"

"我明白了,"约翰说,"即便是想望,尽管它就是痛苦,它也比我们所经历的别的任何事物都珍贵。"

【页179眉注:神的公义。】

"如我所望,你已经比我更理解它了。不过还有一点。他们没了盼望(hope),可不是大地之主判的刑,那是他们自

---

① 原文为"live for ever in desire without hope",语出但丁《神曲·地狱篇》第四章,田德望先生译为:"只是在向往中生活而没有希望。"(人民文学出版社,2002,第20页)为求拙译文脉通畅,改译desire为渴欲,译hope为盼望。

② 山上人(Mountain people),指天使。

已判的。大地之主的干预，都是在另一面。任其自然，没有盼望的渴欲（the desire without the hope），很快就会堕落为虚假满足（spurious satisfactions）。这些灵魂，出于他们的自由意志，就会跟它一道落入黑洞底部远为黑暗的地域。大地之主所做的，就是将它永远固定住；这样一来，它虽未完全，但也没有败坏。人们说，他的爱跟怒，是一回事。①在黑洞里的一些地方，你看不到，尽管你可以信；但在那座掩映在柳荫中的海岛上，你却能亲眼目睹。"

"我看得真真切切。"约翰说。

于是向导唱了起来：

　　　　仁慈吾主设定，

　　　　地狱永劫之苦。

---

①　原文是："Men say that his love and wrath are one thing."不知语出何处。路易斯在《惊喜之旅》里，讲述了自己那"全英国最沮丧最不情愿的归信"之后，说："神的严厉比人们的温柔还要仁慈，祂的强制使我们得以自由。"在路易斯选编的《麦克唐纳隽语录》（*Mac Donald*, London: Geoffrey Bles, 1946）里，也有大意相通的文字，如："当我们说神就是爱，我们是要教导人们说，他们的畏惧毫无根据么？不是。恰恰相反，一旦畏惧临到他们……那盛怒才会吞噬掉他们所谓自我；因而神所造的那个我才会显现。"（第7则）

苦劫抑或持续；

吾主出于仁慈，

将其永远固定，

令其不再汹涌。

仁慈吾主设定，

地狱永劫之苦。

第四章　黑　洞

The Black Hole

"这么说，"约翰说，"我的老管家形容的黑洞，到底还是有的。"

"我不知道你的老管家怎么形容的。不过是有个黑洞。"

"大地之主也是'那么慈悲那么心善'？"

【页 180 眉注：地狱就像一条绷带。】

"我明白了。你曾身处敌人的子民中间。最近这段日子，对大地之主的指控，不再是敌人经常所说的残酷。敌人就这么蠢：因为他归根结蒂，是个蠢货。他所想到的对大地之主的诽谤,没有一个真的说得过去。任何人都能反驳关于残酷的指控。要是他想辱没大地之主,其实,他倒有一条不知有力多少的法子。他应该说,大地之主是个积习难改的赌徒。这虽不是实情,但却说得过去,因为无可否认,大地之主是在冒险。"

"可是,残酷指控怎么就说不过去呢?"

"我正要说这一点呢。大地之主冒的危险是,将这片土地托给自由农,而不是带锁链的奴隶。① 由于他们是自由的,就没法禁止他们去禁地,吃禁果。在某些节骨眼上(Up to a certain point),即便他们已经犯禁,他也能给他们看看病,让他们戒绝这习惯。不过在此节骨眼之外——你自己都能看明白了。一个人可以一直吃山苹

_____

① 路易斯《返璞归真》卷二第三章:"上帝创造了具有自由意志(free will)的造物,这意味着造物既可以为善也可以为恶。有些人认为自己能够想象一个造物既有自由又没有作恶的可能性,我不能够。造物既可以自由地行善,也就可以自由地作恶。自由意志使恶成为可能。既然如此,上帝为什么要赋予他们自由意志? 因为自由意志虽然使恶成为可能,也唯有它才可以产生值得拥有的爱、善和喜乐。一个机器人的世界,造物在其中像机器一样机械地行动的世界几乎不值得一造。上帝为他的高级造物们设计的幸福,是在极度的爱与喜悦中自由主动地与他及彼此联合,与这种极度的爱和喜悦相比,世上男女之间最销魂蚀魄的爱也不过平淡如水。人要得到这种幸福就必须自由。"(汪咏梅译,华东师范大学出版社,2007,第59—60页)

果,时间长得没有什么可以治愈他对它的贪求(craving):山苹果在他体内孕育的虫豸,保准使他越吃越想吃。虽然你不必试图去固定一个节点,此节点过后,就没了回头的可能。不过你能看到,确实在某个地方有这么一个节点。"

"可是,大地之主确实能有所作为啊!"

"他不可能做自相矛盾的事情。或者换句话说吧,一句毫无意义的话,不可能只因为有人在这句话前面加了'大地之主能够'几个字,就变得有意义了。逼着一个人自由地去做,他已经自由地使得对他自己绝无可能之事——说这号话毫无意义。"①

"我明白了。不过,这些可怜生灵,着实够倒霉的了,就

---

①　路易斯在《痛苦的奥秘》里,曾区分两种不可能。一种是相对的(relative),比如,除非我得到帮助,我不可能扛起这块石头这种"不可能";另一种是绝对的(absolute),它不依赖于外在条件,因为它本身是自相矛盾的,故而也可称为"内在不可能"(intrinsically impossible)。比如,坊间习见的藉"全能的上帝可否造出一个自己搬不动的石头"这种悖论来否定"上帝之全能",就是混淆了两种不可能:"凡事"在神都是可能的,而"凡事"并不包括那些毫无意义的、内在不可能的事。神并不比软弱的人类更有可能成就两件相互抵触的事;这并非因为神的能力会受阻,而是因为没有意义的事终归没有意义,我们的神不会去成就这类事。(林菡译,华东师范大学出版社,2007,第15页)

没有必要再加个黑洞了。"

"大地之主没制造黑暗。山苹果的味道在哪里创造了虫蛀的意志（the vermiculate will），哪里就有黑暗。你说的洞字，究竟什么意思？就是某种有边有界的东西吧。一个黑洞，就是被关起来的、被设了限的黑暗。这么说，大地之主制造过黑洞，他给这世界置入一件最坏的东西。然而，恶本身，从来没有极限：因为恶是裂体生殖（fissiparous），即便给它千世轮回，也永不见停止繁殖的苗头。要是它能停下来，那就不是恶了：因为理型（Form）和约束（Limit），属于善。黑洞的四壁，就是伤口上的绷带。离开了这绷带，迷失的灵魂，就会流血致死。这是大地之主，为从不领受他的善意的那些人，所做的最后服务了。"

【页181眉注：人的选择。】

接着，向导唱了起来：

> 跌倒的，差点站稳。
>
> 回望来路，
>
> 总会看到走错的那一步。
>
> 那里仍是坦途。

尚还自由的脚跟,稍稍一转;

最末端的神经,稍一颤栗;

或许已经得救。

站稳的,也差点跌倒。

反身回望,

不由打个寒噤,

差点就在塞壬地土啃食。

他们纳闷,

命运之线怎可细如蛛丝,

织就的道路,

毫厘之差,千里之失。

人哪,得有所畏惧,

以防噩梦成真,

以防愈远愈骛。

像是一片坦途,

走上去也似安然无虞。

路过的溪流,细如发丝,

也只不过偏了一点点，

跨了过去，

从此，没了归路。

第五章　骄　傲

Superbia

【页 182 眉注:硬心原来是骄傲之变体。】

他们接着前行。左边石堆里,搭眼一看,仿佛有具骷髅。不过等走近了,他们看见,骨头上还包着皮肤,眼珠子还在头骨眼穴里冒火。它在仿佛是一面镜子的东西上面,挣扎摸索。

那可不是镜子,而是一块石头,只不过由于这饿鬼反复摸索,磨去青苔,纤尘不染,甚至闪闪发亮了。

"这是敌人的一个女儿,"向导说,"名唤骄傲(Superbia)。你最后一次见她的时候,她或许还跟那三个苍白人挺像的。"

等他们走过去了,她哇哇唱了起来:

在高原,我清扫地土肮脏。

大地,这淫荡多产的婆娘,

肢体横陈,一幅慵懒模样。

这荡妇,性奴隶,花枝招展,

甜甜腻腻,对着色眯眯的阳光,

将自己的上千胎盘无耻大敞。

如今,我将自己的这块石面,

磨得纤尘无染。

无根能爬,无芽可长。

饥肠辘辘,但显然我

没吃寻常或不洁的食粮。

靠着禁食,我打发了肉体肮脏。

肉身,热乎乎,湿漉漉,汗臭,邪淫,

还会有皮疹,我将她赶离高贵脊梁。

我也得哺乳,但我将孩子

摘离胸脯,就因他的肉身。

肉身已受玷染,病原

就在人体阴沟,代代相传。

如今我不孕不育,

可没有哪个男人,

胆敢怀疑我不洁,

敢怀疑我罪孽在身。

灵魂也一度肮脏,

我同样磨得铮亮铮亮,

铜镜一样。

热朦雾气,沾染不上;

手指碰触,即刻冻僵。

我有了矿物般的灵魂。

矿物不进食,不排泄,

我也不赊不欠不贷不借。

　　　　我之于我，

　　　　就是尊神，

　　　　无窗无户的自足单子，①

　　　　谁都不欠，

　　　　不受玷染。

【页183眉注：*德性精进，骄傲之诱惑亦增*。】

　　约翰和向导，都匆匆赶过，而美德却踟蹰不前。

　　"她的手段是有问题，"他说，"不过，她所抱目的，还是可圈可点。"

　　"什么样的目的？"向导问。

　　"怎么了——自足，廉正（integrity）。她洁身自好，你知

---

　　① 尼古拉斯·布宁、余纪元编著《西方哲学英汉对照辞典》（人民出版社，2001）释单子（monads）：

　　［源自希腊文 monas，单位］莱布尼茨对其实体概念所用的一个成熟的词。……单子是实在的终极要素。它们是简单的，没有部分、广延或形状，它们是不可分割的，它们互不影响。所以，每个单子都"没有窗户"，就像一个属于它自己的世界。它是自足的，是自然界的真正原子。……每一个单子都是整个宇宙的一面镜子，虽然它们的每一个都是自身封闭的，它们之间却有完全和谐的关系，这个关系是由上帝预先确定的。莱布尼茨关于单子的理论被称作"单子论"。莱布尼茨单子学说的许多令人不解的特征可以在他的逻辑和科学的范围内得到理解。

道。总而言之，所有这些自然进程中，总有些污秽之处吧。"

"你最好当心自己这里的想法，"向导说，"不要将悔罪与厌世混为一谈：悔罪来自大地之主，而厌世来自敌人。"

"可是厌世，也救了许多人，让他们免于更大的恶。"

"靠大地之主的权柄，可能会这样——偶尔之间吧。但切莫自个玩这把戏。用一种恶来消灭另一种恶，差不多是最危险的策略了。你该知道，雇佣外国兵的王国，是何下场吧。"

"就算你说得没错，"美德说，"可这种感受深入骨髓（goes very deep）。为这身皮囊感到羞耻，难道全错了？"

"大地之主的儿子也不会为此感到羞耻。你知道这句诗吧——'你为了拯救人类，降凡尘世。'①"

"那是特例（a special case）。"

"它是特例，只因它是原型（the archtypal case）。难道没人告诉你，圣母的一言一行，都是为着所有能生养的人，代表着一切的生育者；为着这片土地，而不是为着东方及西方的物事；

———————

①　原文为："When thou tookest upon thee to deliver man."语出著名圣歌《赞主诗》(Te Deum, Laudamus)，那句诗全句是："你为了拯救人类，甘愿生于贞女，降凡尘世。"(When thou tookest upon thee to deliver man; thou didst humble thyself to be born of a Virgin.)

为着质料，而不是为着形式；为着坤地（patiency），而不是为着乾天（agency）？① 母亲一词，跟质料（Matter）一词，不是近亲么？② 当她说他顾念他使女的卑微，③这时，整个大地，连同其全部的温暖、润湿及化育万物，连同其全部的昏暗、沉重及纷纭万状（the multitudinous），这些你看不过眼的东西，都在借她的口说话。要是圣母虽为母亲，但也是使女，你也就不必怀疑，对于人的感官而言并不纯洁的自然（nature），也是纯洁的。"

"哦，"美德说着，就转离骄傲，"我再想想。"

【页184眉注：得见上帝，是谦卑之源。】

"有件事，你大概也知道吧。"向导说，"你可以归结到大地之主的那些美德，不包括正派（decency）。你们国家的笑话，很少惹我的国度的人发笑，原因就在这里。"

就在他们继续赶路的当儿，美德唱了起来：

---

① 这一长句，殊难翻译，兹附原文：Has no one told you that that Lady spoke and acted for all that bears, in the presence of all that begets; for this country as against the things East and West: for matter as against form and patiency against agency?

② 形式（Form）与质料（Matter），亚里士多德哲学里的一对概念。亚里士多德《物理学》第一章第九节："要求形式的是质料，就像阴性要求阳性，丑的要求美的。"（192a21，张竹明译，商务印书馆，1982）

③ 《路加福音》一章46—48节：马利亚说："我心尊主为大，我灵以神我的救主为乐；因为他顾念他使女的卑微，从今以后，万代要称我有福。……"

无尽骄傲,总因

无尽错误而死灰复燃。

每个时辰我都偷照,

那块密藏的镜子,

扭怩作态,

自赏风光体面。

你赐我葡萄。我尽管

饥肠辘辘,却转而去看

我白皙双手里,

这清凉玩艺怎这么黑。

就这样盯着不放,

直到鲜果枯萎。

纳西塞斯般的想望,①

---

① 纳西塞斯(Narcissus),希腊神话里的美少年。父亲是河神,母亲是仙女。纳西塞斯出生后,母亲得到神谕:纳西塞斯长大后,会是天下第一美男子;然而,他会因迷恋自己抑郁而终。天津的藏策先生曾将此词译为"奈煞西施",颇有意味。

我早该对它死心。

可在那镜里，

眼睛又捕捉到鬼影憧憧，

比噩梦还可怕，

竟让骄傲都显得谦卑。

那时，直至那时，

我才转动直勾勾的脖颈，

顿时五内俱焚。

反身回望才知道，

谁造了这情妇，

谁的光明造了黑暗，

谁的公正造了屈冤。

我的虚幻身形，

倒也反映，自恋

一经被抱上爱的温床

就会死去，绝望中

产下她的可爱儿郎。

第六章　无　知

Ignorantia

【页185眉注：由古典教育转向科学教育，加强了我们的无知。】

我仍在睡梦中。只见这三位沿着那块狭长土地，继续行进，左边是山岩，右边是沼泽。他们一路上说了很多话。不过待我醒来，只能记得一点点了。我记得，在碰见骄傲几里地之后，他们又碰见了她的妹妹无知。这就引得天路客问他们的向导，硬心们（the Tough-minded）和骄子们（the Clevers）的无知，是否终有一日会得到救治。他说，救治的机会，如今是前所未有地渺茫。因为，不久以前，北地人还学过培古语(the languages of Pagus),"这就意味着,"向导说,"他们至少不比古代的培古人离光明更远,因而有最终来到柯克妈妈那里的机会。而今,他们甚至将自己的这条迂回的路,也切断了。"

"他们为什么变了呢?"另两位里的一位问。

"你们以前叫作善感的那个影子,为什么离开自己的老房子,跑到一家宾馆里去搞实践了?因为他的苦力,造反了。同样的事,整个高原和玛门乡,遍地都有:他们的奴隶逃向更北方,成为矮人,因而这些主人们将自己的注意力都转向机器。靠着机器,他们期望自己能够过原有的生活,用不着奴隶。这在他们眼中是如此重要,以至于除了技术知识,他们压制任何知识。我说的是那些附庸佃户(sub-tenants)。无疑,背后(back-ground)的大地主,则有他们自己的原因,鼓励这项运动。"

"这项革命,总有好的一面吧,"美德说,"它如此坚强——如此持久——不可能单单就是个恶。我无法相信,大地之主也会让自然的面目(the whole face of nature),还有生命的结构(the whole structure of life),发生这么久远、这么急剧的变化。"

【页186眉注：这机器时代，无论做好事还是做坏事，都是言过其实。】

向导笑了。"你犯了两个错误，"他说，"这变化并不急剧，也不会久远。这个观念，依赖于他们都得了一种怪病——没能力不信广告。说实话，要是机器能做它们所许诺的，这变化就会特别深远。他们的下一场战争，比如说吧，会将他们的国土由疾病带向死亡。他们自己特别怕——尽管他们绝大多数人，都年龄够大，凭经验足以知道，跟牙膏或化妆品一样，枪也做不到其制造者所吹嘘的事。别的机器，也一样。他们节约劳力的那些设备，让劳苦加倍；他们的春药，使得他们性无能；他们的文娱活动，令他们厌倦；他们快速生产食品，使得一半人忍饥挨饿；他们节约时间的装置，使得闲暇从他们国土绝迹。所以，这里没有急剧变化。至于久远——想想一切机器坏得多快，淘汰得多快，就够了。那单调的黑色，终有一日会重新变绿。在我所见的城市当中，这些钢铁城市，破败得最为突然。"

这时，向导唱了起来：

钢铁将吞噬，这世界古老的美。

钢梁,输电网,起重机将拔地而起,

还有构成钢铁森林的机器,

意想不到的钢铁玩意。

你的双眼,

再见不到绿意和生机。

普天之下,

竟尽是谎言和自吹。

(亚当吃了那苹果,就无可挽回。

祢却在死亡之外,看到了死人的复活。)

喧嚷,将扫尽智慧声响,

印刷术拍打翅膀,

污染了你的给养。

这鸟妖的翅膀,

整日间

向你心里填充愚蠢思想。

思想雄鹰会被驯化,

直至她

在笼子里鹦鹉学舌,

取悦黑暗之王。

（当以色列人下到埃及，

捆绑也由祢，释放也由祢。）

新时代，新艺术，新伦理，新思想

还有蠢货们的闹嚷。

因为它一旦发动，

便势不可挡。

车轮飞速旋转，因而

将更飞速到永远。

旧时代已经完结，

我们拥有新的光，瞧见

不再需要太阳。

（尽管他们夷平山脉，抽干海洋，

祢总不会改变吧，难道神就是一尊偶像？）

第七章　色　欲

Luxuria

【页 187 眉注：淫荡可不只是偷情。】

此后，约翰抬头仰望，看见他们自己正在接近路边的一群活物。他们的路途如此漫长，如此荒凉(约翰也脚酸腿疼)，以至于他随时欢迎岔路。于是，他将好奇目光投向这件新物事。等走近了，他才看到，这是一群人。不过，他们躺的姿势甚是奇怪，又扭曲得厉害，他竟没认出他们就是人。再说了，这地方就在路南，地土极松软，他们一些人半身在水里，一些人则有芦苇遮掩。看上去全都患有某种病，差不多就是浑身散架的那种吧。那在他们躯体内搏动的生命，是不是他们自己的,都甚为可疑。不过很快,约翰就不疑惑了。因为他眼睁睁看见,有人手臂上好像长出一个东西,慢慢剥离自身,成了一个又红又圆的造物,都可以脱离母体了,尽管它并不急着脱离。看到这一幕,约翰惊得睁大双眼。只见四周尽是同样的事。整个这一片简直就是一滩蠕动着的爬虫,①就在他眼皮底下,从那些人模人样的东西中迅速生长出来。不过,在每一个躯壳里,那痛苦的双眼还是活的,从那残存的中心生命(the central life)里,给约翰传递着无声的信息——这生命还有自我意识,尽管这个自我只是虫豸的渊薮。一个老残废,面部只留下嘴巴和眼睛,坐了起来,喝着一位女人拿到嘴边的杯子里的东西。那个女人觉得他喝得够多了,就将杯子从他手里抢来,走向她的下一位病人。她虽黑,但却美丽。

【页188眉注:而是人之失魂落魄。】

"别拖沓,"向导说,"这地方很危险。你最好离开。这是色欲(Luxuria)。"

然而约翰的双眼被一个年轻人吸引过去了——女巫刚刚朝他走去。那病看上去基本上还未发作,不过他的指头

---

① 参但丁《神曲·地狱篇》第25章人变为蛇的典故。

好像有点不对劲——关节好像有点软——跟别的肢体动作好像有点不协调——不过总体上，他仍然帅气。女巫刚走他跟前，双手就腾地伸向杯子，这人又将它们拽了回来；双手又一次偷偷摸摸伸向杯子，这人又一次强拉回来。他扭过脸去，大声唱道：

　　救命！那从未熄灭的火焰，

　　黑暗，如地狱一般，

　　又开始在心头捣乱。

　　看！我用蛮力，不留情面，

　　将自己的手拽向另一边。

　　主啊，救命！在这烤架上

　　被紧紧捆绑，神经闹闹嚷嚷，

　　好像大自然犯了错一样。

　　熊熊烈焰会将我活活烤焦——

　　主啊，你明白，

　　无人受得了这等煎熬。

主啊,救命! 趁新蛇蝎

还未吐出新毒液——趁魔鬼

没再次扇起火焰——快快

给我尝尝那蜜甜。

"尽管有此种种,我仍深深渴望的东西"。

在这段时间,女巫站在那里,什么都没说,只是举着杯子,用她那幽暗眼神望着他,笑得和蔼可亲,双唇幽黑红润。见他无动于衷,就开始走向下一位。可是,她刚迈了一步,那年轻人就开始啜泣,双手飞了出来,一把攫过杯子,整个头都埋在里面。她要拿走杯子,他却紧咬不放,活像抓着最后一根救命稻草。不过最后,他呻吟一声,瘫倒在沼泽里。原本是手指的地方,毫无疑问出现虫子。

"走啊。"美德说。

【页189眉注:情欲的最大诱惑就是,让别的一切索然无味。】

他们重又上路,约翰稍稍落在后面。我梦见那女巫从路旁湿地,悄悄赶向他,也向他伸出酒杯。他加快了脚步,她寸步不离。

"我不会骗你,"她说,"你明白,这里没有圈套。我没试图让你相信,这杯酒会将你带向你的海岛。我不会说,它会永远解你的渴。不过尝尝吧,没关系的,因为你已经很口渴了。"

约翰向前走,一言不发。

"你永远说不出,"女巫说,"什么时候你就到了覆水难收的临界点。这虽是实话,但却是两败俱伤。即便永远拿不准,再喝一口是否安全,可你也永远拿不准,再喝一口是否致命。不过,你能确定,你口渴得厉害。"

约翰依然如故。

"至少,"女巫说,"在你永远戒绝之前,喝上一小口吧。你这么疲惫,这么痛苦,已经听我说了这么长时间,这一刻再选择抵制,就不合适了。就喝一口,我就离开你。我虽不敢保再不回来,但或许,我再来的时候,你就足够强壮、足够幸福,足以抗拒我了——而不是像现在这样。"

约翰还是老样子。

"来来来,"女巫说,"你只是在浪费时间。你知道自己最终会屈服。看看前面那坚硬路面,灰蒙蒙的天。你还能指望什么样的快乐?"

她就这样跟着他,走了长长一段路。引诱着他的,与其说是什么确凿的渴欲,不如说是她软缠硬磨引起的厌烦。但他强忍着,让自己心思转向别处,藉着做下面这段韵文,让自己在那一里来长的路上,有事可干:

当莉莉丝打算勾引我,①

进入她的闺房,

她没威慑。

不藉美的声威,不藉美的力量,

也不藉天使般的仪态万方。

如荡水行舟,

戴着面纱来到晚间。

【页190眉注:灵魂的两种疾病:北病和南病。】

急切,袒露,独步彷徨,

惹人爱怜,令人心酸,

----

①　卢龙光主编《基督教圣经与神学词典》(宗教文化出版社,2007)"莉莉丝"(Lilith)词条:"犹太民间传说中亚当的第一个妻子,这个字也可指闪族神话中的女妖,引申成为中世纪观念中的女巫。"

热情、干渴、戴着宝钻的手指
款款伸出。她在门边，
捧上酒杯，急不可待，
谁喝了（她也没更多承诺），
只会更饥渴难耐。

是什么促我饮杯？
——她的魔咒，令周遭大地
改换模样，我们还以为
这本是茫茫大荒。
风声咆哮，如流言蜚语，
头顶乌云翻滚，
地上却没有雨滴。

光秃秃的山，层层叠叠；
一条条路，蜿蜒曲折，
没个尽头。女巫的酒，
虽无应许，在这片无水的土地上，
却是最好的应许——

不止痛的止痛药。

他刚说完"止痛药"一词，女巫就走开了。不过，他这一生，从未感到如此疲惫。好长一段时间里，天路行程的目的地，在他心中没激起一点渴欲。

第八章　北方大虫

The Northern Dragon

【页 191 眉注：北病有冲突、顽固、占有欲、冷酷和贫血。】

"现在，"向导说，"到时候了。"

他们看着他，不解。

"我们现在的这段路，"他说，"就是我前面说的那两个大陆桥的中间位置。冰龙就在我们左边，火龙就在我们右边。现在是你们一显身手的时候。南边树林里，豺狼当道；北边岩石上，有鸥鹗盘旋，寻腐觅肉。你俩应尽快做戒备。上帝保佑你们。"

"好的。"美德说。他拔出剑,将盾牌从背后甩了过来。跟向导和约翰,一一握手。"再会。"他说。

"走那绿色最少的路段,"向导说,"因为那里的地面最坚实。祝你好运。"

美德离开大路,开始南下,在沼泽地里,小心翼翼择路行进。向导转向约翰。

"你习过剑么?"他问。

"没有,先生。"约翰答。

"一无所知胜过一知半解。你必须信赖天赋(mother-wit)。瞄准他的腹部——朝上捅。我要是你,就不会去试着砍:因为你还不会砍。"

"我会竭尽所能,"约翰停了一会,接着又说,"我想,只一条大虫吧。那我就用不着防后面了。"

"当然只一条大虫了,因为他将别的全都吃了。否则,他不会成为一条大虫。你该知道这条谚语吧:'蛇若不吃蛇……'"

这时我见约翰也装束齐整,向大路左边进发了。立即就是上坡,他离开大路还不足十码,就已上升了六尺。石头的形状,使得上山就像爬梯,只是累得慌,并不艰难。他头一次停下来，揩去落入眼睛的汗珠时，已经是雾霭沉沉，几乎看不到下面的大路了。天色，很快由灰黑转为漆黑。约翰突然听到干巴瑟缩的声响，就在前面略上的地方。约翰紧握宝剑，向前凑了一步，细听。又传来那声响，接着听到叫声，像巨型青蛙。那恶龙自吟自唱：

【页192眉注：约翰战胜北病。】

从前，在树林，一枚龙蛋破裂。

林涛飒飒，我光鲜夺目，来这世界；

阳光洒上鳞片，露珠挂在草叶，

鲜草芬芳清凉，树叶娇嫩欲滴。

我向浑身斑点的伴侣求爱。

我们倒凤颠鸾，

吮吸母羊乳头滴落的温暖。

而今我，守护黄金在岩洞。

岩石国度这条凄惨老龙，

看护自家积蓄。寒夜隆冬，

鳞片再硬，也挡不住金子的冰冷。

这乱放的王冠，被压扁的环戒，

就是老龙卧榻。疙疙瘩，冷冽冽。

常常希望，我没吞噬妻子，

尽管虫不吃虫，就无法成龙。

她本可以帮我提防、瞭望，

守护积蓄，黄金更会安然无恙；

我也可以舒展疲惫身躯，

在她看守时，稍事休憩。

昨夜月落，狐狸一声尖叫，

惊醒了我，方知自己睡着。

常有猫头鹰飞过岩石之国，

将我吓着，想我自己必定又是睡觉。

哪怕只是打盹，就在那一秒，

也会有人鬼鬼祟祟，出城盗宝。

他们在城里密谋，来偷我的黄金。

这些残忍家伙，订各种计划，

窃窃私语着我。长椅上麦芽酒香，

温情媳妇待在床上，把歌儿唱，

难道他们就不能整夜留在梦乡？

而我，岩洞寸步不离，除非去石潭饮水，

冬天去一回，夏天去两回。

他们一点也不可怜我这悲戚老龙。

造我这老龙的上帝，请赐我尔之安宁，

但不要说，我应把黄金拱手相让，

不要说我既不能活动，也不能死了。

不要说，别人可以拥有我的宝藏。

上帝啊，杀死那些人，还有别的龙；

这样，我困来即能安睡，渴来即能饮水。

【页 194 眉注：而且从北病中赢得了他所缺之的刚强。】

约翰听着这歌，就忘记了惧怕。起先是反感，接着是怜悯，将恐惧赶出脑海。之后，来了一阵奇怪渴望，渴望着跟老龙谈谈，提一点将这些赃物分一下的条件。倒不是因为渴望这些黄金，而是因为在他看来，将这么多东西据为己有，是个一点都不体面的渴望。虽这样胡思乱想，他还是保持警惕，手握剑柄，紧盯着暗处，随时准备冲上去。因而当他瞧见，在头顶翻滚的浓雾中，有个什么东西在蠕动，蠕动着将他卷入其中，他并未因此大吃一惊。不过，他仍一动不动。那恶龙

从他头顶的岩洞里，伸出自己绳索一样的身躯。起初，它高扬着硕大头颅，上下晃动，就像毛毛虫，一半身子还在叶片上，另一半身子则高高扬起，找寻新的附着。接着，那头颅俯冲下来，绕他身后。约翰转过身来，盯着它。那头颅拖着硕长躯体，绕了个圈，最后回到岩洞，在那人四周形成一个圈套。约翰仍在等待，等那圈套开始收紧。大概到了齐胸位置，约翰向下一闪，从怪兽下侧，拿剑朝上一刺。一直刺得只留下剑柄，但却没有血流出来。那头颅又从岩洞里探了出来。眼睛里充满残酷——没有一点怒气的冷酷——盯着约翰的脸。嘴巴大张——里面没有一丝血色，而是铅

灰——这动物的呼吸,寒气逼人。一碰到约翰的脸,一切都变了。约翰好像披上了一层冰甲,寒气直逼心脏,以至于心里不再有惊慌或贪婪。他力量倍增。手臂仿佛铁铸。他发觉自己大笑着,一次次刺向怪兽咽喉。他发觉战斗已经结束——大约好几个小时了吧。他孤零零地站在石头堆里,脚下是一头死了的爬行动物,一点都不疲惫。他记得,自己杀死了它。至于何时杀死,仿佛极其遥远。

第九章　南方大虫

The Southern Dragon

【页195眉注:*不过,他的道德自我必须会一会南方之恶。*】

约翰从石山上,跑跳下来,嘴里哼着歌,来到大路。向导前来道贺。他们还没张口说话,就双双转向南边。那里传来一声大喊。太阳出来了,整个沼泽地,就像锈迹斑斑的青铜,发着幽光。起初,他们想,当美德一路跑跳手舞足蹈奔向他们时,那是洒上胳膊的阳光令美德光华四射。等走近了,他们看到,他确实着火了,身上冒烟。脚一滑进泥窝,那里就冒出一水蒸汽。火苗蹿上剑,舔着他的手,却没有任何伤害。他胸口一起一伏,趔趔趄趄,像个醉汉。他们向他

走去,他大喊:

> 我凯旋归来——但是
>
> 站远一点——别碰我!
>
> 即便是你的衣着。
>
> 我燃烧着熊熊烈火。

> 那长虫很是歹毒。
>
> 一瞧见我的盾牌,
>
> 在林丛闪烁,
>
> 就从金颚喷出烈火。

> 剑刚沾上她的唾沫,
>
> 刀就着火。剑柄,
>
> 宝石碎裂,镶金冒泡。

> 剑和臂全都着火。
>
> 烈火开道,来了怪兽,
>
> 我打得她服服帖帖。

长虫死于自己喷吐烈火。

我将她翻了个个，

剜出她的心脏，

从烧糊的那一侧。

【页 196 眉注：吸收了它的热量，将使美德从此有

了激情。】

当牙齿变得滚烫，

我感到身内有股活力，

仿佛要冲破胸膛。

那活力撼动了山，

也将树林席卷，

我脚跟落在哪里，

哪里的草就把歌传。

河马是我的仆从！①

————————————

①　河马(Behemoth)，典出《约伯记》四十章 15—24 节。

在潘神的征服大军面前，

奔跑着乖乖的利维坦。①

我放声歌唱：

我又站起来了，咦哦，帕厄翁，②

咦哦，咦哦，咦哦，帕厄翁！

现在我知道了，我冒的什么险，

现在我知道了，长虫的真面。

---

①　利维坦(Leviathan)，圣经里的水中巨兽，中文和合本译为"鳄鱼"，见《约伯记》四十一章1节，《诗篇》七十四章14节，《以赛亚书》廿七章1节。

②　帕厄翁(Paean)，希腊诸神的医师。

第十章　溪　涧

The Brook

　　我的梦境充满光明和嬉闹。我想,他们一路又唱又笑,就像放学路上的小孩。美德丢掉了全部的矜持,约翰则从不知倦。大约走了十里地的样子,他们赶上一位年迈的提琴手,跟他们一道。他拉起了吉格舞曲,因而他俩与其说是在走路,不如说是在跳舞。美德还做了打油诗,给曲子填词,来嘲弄曾哺育了他的那些古老的异教美德。

　　正兴致勃勃,约翰突然站住了,眼眶满是泪水。他们来到一座小农舍前,就在河边。农家空无一人,破败不堪。他们都问约翰,怎么了?

【页 197 眉注：死亡在即。道德仍未得到回报，渴欲仍未得到平抚。】

"我们回到了清教乡，"约翰说，"这是父亲的房子。我明白，父母都已越过溪涧。我有好多话，要给他们说。不过，不打紧。"

"确实不打紧，"向导说，"因为天黑之前，你们自己也要越过溪涧。"

"最后一次？"美德问。

"最后一次，"向导说，"如果没有意外的话。"

白日西斜，面前的东山，愈显巨大，莽苍。就在他们下到溪涧的时候，影子越拉越长。

"我再不玩斯多葛派的游戏了（I am cured of playing the Stoic），"美德说，"我承认，我是带着恐惧和沮丧下来的。我也——我也想对很多人说说话。有很多岁月，有待追忆。无论溪涧那边有什么，总跟这边不一样。有些东西，已经到头了。这是一条真正的溪涧。"

> 我不是那种人，以为跨过冥河
>
> 轻松容易，以为死亡毫无意义。

这人，混合着的血气

被你一语说中，将会

永远解析。同一事物，

时间不会再次带回。

否则，时间何益？

因而，在无人破解的谜题里，

我要放入祢的吊诡，谁人虽生犹死？

恰如祢曾实实在在创造过，

祢也要真个永久拆解。

不让任何人得到脆弱安慰——

某日某地，被哀悼者的音容

总会如昔。祢伟大出口所驱逐的，

曲终人散，没人能带回灯光舞台。

戏幕落下，哈姆雷特王子会在哪里？

黎明到来，梦又飞向何处？

光明不再，哪里又有色彩？

我们就是祢的色彩，

变幻无常，无法永驻，从不重来。

只有祢是主，只有祢为圣。

祢用欧西里斯翅翼的巨大阴翳，①

掩埋过去。那里，

洪荒之前的暴君坐着王位，

头一个给夏娃唱歌的夜莺还在鸣唱，

有那一去不返的无罪岁月，

还有尚未堕落的路西法，在天使之列。

【页 198 眉注：可是信仰，因为谦卑，还在追问。】

"因为祢也是死者之神，

坟墓之神，亡灵都在祢权杖之下。

对那不可呼吸的超尘之气，

有死之人无法想象，祢也是主：

那里，夜与黑结亲，

一切失丧者都相互拥抱，都蒙了福；

那里一切都死去，却一切都在，

当祢继续看护。"

---

① 欧西里斯(Osiris)，埃及神话中的冥王，负责审判亡灵。

　　天愈加昏暗。这时,他们瞧见溪涧。约翰说:"在智慧那里,这些事,我都想过。不过现在,我在想更美好的事。大地之主将我们的心,紧紧拴在时间和空间上面——心系此友人而非彼友人,心系一个郡而不是普天之下——肯定不是无谓之举。"

今日路过一座农舍,涕泗滂沱。

忆起曾几何时,在此住过,

跟那些已经死去的友人。

揭开的伤疤,岁月差不多医治不了。

出来吧,扎人的芒刺。

我真蠢,竟相信自己不再会受

本土特有的蛰咬;

已将那可爱事物,

转换成普遍的爱。

可是祢,主啊,知道自己的计划。

天使大爱无疆,一视同仁,

祢却让人，

受具体事物的束缚折磨。

就好比化学试剂，极小一滴，

滴入纯净水，就改变一切；

精灵之水的甘甜，变得苦涩，

变成了灵魂的痛苦不安。

我们，尽管微不足道，

也会跟祢的火焰颤动——

而不只是像月亮那样，

只将火光冷冷反映给祢。

我们也是神，祢曾说过：

我们价格不菲。

【页199眉注：天使歌唱。】

如今，他们已到溪边。天色漆黑，他们越过溪涧，我看

不到。梦醒时分，鸟儿在窗外鸣叫（这是夏日清晨）。这时，

我只听到这样一首歌，向导在唱，他们在和：

爱人怎会死去

青春怎会消逝

我不知道

人们一起说些什么

无法理解

有死存在

对故土的爱

——四海怎不为家

为什么在坟前

他们为某人音容哀哭

却不接受

坟墓里的另外音容

轮转不息的黑夜

圆锥一样

我在上空飞翔

从来不知更多更少的光

这饮杯,他们叫作悲伤

不幸如我,也有双唇

在自己的无尽岁月里

却无由得尝

述《天路归程》

杨无锐

《天路归程》(*The Pilgrim's Regress*)是路易斯归信之后的第一本书。这本书可以有很多种读法：寓言、思想史、神学辩护词、自传。路易斯笔法平易，书却不太好懂。我的建议，是把它和相关的书放到一起，对读。比如班扬的《天路历程》(*Pilgrim's Progress*)，比如路易斯自己的《惊喜之旅》(*Surprised by Joy*)。

对照《惊喜之旅》读《天路归程》，军海兄为此二书所写的两篇译后记，都做了这方面的努力。至于我的这篇笔记，则是参照《天路历程》读《天路归程》。我希望通过比对，把路易斯书里的脉络、筋节凸显出来。笔记分五节。中间三节,是对同一个故事的三次重述。对这样一本随处迸发洞见的书,除了重读和重述,我不知道还有什么别的办法。路易斯此后写的好多书,都可以视为对这本书的重述。

一　两幅地图,一条路

在《天路历程》的题词里,班扬说这是一本会让读者成为旅人的书。1932 年,刚刚踏上旅途的 C. S. 路易斯写了一本《天路归程》。两本书,都是旅人写给旅人的。不是旅途中的消遣读物,是关乎旅途安危的严肃地图(班扬自己的话)。对于此类"地图"式写作,首要之事,当然不是文学技艺。把地图当文学读,是读者的冒失。研究地图的合理动机,是身为旅人或潜在旅人的你我,好好认识可能的路。

班扬和路易斯,探索的是同一条路。他们给出了两幅地图,不那么一致,也不那么不一致。

《归程》里到处都是《历程》的影子。不是所有的相似都同等重要,但确有一些相似之处,是天路的重要标记。

《历程》开篇不久,基督徒就跨过灰心沼进入窄门。到了《归程》，窄门化身为柯克妈妈身处的峡谷。

《历程》里有一座怀疑堡垒，看守者是绝望巨人和他的妻子猜疑；《归程》当中巨人的名号变成"时代精神"。并非巧合，他们都把捕获的旅人投入地牢。

《历程》里代表尘世诱惑的，是浮华镇、金银山、欺骗城。天路客挣脱他们，就是挣脱"亚当第一"的诱惑。《归程》里的热闹市镇也不少：哗众市、兴致市、猥亵城。它们都坐落在"亚当之罪的地面上"。

《历程》里有个屈辱谷（The Valley of Humiliation，亦译"降卑谷"）。这是丰饶甜蜜的地方，祂的休憩之所。也是在这儿，基督徒跟魔王有一场恶战。《归程》里，约翰最后的歇脚处，是智慧谷。据说，在更古老的地图上，它被称为 The Valley of Humiliation。约翰后来才知道，智慧谷如今的另一个名号，是地狱边界。

窄门、迷惑之地、诱惑之地、离神至近至远之地，这些正是天路旅途的主要路标——《历程》和《归程》毫不含糊地一致。所有的天路故事，都是关于窄门及其干扰的故事；所有的天路，都是同一条路。

同一个故事，有不同的讲法。同一条路，有不同的走法。

《历程》的"窄门",相当于《归程》的"柯克妈妈"。《历程》开篇不久,基督徒就走进窄门,窄门是他的第一站;《归程》总共十卷,直到第九卷,约翰才把自己交托给柯克妈妈。《历程》的主要故事,在窄门之后;《归程》的主要情节,是对窄门的寻找,逃避,回归。班扬未曾花费笔墨的地方,路易斯投入了最多的笔墨。时间上,《归程》是《历程》的续写;依照属灵序列,《归程》要算《历程》的前传。班扬写的,是惊心动魄的旅程;路易斯写的,是惊心动魄的启程。仅仅相隔二百余年,启程就变得异乎寻常地艰险。

启程为何变得更加艰险?因为路易斯的约翰,身处一个更为暧昧的新世界。

班扬的基督徒、女基督徒,走的是从起点到终点的单向旅程。沿途有停滞,有倒退,有偏离,但旅人的方向感毫不含混。他们认得清同伴、敌人和伪装者。他们旅途的难度,不在于辨别是非黑白。尺度、边界一直是明确的,连敌人都不否认。旅人要提防的,是自己的胆怯、怠惰和脆弱。路易斯的约翰,则生在一个面目全非的世界。他根本不曾听闻那条道路。相反,他的世界盛产道路的各种替代品。众声喧哗,唯独道路沉默。17世纪那种属灵的笃定,到了约翰这里,则变成属灵的惊惶。惊惶的约翰,必须听遍众声喧哗,才能听见沉默道路发出的召唤。

　　在路易斯的地图里,那条唯一的道路,贯通东西。喧哗众声,则遍布南北。南和北,在路易斯那里有特殊的含义,很像威廉·詹姆士所谓的"硬心人"和"软心人"。①

　　　　我用"北方"和"南方"所象征的东西,在我看来,是方向相反的两种恶。每一种都藉批评对方来强化自身,显得振振有词。它们从许多各不相同的层面,闯入我们的经验。在农业中,我们不得不惧怕贫瘠土壤,也不得不惧怕那肥得流油的土壤。在动物王国,甲壳虫和水母,代表着对生存问题的两种低端解决。……任何人在自己的熟人堆里,都可以挑出两类人,可名为北人和南人。一类人,鼻梁深,城府深,面色苍白,冷冰冰,少言寡语;另一类人,没城府,笑得快,哭得也快,喋喋不休,甚至(可以说)巧舌如簧。北方型的人,都有一

────────────

①　参威廉·詹姆士《实用主义》第一讲,陈羽伦、孙瑞禾的中译本分别将 tough-minded 和 tender-minded 分别译为"刚性的"和"柔性的"。

套僵化体系,无论是怀疑主义的还是教条主义的体系。他们中间有贵族,有斯多葛派,有法利赛人,有严厉派,还有组织严密的"政党"的忠心耿耿的党徒。南方型的人,依其本性,则就有些难于界定了。没骨气的灵魂,虽然不分昼夜,对几乎每个造访者都门户大开,但却最欢迎那些提供了某种迷醉的酒神女祭司或秘法家。违禁之事或未知之事的那丝香甜,对他们有着致命的吸引力;模糊一切边界,放松一切防范,梦,鸦片,黑暗,死亡,重返子宫。任何感受,只要它是感受,就都合理;而对于北人,同一感受,则基于同一根据都变得可疑。

(本书《第三版前言》第 19 页)

踏进窄门之前,约翰必须参加一场"双面战争",经受南北两类恶的夹击。所谓"天路",含义之一就是同恶的战争。没有恶,便谈不到天路。但是,在班扬的世界里,诸种恶,只是在沿途之上鱼贯闪现,逐个打发。恶可怕,但绝不深奥。而在路易斯的世界里,恶,有了自己的族谱。它们不但可怕,而且深奥到让人几乎认不出是恶。这就是路易斯要面对的,更为暧昧更为艰难的新世界。

　　路易斯的地图（地图见本书《第三版前言》之后），详细标注了纵贯南北的"恶"的脉络。

　　《天路归程》首先不是一部天路游记，而是一部"恶"的地理学。书中对北方诸恶的研究，远比南方丰富细致。约翰离开东边的"清教乡"，踏上西行之路，所到之处有：哗众市、兴致市、猥亵城、玛门先生处、巨人谷、善感先生家、苍白人之屋、蛮族山谷、开明先生家、智慧谷。除了开明先生家和智慧谷，其他几处都在北方。即使最后两个地方，也和北方近邻有着千丝万缕的关系。早在20世纪初，詹姆斯就感叹世界已经进入一个"硬的"时代："从来没有像现在这么多倾向经验主义的人。……我们的小孩子几乎一生下来就有科学倾向。"而这些一出生就被经验主义、褊狭的科学主义倾向塑造的心灵，几乎先天地把宗教视为非法选项。[①] 路易斯关注的北方诸恶，就对应着詹姆斯忧心的全面展开的"硬心计划"。

　　所以更准确地说，《天路归程》是一部关于北方诸恶的地理学。何以偏重北方呢？根据路易斯的判断，这个时代

---

① ［美］威廉·詹姆士：《实用主义》，陈羽纶、孙瑞禾译，商务印书馆，1997，第11页。

的败坏，主要由北方诸恶主导。认清诸恶之前，天路无从开启。

二　始于渴欲

班扬的基督徒及其伙伴，因不可承受的罪感踏上天路。路易斯的约翰，则是由于无解的渴欲（desire）。渴欲，是路易斯的一大主题。他的《惊喜之旅》主题也是渴欲和悦慕（Joy）。① 那本自传，几乎是《天路归程》的重述。

天路始于罪感，天路始于渴欲，这是《历程》和《归程》真正重要的差别。有评论家从《归程》当中总结出所谓"悦慕的护教学"（the Apologetics of Joy），更有人说，这是安瑟伦的本体论论证之后最重要的神正论。

其实，从渴欲出发探索"天路"，未必是什么新的神学创获。还是切斯特顿一语中的：

　　现代的科学大师深信一切探问必须从一个事实开

----

① 　详参邓译《惊喜之旅》及本书的两篇译后记。

始。古代的宗教大师深有同感。他们从罪这个如马铃薯般具体实用的事实说起。……然而，今天伦敦有些宗教领袖——不仅仅是唯物论者——竟陆续否定那毋须争议的污垢。①

新时代的离奇之处是，原本真实不欺的罪感，被各种新大师、新理论腐蚀掉了。充斥现代世界的，是一群没有罪感的心灵。什么样的心灵毫无罪感呢？切斯特顿说，只有疯子。"心智健全的人知道自己带着少许野兽性情、少许魔鬼的邪恶、少许圣人的情操、少许凡人的俗气"，只有疯子才会极端确定"自己是健全的"。② 在这篇著名的《疯子》里，切斯特顿说，疯子不是不讲逻辑。恰恰相反，他们只有逻辑。疯子，是"逻辑完整与心灵萎缩"的结合。③ 疯人院，不是现代世界的隐喻，而是对现代世界的陈述。在疯得密不透风的现代心灵里，罪感已经奄奄一息。帮助现代心灵挣脱疯狂牢笼的希望，在别处。《回到正统》的结尾，切斯特顿揭晓

---

① 　[英]切斯特顿：《回到正统》，庄柔玉译，三联书店，2011，第 9 页。

② 　[英]切斯特顿：《回到正统》，第 19 页。

③ 　同上，第 14 页。

答案:"喜乐——这个无宗教信仰者的小卖点,其实是基督徒巨大的奥秘。……神走在我们的尘土上时,有一样东西实在伟大得不便展示人前:有时候,我幻想那是欢乐的笑声。"①

切斯特顿停笔的地方,正是路易斯开始的地方。喜乐,渴欲,悦慕,这可能是现代心灵开启天路的最后机会。疯人院已经成功地在人心中抹掉了罪感,喜乐、渴欲或悦慕也即将遭到绞杀。《天路归程》里,路易斯让他的约翰靠一丝缥缈却又不欺的渴欲突出重围。

班扬的基督徒,带着深深的罪感上路。但也正是这份罪感,让他得以辨识沿途那些不认罪的罪人、伪信者。路易斯的约翰可没这么幸运。他那点儿自己也说不清的渴欲,先得经受各地疯人院的诊断,甚至审判。尽管旅途艰难,班扬的基督徒从未怀疑过上帝。路易斯的约翰,从未打算相信祂,甚至没怎么听说过祂。约翰不知道自己走的是什么路。他原本这样打算:只要为心中渴欲找到一个说得过去的答案,旅途随时可以终止。

---

① [英]切斯特顿:《回到正统》,第 176 页。

约翰来自一个名叫清教乡（Puritania）的地方。他和他的父母乡亲，是活在惯性的清教生活中的村民。这是一个传统还在，但传统的意义快要耗尽的地方。借助一场葬礼，路易斯告诉读者，这个地方的人既无异教之刚毅（fortitude），又无基督教之盼望（hope）。约翰从小被灌输了很多规矩，他自己的心里则隐隐装着一种渴欲。但无论规矩，还是渴欲，没人告诉约翰它们从何而来，把人引向何处。

约翰离开清教乡，带着一个盼望和一个困惑。盼望关乎渴欲，尽管不知那是什么，他却盼着它实现；困惑关乎规矩，他想知道那些"必须"遵守的规则来自何处。上路不久，他遇见美德先生（Mr. Virtue）。美德也是旅人，他对渴欲并无感觉，但对规矩有更严肃的热忱。天路归程的主角，是这对双生伙伴。正如班扬笔下的基督徒，必须与忠信、盼望结伴而行。依据路易斯的心灵地理学，约翰的心灵，更南方；美德先生的心灵，更北方。整个旅途，南方更让约翰感到舒适；打动美德的，则是穷北之北。

约翰遇见的第一个导师，是启蒙先生（Mr. Enlightenment）。路易斯不打算用这个名字影射特定的哲学或哲学家。启蒙先生，代表着在近代世界取代了基督信仰的全新世界观。用启蒙先生自己的话说，他努力做一个"此岸人"
（a man of the world）。启蒙先生的事业，是用各种办法捍
卫此岸，抹掉彼岸。他爽朗快活，直接告诉约翰，并无上帝
（大地之主）其人。理由则是"克里斯托弗·哥伦布，伽利
略，地球是圆的，印刷术，火药！"——仿佛这些词语本身就
有杀死上帝的神奇力量。启蒙先生的老家是哗众市。那原
本只是人口奇缺的小聚落，现在已是蔚为壮观的大都市。

约翰遇见的第二个导师，是兴致市的半途先生（Mr.
Halfways）。路易斯用这个名字，指称一种姑且名为"浪漫
主义"的体验。在《第三版前言》里，路易斯特别声明，他所
谓的"浪漫主义"，与艺术史或思想史上的学术定义无关。
浪漫，是一种深刻的体验。年轻人常常从爱情、山水或奇幻
文学当中获得此种体验。半途先生是一位歌者。他唱歌给
约翰听。某个瞬间，约翰以为歌声为自己解答了关于渴欲
的全部奥秘。可是，他很清楚，歌声给不了他想要的满足。
伴随着歌声的爱欲（Eros），也给不了他满足。半途先生的
特点是，他不允许听众再往前走。他不遗余力地告诉听众：
你想要的都在这里，就是这些，只有这些。半途的意思是，
你可以上路，但千万别把路走完。

半途先生的儿子，把约翰带离兴致市。半途哥（Gus Halfways）来自浪漫之家，却是浪漫的戳穿者和造反者。他告诉约翰，老半途的歌都是虚伪的幻象。剥去伪装，剩下的唯有淫荡。半途哥带约翰来到猥亵城（Eschropolis）。那里住着一大群骄子（Clevers）。他们讨厌一切自欺、煽情，他们只信仰自己。他们向约翰展示"真正的诗"，"真正的艺术"。可是从他们的艺术里，约翰感觉到的，唯有荒凉。

老半途和小半途，分别对应了路易斯后来常用的一对儿区分：爱的膜拜者（idolaters），爱的戳穿家（debunkers）。[①] 爱的膜拜者，把人间之爱奉为神；爱的戳穿家，把人间之爱贬抑为生理现象，或生物现象。膜拜家为人制造一个温柔乡式的牢笼。戳穿家让人在牢笼里恨自己，恨所剩不多的温柔。

约翰被骄子们拳打脚踢赶出猥亵城，因为他对骄子们的艺术毫无欣赏和敬畏。他是猥亵城里的反动派。逃离猥亵城，在不远的地方，约翰遇见玛门先生（Mr. Mammon）。《马太福音》里，玛门和神相对。人不可以既侍奉神，又侍奉

---

① 　见邓译 C.S 路易斯《四种爱》第一章之末尾，华东师范大学出版社即出。

玛门（财利）。路易斯的玛门先生，指的是抛弃神专心侍奉玛门的人，不再三心二意，彻底的经济动物，马克斯·韦伯那个意义上的经济动物。玛门先生绝不饶舌，绝不好客，更不助人。他不动声色地向约翰显示了自己的权力："他们每个人都靠给我写东西或靠拥有我的田产股份为生。"（本书第 85 页）原来，玛门先生才是现代生活的"经济基础"。

后来，约翰被时代精神（the spirit of the time）捕获。那是个看起来跟石头一样的巨人。时代精神的国土有个特殊的规矩：欢迎异乡人，对逃跑者从不客气。约翰被关进地牢。在那里，他领教了这个国度最引以为豪的戳穿术和看透术。它让一切信仰、感受或论辩，无处存身。

什么是论证？论证就是将论证者的欲望合理化的企图。

怎样反驳一加一等于二？你说等于二，只因你是数学家。

时代精神目光所及之处，一切事物都被"看透"。一张美丽的脸不是一张脸，是一个头盖骨；透过头盖骨，还能看到脑髓、鼻腔和喉结，腺体在分泌黏液，血液在血管流动。往下看，肺一张一合，像两个气囊，还有肝脏，肠道像蛇一般扭结在一起。

戳穿术和看透术,把一切高级之物贬低为非其所是的低级之物。这让约翰念兹在兹的渴欲变得毫无意义。不过,约翰倒是重新领会了地狱:一个美丽的女孩,加上一双把她看透的眼睛,就是地狱了。

名唤理性的女骑士救约翰逃出地牢。理性护送约翰走了很长一段路。她教会他很多东西。最主要的,是让他看见启蒙先生、半途先生、骄子和时代精神的自相矛盾自欺欺人。理性说,这些都是约翰本来知道的东西,她只是帮他把心中暗处的东西带到明处。

告别理性,约翰和美德第一次来到柯克妈妈面前。柯克妈妈许诺,带他们去到想去的地方。条件是,他们必须完全服从。这伤害了美德的自尊。因为美德先生一直坚信,最高的美德,是自由者的自律。于是,这对伙伴决定离开柯克妈妈,独自寻找。接下来,他们拜访了善感先生、苍白人、开明先生、智慧谷。美德还只身到极北的矮人族群走了一遭。

善感先生和开明先生,跟哗众市、猥亵城及巨人谷里的人不一样。他们不刻薄,不戳穿。他们什么都知道,什么都了解，无可无不可。善感先生身上有古代贤者的影子。一点儿伊壁鸠鲁的节制，一点儿贺拉斯的诗意，一点儿蒙田的矜庄，一点儿拉伯雷的温热。所有这些遗风，都在他的话里，不在他的生活里。他是古代异教圣贤的低劣拼盘。开明先生和善感先生的区别，是对宗教的态度。开明先生尊重柯克妈妈，据他自己说，打心眼里爱她。不过，开明先生的主要兴趣，在于纠正柯克妈妈的错误。开明先生相信，过去的基督教太严苛了，妨碍信徒留心周遭的世界。哪里有无限，哪里有永恒呢？开明先生说，就在眼前的一花一树中。

善感先生是异教圣贤的残存影响，开明先生则把基督教"修正"成什么都可以是、什么都不是的现代基督教。他们表面的相似之处是宽容，快活，从容有余地在此世生活；他们底层的相同之处是，对约翰想要追寻的事物毫无兴趣。他们，是在尘世怡然自得的优雅乡愿。

善感先生代表退化的异教哲思，开明先生代表掺水的宗教情调，苍白人则代表碎片化的古典情操。路易斯的苍白人，是三兄弟。新安立甘先生（Mr. Neo-Angular），严守来自宗教的某些教义（大公主义），不带感情地严守；新古典

(Mr. Neo-Classical)，看重贵族式的孤高和节制；人文先生（Mr. Humanist），则憧憬某种人道社会。他们是兄弟。兄弟相认的基础，是共同的恨。他们憎恨猥亵城里肤浅的骄子，憎恨兴致市里粗俗的半途先生。路易斯送给三兄弟的名号是 Pale Men。苍白，是指一种否定性的结盟。他们都讨厌时代精神的贫瘠，他们想要过高尚严肃的生活，但他们自己坚执的情操碎片同样贫瘠，高尚而没有血色。他们坚执的那些情操碎片，只有在一个生机勃勃的躯体里才能相通相容相互玉成。他们已经忘了这回事儿。他们只是因为共同的敌人而同仇敌忾，同时相互鄙薄。

在苍白人家里借住的时候，美德独自拜访了野蛮先生（Savage）和矮人部落。据美德观察，野蛮先生的族群不能算是人类。他们是另外的物种。人伤害人，总要背负道德包袱。一个物种杀戮另一个物种，则不需要。所以，野蛮族群是真正不需要道德的族群。他们的道德，就是暴力、斗争、胜主败奴。他们鄙视所有那些没有根基的道德伪装。在他们眼里，约翰和美德先前遇见的所有导师，都是道德伪善者。美德先生不得不承认，只有野蛮的伦理学才是真正逻辑贯通的。如果伦理学没有根基，只认逻辑，那么无疑，野蛮是对的,别人都错了。如果世界上没有神,那就应该把无情的铁律推行到底。最后剩下的,只有残酷。美德先生还发现,所有先前遇见的导师都顾影自怜,胸无大志。唯有野蛮先生胸怀天下,他准备着对那些贫血的伪善者发动摧枯拉朽的征服。

访问过野蛮先生,热爱美德的美德先生病了。因为他的发现太过恐怖:如果没有任何东西托起美德,那么最终的路,就在野蛮一边。接下来的探险,由约翰引导。因为尽管美德怅然若失,约翰仍然放不下心中的渴欲。

重逢柯克妈妈之前,约翰探访了智慧谷和隐士山洞。这是他踏进窄门之前接受的最后预备教育。智慧老人为约翰和美德剖析了他们此前遭遇的所有错误。在辨识错误方面,智慧老人堪称智慧。但是关于神,智慧老人几乎无话可说。他愿意为神保留一个位置,但他想要的,只是那个抽象的位置。他的智慧,就是运用"辩证法",把神、人、世界辩证地统一到一起。那个统一之后的东西,充满智慧,却没多少内容。或者说,可以随人填进任何内容。

那位洞中隐士,代表历史。隐士见多识广,他是能在漫长的时间和广大空间当中辨识和理解神迹的人。路易斯说，这位隐士已经退隐多年。言下之意，哗众市、猥亵城、巨人山、野蛮岭、善感屋、开明之家、苍白人家里那些动辄谈论"历史"的人，谈论的并非真正的历史。流俗的历史学，把人封堵在时间和空间里。路易斯的隐士，则引导约翰读取时空之内的天道消息。

领受隐士教诲之后，留给约翰和美德的，不再是知识的抉择，而是路的抉择：要不要踏进窄门。而踏进窄门又意味着，交出自己。

三　教育之路

班扬的基督徒自始至终都在走一条皈依之路。他经由宣道师指引，走进窄门。路易斯的约翰和美德，则要首先走一条叛逃之路。他们的宣道师，是时代精神的巨网。在他们受到的教育里，窄门是被质疑、被否定、被嘲讽、被审判的一方。约翰不能接受宣道师的指引。相反，他得逃出宣道师们的话语牢笼，才能听见看见窄门。因此，《天路归程》可以读成一部教育寓言：约翰的自我教育。

约翰来自清教乡。此时的清教乡，已非班扬时代旧貌。

清教乡里的村民,也不再是班扬笔下的精力充沛敏感奋发的基督徒。约翰的清教乡,是一个过分苍老几近麻木的旧世界。它失去了振作自己、教育自己的能力。约翰离开清教乡,一路西行,正是寻找新的教育的可能性。对一个生于传统社会的敏感而素朴的心灵而言,这是一个无比凶险的机会。

约翰一路遭逢的所有人,都可以算作他的教育者。这些教育者,可以归为三组。

清教乡可以说是第一组,这是约翰的起点。第二组则是启蒙、浪漫、理性,这是约翰遇到的三位宣道师,他们代表约翰的三种可能生活。

启蒙是这个时代最显赫的精神教父。约翰身处的时代,启蒙声势显赫,但也空前衰颓。启蒙的"此岸"精神,哺育出各种各样的戳穿哲学、看透哲学。这些哲学,与玛门先生的经济心灵结合,将成为巨大的精神牢笼。约翰体验过那种牢笼生活:人们在争吵,但从来不交流;人们在观察,但眼前的世界只是毫无奇迹的物质黑洞;每个人都沾沾自喜,以为杀死了神就是拯救了世界。沿着启蒙的"此岸"精神情调,约翰可能变成猥亵城里的骄子,可能变成某种拆穿哲学的信徒，甚至可能由精神牢笼的囚徒变成狱卒，乃至法官。如果是那样，约翰会彻底忘掉心中的渴欲，心无旁骛地过一种此岸生活。当他初次从启蒙先生那里听闻所谓"彼岸"纯属虚构时，心里确实感到无比轻快。因为"彼岸"的虚无意味着，根本不必费力寻找，更不必承受过尽千帆皆不是的痛苦。可惜，他心中的那份渴欲太顽固，让他总是想逃。

与启蒙的赫赫声名相反，浪漫在这个时代可谓臭名昭著。代表浪漫的半途先生，是时代精神的公共箭靶。所有人都讨厌半途先生那一套。时代精神容不下多愁善感。软绵绵的感伤情调似乎是堕落的象征，与客观冷峻怀疑一切的时代精神背道而驰。可是，在约翰遇见的宣教士中，唯有半途先生认真对待他的渴欲。路易斯称浪漫主义为"半途"。言下之意，浪漫主义并非不对，而是不够。它帮助人们护惜心中的渴欲，但它又常常让人们停留于某种幻象之上，错把幻象的延续当成渴欲的满足。它为渴欲保留一丝生机，但这份生机又很脆弱，易遭败坏。时代精神法官们不断向半途先生泼脏水。他们把半途先生说得很不堪。半途先生也的确可能使人沉溺迷乱，陷入不堪之境地。尽管如此，"半途"仍然暗示着道路。所有泼向半途先生的脏水，都在合力封堵那条路。

名为理性的女骑士,把约翰从时代精神的牢笼里搭救出来。这意味着,理性是时代精神的敌人。这似乎有违常识。启蒙沾溉下的时代,人们不是最爱谈论理性,甚至奉理性为偶像么?搭救约翰的理性女士,不是时髦的"理性崇拜",而是"理性"本身。时代精神的牢笼不愿放走任何囚徒,偏偏希望理性尽早离开。路易斯告诉读者,时代精神对理性的崇拜,只是叶公好龙。它以理性为旗号,到处戳穿、看透,它也害怕理性把自己戳穿、看透。理性的伟大之处,恰恰在于可以戳穿理性崇拜。正是在理性女士的引领下,约翰第一次来到柯克妈妈面前。人们常常以为理性是信仰之大敌,其实,对理性的曲解和迷信才是信仰之大敌。在约翰和柯克妈妈之间,理性引导的道路反而最快最近。只不过,理性无法陪伴约翰走到最后。因为理性必须止于其所不知。她善于辨识虚伪,但对善恶,无缘置喙。

《天路归程》的副标题,是"为基督教、理性暨浪漫主义的寓意申辩"。申辩,是被告的权利。正是在启蒙精神的笼罩之下,基督教、理性、浪漫主义成了需要自我申辩的被告。启蒙的志业,是封堵信仰的可能性。浪漫主义和理性,则为信仰之路保留了空间。尽管它们自己并不导致信仰。正因如此，浪漫主义和理性都随基督教一起，被时代精神视为寇仇。时代骄子将浪漫主义污名化，又通过理性崇拜把理性扭曲得似是而非，这是封堵信仰的高明策略。

巨人山的地牢、西格蒙德·启蒙、玛门先生、猥亵城、哗众市、被戳穿的半途女——这些人和地，代表着时代的精神牢笼。任何一个自我教育者，都有可能在某地或某人那里止步不前。止步不前，意味着他将被永远囚禁于某种败坏之中，或者成为财利的囚徒，或者饱受拆穿哲学的折磨，或者沉湎欲念，或者，所有这些同时发生。约翰就经历了所有败坏的可能。

苍白三兄弟代表的"否定情操之联盟"，善感先生代表的乡愿哲学，开明先生代表的乡愿宗教，以及智慧老人代表的绝对精神之沉思，则可以视为第三组教育者。他们是对时代精神的抗争。但他们的抗争注定乏力，因为他们自身同样是时代精神的子嗣。他们从自己厌弃的东西那里变异而来。

路易斯为这些约翰的导师们勾勒了一张关系网。

约翰遇见两位启蒙先生。老启蒙昂扬自信，一心驱逐上帝，做体面的"此岸人"。他的气质，和过去的清教徒差不了多少。老启蒙的大儿子，叫西格蒙德·启蒙。路易斯不只用他影射心理学家弗洛伊德，更是象征着各种现代的戳穿哲学、看透哲学。小启蒙看不起老父亲，他跑到象征时代精神的巨人谷当了卫兵。卫兵的责任之一，是防止囚徒叛逃。

老启蒙还有几个小儿子：苍白三兄弟。苍白人讨厌西格蒙德·启蒙这位兄长，讨厌时代精神这个独裁者。但他们恰恰与自己讨厌之人同根同源。老启蒙的两支子嗣为时代贡献了相互依存的两种精神气质：沾沾自喜，和自我厌弃。西格蒙德代表前者，苍白兄弟代表后者。

善感先生和开明先生，也非遗世独立。善感先生的筵席上，有猥亵市提供的开胃菜、小点心，老半途先生送来的香槟和冰激凌，还有玛门先生送来的肉，开明先生提供的酒。开明先生，则跟苍白兄弟的父亲很熟，受惠于老启蒙先生。

智慧谷里的生活，也跟谷外藕断丝连。智慧老人的儿女，喝着半途先生的香槟，吃着玛门先生的凉拌鸡和口条，吸着南方幽暗之地的大麻。一个名叫卡尔的儿子，还渴望哗众市那些"结结实实的食物"。

约翰终将发现，所谓时代精神，不只是一个巨人统治的山谷，也不是彼此分散的聚点儿。它是一张由各路贤达合力织就的网，自动繁殖，生生不息。

约翰见识的那些人物，在班扬的书里也能找到踪影。老世故、道学村、多话、知耻、私心、无知……都是猥亵城、巨人谷的先民。不过，他们又和约翰时代的后裔大不相同。他们没有自己的语言。他们的词汇，跟基督徒的词汇并无太大区别。他们认可的善恶原则，也和基督徒分歧不大。他们的问题，仅仅在于伪装。他们嘴里说着圣洁的道理，想要把自己装成更好的人。为了引诱基督徒，他们先把自己乔装成基督徒。有时候，他们甚至把自己的伪装当真。约翰的导师们，则根本不屑于伪装。他们各有一套道理，各操一套语言，他们根本不打算模仿、乔装，他们自豪地做自己。班扬的基督徒，只要经验足够，就能认出对方在说假话；路易斯的约翰，则要花更多时间，冒更大凶险，才能发现那些大言喤喤的人，其实什么也没说。

约翰走出清教村，踏上自我教育之路。自我教育的题中之义，就是遭遇伪教育，辨识伪教育，挣脱伪教育。

四 致命的可能性

野蛮先生、智慧老人、峭壁隐士，是最有分量的教育者。他们帮约翰和美德认出仅有的两条路。

约翰和美德行走的世界，北方由两种精神统治。一种，是玛门先生、巨人山谷、猥亵城代表的"硬心人"（the Tough-Minded）。他们贫血，心怀怨恨，热衷于体系，沾沾自喜，喋喋不休。他们是时代精神的新产物。另一种，则是野蛮先生的野蛮精神。野蛮精神源自远古，历久不衰。时代精神尽管喧嚣热闹，却远不及野蛮精神强悍，生机勃勃。

关于野蛮先生及其矮人后裔，约翰闻之于美德。野蛮先生信奉残酷的世界法则和严酷的英雄主义，更重要的是，他热情拥抱虚无。虚无的意思是，由于没有神，所以根本无需道德。其他的教育者，自认为看透一切，却惧怕虚无。他们只得用情操碎片或半吊子哲理，来维系某种无根基的善意或虚假的信心。野蛮先生则不然。虚无是一种伟大的洞见，让他看穿所有对"快乐"或"幸福"的饶舌争论。虚无也是一种伟大的力量，让他无所畏惧，将生死置之度外。其他的教育者，各逞聪明鼓吹世界美好。唯有野蛮先生敢于说出真相：世界已经烂透，如果没有拯救者，那就必须有一个毁灭者：

> 世界已经烂透，漏洞大得无边。他们尽可以缝缝补补，随他们的便，但他们救不了。最好是放弃。最好顺水推舟。如果我活在一个毁灭的世界，那就让我成为其推动者，而不是其承受者。（第 201 页）

野蛮先生期待的未来，是一场摧枯拉朽之后的再造。在那个具体样貌尚不可知的世界里，半吊子道德家、半吊子哲学家、顾影自怜的艺术家，都将沦为下等人。野蛮先生的话，让美德先生意识到一个问题：有没有上帝，不再是一件可以避而不谈的事。假若有上帝，他就必须交出自由意志；假若没有上帝，那么野蛮先生的虚无和残酷，就是唯一真诚合理的世界秩序——也就是说，他得放弃美德。上帝和野蛮先生，是仅有的两个选项。

野蛮先生对两种人有致命的吸引力。一是所谓文明社会的底层无产者，如伺候善感先生的那位苦力。善感先生可以把慈悲博爱谈得头头是道,他的优雅生活却须依赖对下等人的奴役。常年忍受之后,苦力选择出走。他先跟约翰和美德一道造访苍白三兄弟。因为三兄弟中有"大公主义"和"人道主义",都声称着对苦难者的同情。可是很快,苦力又选择离开。他有一种本能,特别善于识破无根基的伪道德。最终,苦力北上,加入了红矮人,成为一名马克思曼尼。除了追随野蛮先生,他在文明世界的任何地方,都只是奴隶,至多是被善待的奴隶。野蛮先生则许诺:奴隶终将成为主人,主人迟早沦为奴隶。

野蛮先生否定一切无根基的伪道德。正因如此,他对真正高贵的道德心灵,如美德先生,反而有致命的吸引力。美德踏上旅途,只为寻找道德的根基。他热爱严苛的道德原则,他同样热爱自由意志。如果道德只是源自他人的枷锁,他不愿接受;如果生活只是个体意志横冲直撞,他也不愿接受。他所见识的那些文明绅士,都是半吊子的道德学家,根本没有勇气把道德问题追问到底。这些人无法让美德满意,甚至让美德鄙夷。野蛮先生却向美德展示了另一种可能性。野蛮先生是虚无和英雄的合体。凭藉坦荡的虚无主义,他可以扫荡所有来历不明的道德教条。凭藉无所畏惧的英雄主义,他可以创造全新的道德。新道德的唯一根基,是征服者的自由意志。野蛮先生描述的世界,残酷、严苛,容不下半点温柔或幸福。他是有道理的。如果不相信温柔或幸福的根基,那就应该把它们彻底砸碎。野蛮先生的伦理学,蔑视一切道德教条,却能捍卫一条根本的道德:真诚。高贵的心灵,渴望真诚地认识法则,真诚地服从法则。这很像美德先生所要追求的生活,几乎就是。他对约翰说:"我差点儿决定跟野蛮在一起了。"(第 208 页)

路易斯暗示,野蛮先生和他的苗裔可能是未来世界的终极征服者。不仅因为他们意志坚强,勇猛彪悍,种群庞大,而且因为他们拥有野心和世界视野。跟他们相比,骄子们、苍白兄弟和善感先生,都只是顾影自怜的自了汉。路易斯还提到了一个至关重要的凶兆:野蛮先生对文明绅士们了如指掌,文明绅士们却对野蛮族群一无所知。当美德向苍白兄弟讲述北方见闻时,一位兄弟断言那是美德的白日梦,另一位兄弟声称可以依靠才智战胜野蛮大军。可是他们的才智,连自己都养不活。

对于不愿过贫血和半吊子生活的旅人而言,野蛮先生代表着一条真切的路。如果不进窄门,那就唯有走向野蛮:

无论是主动投诚,还是终被征服。

智慧谷是约翰和美德转向窄门之前的最后一站。理性女士曾引领约翰接近窄门,约翰和美德都转身离开。因为他们不愿把主动权交给柯克妈妈,他们想要自己寻找,自己思考,自己决定。智慧老人,代表着依靠"自己"的旅人所能走到的极地。

班扬的基督徒也曾抵达智慧谷。那时的地图上,它名叫屈辱谷(the Valley of Humiliation)。这是丰饶之地,也是危险之地:

> 我们的主以前在这个山谷里有一所别墅;祂很喜欢住在这儿。祂也爱在这些草场上散步,因为这儿的空气使人心旷神怡,而且,处在这个环境中,一个人可以享到清静,摆脱那种俗世的忙碌生涯。到处都喧闹混乱不堪,惟独屈辱谷是个空旷偏僻的所在。在这儿,一个人不会像他在别的环境中那样,受到阻碍,不能安静地沉思。这是一个除了那些爱好天路客生涯的人以外,谁也不会踏进来的山谷。而且虽然基督徒不幸在这儿遇见魔王,跟他来了一场紧张万状的交战,可是我

必须告诉你们,以前有人曾经在这儿遇见天使,在这儿
觅得珍珠,还在这儿得到生命的话语……

　　你的爸爸是在前面紧接健忘草场的那一头的一条
狭路上跟魔王交战的。而且那儿的确是这一带最危险
的地方;因为天路客不论在什么时候遭到不论什么样
的袭击,总是在他们忘记了自己蒙受了怎样的恩典的
时候,忘记了他们是多么不配得到这样的恩典的时
候……①

屈辱谷足够丰饶甜美,它是神为人安排的歇脚之处。
在这里,人可以远离尘嚣,安闲沉思。所以它也叫智慧谷。
但也正因安闲沉思,旅人容易忘记恩典,因傲慢而被魔王俘
获。班扬的基督徒在屈辱谷战胜了魔王,战胜的方式,是放
下剑,拾起祷告。所以智慧谷的另一个名字,是地狱边界。

　　依照对彼岸的态度,约翰和美德一路遭逢的教育家,可
分成几组。有些人彻底否定彼岸,比如启蒙先生家族、野蛮
先生家族;有些人满足于彼岸此岸之间的半吊子调和,比如

---

　　① 〔英〕班扬:《天路历程》,西海译,上海译文出版社,1983,第257—
258页。

半途先生、善感先生、开明先生;有些人在此岸强行抓住几个源于彼岸的碎片,比如苍白兄弟。智慧老人和他们不一样。他是就彼岸、此岸提出完备说法的人。他承认此岸,也承认彼岸。他还向学生提供了思维彼岸、此岸的精良工具,比如:本体、现象。他清楚理性的边界,他也敬畏边界之外的超验事物。他的智慧,就是帮学生厘清此岸与彼岸的关系。根据他的智慧,世界应该而且必定有一个神的位置。但他承认的是那个位置,不是神。

智慧老人的教诲,有点儿像老子,有点儿像佛陀,有点儿像康德,也有点儿像黑格尔,或者说是各种伟大智慧的杂糅。一个不愿放弃自己智慧的人所能说出的最智慧的话,应该就是这个样子。在这个丰饶宁静的谷地,他静观沉思,认清此岸的亏缺,渴求与彼岸发生联系。这是智慧可以抵达的谦卑之境。但他紧紧抓住这个智慧,以谦卑之名,止步于静观和沉思。他一边渴求彼岸,一边断定彼岸的不可抵达。于是,智慧转为骄傲。正因如此,智慧山谷,也是地狱边界。班扬的基督徒在屈辱谷里与魔王恶战。他战胜魔王的方法,是放下剑,拾起祷告。智慧老人,不会对一个空洞的位置祷告。

智慧老人标志着一个临界点。关于此岸、彼岸，人已获得足够多的智慧。但智慧仅仅是智慧。接下来，人要么从那个点上行，要么从那个点跌落。上行，意味着把自己交托出去，放弃引以为豪的人之智慧。跌落，意味着智慧在手，但在手的注定是败坏的智慧。《天路归程》第十卷，引路人向约翰揭示了智慧谷的暗昧：

　　很少有人住在那里，他们都是老智慧先生那样的人——这些人灵魂深处的渴欲，依然保持鲜活，纯洁。但因为一些致命缺陷，诸如骄傲或怠惰，或许还有怯懦，他们最终却拒绝了唯一的成全之路。他们常常殚精竭虑地说服自己，说成全（fulfilment）是不可能的。他们人数很少，那是因为老智慧没有几个儿女忠实于他。而到他这里来的那些人，要么继续前行，最后跨过峡谷，要么名义上做他的儿女，却偷偷溜了回去，吃比他的食粮更差的食粮。在他住的地方，长期逗留，既需要一种奇怪的力量，也需要一种奇怪的脆弱。至于他们所受的苦，那是他们永远"只是在渴欲中生活而没有盼望"的宿命。

（第359—360页）

约翰和美德在智慧谷里的经历,已经预示了智慧的败坏。智慧老人对他俩因材施教。最终效果是,约翰和美德从老人的智慧里推演出截然相反的生活。约翰认为,智慧老人支持他对各种神秘境界、感性体验的渴望;美德认为,智慧老人鼓励他过一种艰苦卓绝厌弃自我的生活。智慧老人的智慧并未让他们焕然一新,相反,让他们更骄纵本来的自己。本即南方的约翰更南方,本即北方的美德更北方。正是在智慧谷,美德又一次思念野蛮先生所在的极北高原。

在一场只闻其声不见其人的夜宴里,路易斯介绍了智慧老人的儿女。他们是:卡尔(马克思)、赫伯特(斯宾塞)、巴鲁赫(斯宾诺莎)、鲁道夫(斯坦纳)、伊曼纽尔(康德)、伯纳德(鲍桑葵)。路易斯的注释说:"其实,马克思是个矮人,斯宾诺莎是个犹太人,康德是个清教徒。"(第253页)智慧老人的智慧,可能蜕变成各种样子。这个场景,路易斯取名为"智慧——秘传的"(Wisdom—Esoteric)。看似遗世独立的智慧谷,其实是人间喧嚣的源泉。就连北方的野蛮族群,都有人来此走过一遭。

智慧谷是疗伤之地,不是久居之所。摆在约翰和美德面前的,只有两个选择。要么原路返回,那就终将成为野蛮先生的士兵或俘虏。要么毅然上路。那就意味着交托一切,包括智慧和生命。两个选择,两种致命的可能性。

峭壁隐士的角色,类似于班扬笔下的"解释者"。解释者的使命,是在天路开端向旅人解说种种神学奥秘。班扬把解释者安排在基督徒进入窄门之后的第一站。路易斯则让隐士出现在约翰踏入窄门之前的最后一站。解释者的神学,意在让本已虔敬的信徒奋发感动;隐士的神学,则要为将信将疑之人做最后的知识扫除。

解释者的神学,是纯粹《圣经》式的,寓意式的;隐士则是历史老人的化身,他的神学是历史式的。这是路易斯用心之处。

依照常识,启蒙时代以来,历史学蓬勃发展,几百年的时间,人们的历史知识爆炸式增长。启蒙先生、猥亵城的骄子、巨人谷里的戳穿家,各有各的历史学。历史成了锋利武器,用以拆解、封堵人们的彼岸视野。不断膨胀的历史知识,拓展了人们的时间视野、空间视野。视野越宽阔,人们越是难以像以往那样严肃面对信仰问题。正因有了历史学,拆穿家们如虎添翼。只要下一点儿考据功夫,他们就能把神迹、虔敬贬斥为人类发展史中一时一地的蛮荒、谎言和谬误。即便是那些仍旧渴求信仰的人，也往往努力回避历史维度。进化史学、唯物史学、心理史学几乎成了信仰的硫酸，最笃定的人也难承受它们的腐蚀。

所以，在约翰和美德走上旅途的时代，讲述历史并非获得信仰的好方式。流行的路径，是求助于思辨哲学。约翰和美德就是如此。他们所有的早期老师，都是哲学家。智慧谷的经历，证明这是一条不通之路。于是，隐士出现了。他要反时代潮流而行，通过讲述历史谈论神迹和信仰。

隐士的名字就叫历史。他曾走遍大地的每个角落，见识过所有奇怪风俗。遇见约翰的时候，他已退隐很多年。隐士说，他退隐的时间，就在启蒙先生教化人间前后。历史的退隐，启蒙的衰朽和退化，这两样事同时发生：

> 那恰好就发生在我退隐之前。那是在启蒙先生的土地上，当时他还很不一样。我从没见过一个人，随着年岁增长，会如此退化。（第 310 页）

这是一个重要讯息。路易斯是在明示：启蒙以后蔚为大观的史学，是伪史学。借用阿·赫胥黎（他与路易斯同一天去世)的说法,近代以来的实证主义史学,其实根本不是史学。它一部分是政治新闻的分支,另一部分则是物理学、生物学的分支。因为,史学家们关心的不再是人,不再是人的生活和道路。

可惜的是,现代人的历史意识,恰恰是由历史老人退隐之后的伪历史塑造的。这种历史意识告诉人们,知道得越多,看得越透。比如,知道一些基督教世界之前之外的风俗,人们就相信可以借此看透基督教。隐士反其道而行。他的神学解释,恰恰建立在一幅世界历史的图景之上。他非但不回避异教时代、异教地域,反而引导约翰从异教历史当中领会神迹。流俗史学,知道得越多,看得越透。在老隐士这里,知道得越多,看得越真。

从异教风俗中领会神迹,从历史的野蛮和残酷中发现人的迷失和救赎,这是路易斯坚持终生的写作主题。《空间三部曲》、《裸颜》、《纳尼亚传奇》,是对这一主题的反复重述。在他笔下,历史知识不再是信仰的拆穿者、封堵者,相反,是信仰的见证者、护卫者。启蒙时代以降,虔信之人常要面对一项指控:盲信,生于无知。路易斯则向时代精神提出一项反指控:不信,生于无知。在老隐士看来,那些自认为知识渊博的时代骄子，是十足的向隅之人（stay-at-homes）：

> 向隅之人，都这样。要是他们喜欢本村的什么东西，就将它看成是普遍的永恒的，尽管或许五里以外就没人听说。要是他们讨厌什么，他们就说这是本土的、落后的陋习，尽管事实上，它可能就是众国律法。（第297页）

那些相信自己重新解释了世界的人，其实是足不出户的向隅之士。成功解释世界的前提，只是把一隅当成世界：

> 他们知识很少。他们从不旅行，结果什么都不学。他们确实不知道，在玛门乡和他们自己的高原之外，还有别的什么地方——他们倒听过关于南方沼泽的谣传，就以为在他们南面几里地，到处都是沼泽。所以，他们对面包的厌恶，纯是来自无知。（第294页）

无知，是老隐士对知识爆炸时代的病理诊断。

约翰为渴欲推动，一路到此。美德受道德热忱激励，上下求索。他们在所有地方都找不到渴欲、道德的根基。相反，所到之处，渴欲不断被拆解，根基不断被败坏。他们之所以尚未完全放弃求索，不是因为明智，只是因为顽固。老隐士的办法，是帮助他们在历史当中发现类似的渴欲和热忱。

约翰不愿放弃渴欲，美德不愿放弃热忱。这当然不止因为顽固。顽固本身可能正意味着渴欲和热忱另有神秘源头。老隐士说，相似的渴欲和热忱，在历史上屡见不鲜。不只出现于基督教世界，也发生于异教之邦。不仅激励过无数个人，也激励了众多民族。当然，所有的渴欲和热忱都曾遭受曲解和滥用。层出不穷的曲解、滥用反而说明，确有某些讯息当解、待用。

神在各个时代向各个民族颁布讯息。有时是以图像，有时是以文字。人情不同，各亲其亲。约翰性近图像，所以渴欲海岛。美德性近文字，所以追寻原则，要是在更古老的时代，他会是律法的忠诚卫士。所有讯息都可能导人上路。所有讯息也都潜藏危险。最大的危险是，人们常把路标错当为终点，把路标加冕为王。这就是历史上屡屡发生的败坏。神颁布的图像讯息，有时是一座海岛，有时是一幅人像，有时是一位仕女，有时是一个乡村。这些图像都有可能导人走向求索之路，最终臻至喜乐之地。但这些图像也都可能遭受败坏，把人引向迷途。图像因为败坏和滥用而废弃。于是神又借助新的图像颁布讯息。这就是福音的历史。

神在各时代各地颁布福音，各时代各地也都有领受福音的心灵。没有哪次领受不包含杂质和噪音。没有任何杂质噪音可以抹杀福音本身。这是福音历史的一面。福音历史的另一面，则是敌人的事业。他们不断在各时代各地阻挡福音。阻挡福音的办法，是制造文盲和画盲。敌人期待的心灵，是既无甜美渴欲也无道德热忱的心灵。他们希望此类心灵填满世界。约翰和美德身处的时代，已经无限接近敌人的期望。这个时代的聪明人，热衷于拆穿、看透。他们娴熟地在历史中发现错误，除此之外什么也看不到。为了不犯错，他们根本不做事：

"在我们这片土地上，危险无可避免。"历史说，"有人打算学溜冰，却下定决心不摔跤，你知道结果会如何

吗？他们跟我们其余人一样经常摔跤，而且最后还不会溜冰。"（第306页）

这个因为害怕摔跤而绝不溜冰的时代，发明了一整套哲学和史学，意在把自己同那些不断摔跤的溜冰者隔绝起来。

班扬的基督徒和女基督徒在天路之上不断遇见兄弟姐妹，最终走完天路的，不是一个人，是一个共同体。约翰则要孤独得多。他要借助隐士的世界史知识，才知道自己属于一个悠久宏大的共同体：为了享受溜冰不断摔跤的人们。

老隐士的教诲是：

一、无论哪个时代哪个地方，无论从哪里出发，都有人抵达窄门进入窄门。

二、无论出发点相去多远，窄门只有一个。所以起点不同的人们，终须相聚，而非分离。图像与文字终须相聚。渴欲与律法终须相聚。约翰与美德必须歃血为盟，否则一事无成。

三、兄弟和好，进入窄门，不只需要兄弟的决断，还需要另一个人的帮助。

最关键的一步，不能只靠自己，也不能只靠团结。这话，只有三个人说过：理性女士、老隐士、柯克妈妈。约翰和美德的其他导师，都是这话的反对者。尽管千差万别，他们都讨厌"那个人"。

五 纯真之眼

《天路归程》的第九卷题为"越过峡谷"，第十卷题为"归程"。篇幅最短的两卷，相当于《天路历程》的主体部分。尤其是第十卷。路易斯一笔带过的"归程"，正是班扬巨细靡遗的"历程"。

路易斯的终生志业，是为窄门辩护。尽管他心中的窄门，已和班扬心中的窄门略有不同。路易斯写作的另一特点，是对窄门之后的体验语焉不详。想要了解窄门之后的惊心动魄，班扬的书更有教益。原因之一：班扬的写作，对象是窄门之后的兄弟；路易斯的写作，主要针对窄门之外的潜在兄弟。原因之二：班扬的刺骨体验，在于道路的坚守；路易斯的刻骨体验，在于道路的寻得。以上两点，皆属臆测。

总之，约翰和美德踏进了窄门。关于入门体验，最重要的是被俘感。无论《天路归程》、《惊喜之旅》还是《纳尼亚传奇》，路易斯都重申一件事：最后的一步，主动权不在归信者手里。他笔下的归信者，总是愁眉苦脸缴械投降。《天路归程》中的约翰是这样，《惊喜之旅》中的路易斯是这样，《纳尼亚传奇》中的坏男孩也是这样。这一点深具意味。班扬的天路，始于罪感；路易斯的天路，始于渴欲。但在进入窄门的瞬间，罪感和渴欲融为一体：一心追寻甜美渴欲的人，成了俘虏。俘虏的本分，不是寻欢，是认罪。

第十卷，路易斯简短讲述了窄门之后的天路。

班扬的基督徒，天路朝着远离家的方向。路易斯的约翰，天路则是指向家乡。约翰离开清教乡，一路西行。他本以为天路指向某个遥远的地方。踏进窄门的约翰终于知道，天路开启于全新的眼光。

踏入窄门，重走旧路。约翰最大的体验，是眼光变了。他们再次经过善感先生家，约翰看不到善感先生的房舍。向导说那是因为，踏过窄门之后，约翰看到的只有真实的事物，所有假象，复归于无。而善感先生，只是斑斓话语拼凑起来的假象：

"这儿跟先前你路过这里的时候,一模一样,"向导说,"只不过你的眼光变了。你现在才看到了实存(reality),而善感先生那时已接近非实体(nonentity)——跟表象一样缥缈——所以在你眼中消失不见。这颗小尘埃再也不会干扰你的视线。"

……

"他是一个东拼西凑起来的人。你将那不属于他的东西,从他身上拿走,留下的差不多就等于零了。"

(第355—356页)

唯有在归程,约翰和美德才学会以事物本来的样子看待它们,称道它们。从前的大人物,如今成了虚无。从前的哲学,如今成了罪。西进路上,约翰和美德见识了各种道德家、哲学家。东归路上,这些心灵现出原形,不过是些凶险的毒龙:冲突、顽固、占有欲、冷酷和贫血。

用斩钉截铁的词汇称道罪和罪人,这是班扬的一贯做法。路易斯的约翰和美德,却要等到归程才获得这个能力。恰如其实地识别恶,称道恶,需要一双纯真之眼,摆脱了时代精神污染的纯真之眼。

　　纯真之眼可以帮助约翰们辨识恶，也可以帮助他们重审善。

　　归程的终点，是清教乡，那个约翰拼命逃离的地方。逃离故乡，约翰想要渴欲中的海岛。那座海岛，该是脱尽一切杂质的纯粹喜乐。美德的动机也相似。他要找的，是不受岁月人事侵扰的道德铁律。为此，他们经历了很多，也忽视了很多。归程终点，他们用纯真之眼打量家乡，看到了原本看不到、不想看到的东西：

> "我再不玩斯多葛派的游戏了，"美德说，"我承认，我是带着恐惧和沮丧下来的。我也——我也想对很多人说说话。有很多岁月，有待追忆。无论溪涧那边有什么，总跟这边不一样。有些东西，已经到头了。这是一条真正的溪涧。"（第 402 页）

　　"这是一条真正的溪涧"，这是旅途终点最好的报偿。

　　所有天路旅人，都要遭逢"两个家"的问题。约翰和美德旅途的前半段，想要寻找一个不受时空羁绊的超然之家。这个妄念，受到整个时代的狙击。旅途的后半段，他们终于

挣脱时代精神的围堵,借助恢复清明的纯真之眼,他们看见了时空之内的,具体而丰盈的家:

约翰说:"在智慧那里,这些事,我都想过。不过现在,我在想更美好的事。大地之主将我们的心,紧紧拴在时间和空间上面——心系此友人而非彼友人,心系一个郡而不是普天之下——肯定不是无谓之举。"(第 405 页)

约翰吟唱的最后一首诗,抄在下边:

今日路过一座农舍,涕泗滂沱。

忆起曾几何时,在此住过,

跟那些已经死去的友人。

揭开的伤疤,岁月差不多医治不了。

出来吧,扎人的芒刺。

我真蠢,竟相信自己不再会受

本土特有的蜇咬;

已将那可爱事物,

转换成普遍的爱。

可是你，主啊，知道自己的计划。

天使大爱无疆，一视同仁，

祢却让人，

受具体事物的束缚折磨。

就好比化学试剂，极小一滴，

滴入纯净水，就改变一切；

精灵之水的甘甜，变得苦涩，

变成了灵魂的痛苦不安。

我们，尽管微不足道，

也会跟祢的火焰颤动——

而不只是像月亮那样，

只将火光冷冷反映给祢。

我们也是神，祢曾说过：

我们价格不菲。

　　或许，路易斯写作的全部雄心，是教诲人们在不平凡世界里过平凡的生活。为了看清世界的不平凡，约翰和美德

踏上求索之路。为了在平凡世界里重启生活,他们踏上天
路归程。天路,即是归程。

2017 年 12 月,无锐斋

译后记

困而知之者:C.S.路易斯

回家,有两条路:一条是呆家里,另一条是,满世界走一圈,直至回到原点。①

——切斯特顿

或生而知之,或学而知之,或困而知之。及其知之,一也。

——《礼记·中庸篇》

---

① 这句名言的原文是：There are two ways of getting home; and one of them is to stay there. The other is to walk round the whole world till we come back to the same place.

孔子曰:"生而知之者,上也;学而知之者,次也;困而学之,又其次也;困而不学,民斯为下矣。"

——《论语·季氏第十六》

1

C. S. 路易斯即便不是 20 世纪英语世界最著名的护教学家,也是之一。面对启蒙以后大有"顺我者昌逆我者亡"之势的现代浪潮,即便你感到路易斯是螳臂当车徒增笑柄,他也是毫不让步。无论是在汉语思想中曾引起轩然大波的"德先生"和"赛先生",还是西方这块现代化策源地里的种种主义,路易斯均不为所动。

他拒绝与时俱进,拒绝将基督教现代化。他坚持,基督教就是基督教,在前面加上"现代"二字,就是为基督教掺水。他也拒谈基督教的现代转化或现代意义或现代启示之类题目,他认为这是魔鬼的试探。

路易斯拒绝去做的事情,恰好是新儒家近百年来孜孜不倦的努力。不才常想,面对五四先贤高举的"科学"和"民主"

大旗，基督教跟儒学相比，想必更是显得或落后或蒙昧或反动。然而反观五四以来的汉语思想，却处处看到所谓"思想家"频频向"现代"（大写的 Modern）这位尊神抛媚眼、套近乎。

现代汉语思想界，无分左中右，都纷纷声称，只有自己拥抱的主义才能救中国，才能完成中国的现代化——现代的汉语思想，在很大程度上，就成了吸引民众眼球的立场表白（尤其是"新青年"的眼球），就成了争夺"现代政治正确"这块高地的争夺战。大家似乎久已忘记，真理、至善、道理、天道或天理，才是思想家或哲人应该操心惦念的中心之务；似乎久已忘记，真理之为真理，天道之为天道，恰恰在于她不与时俱进，与时俱进随风起舞的只是柏拉图所说的"意见"。

"天行有常，不为尧存，不为桀亡。"（《荀子·天论》）路易斯之所以拒绝装开明示进步，套用古圣昔贤的话，乃是因为他知道，无论世间的意识形态如何叫嚣怒张，总有"天道"在；无论人世如何悲凄，"上天有好生之德"。① 假如我们将

---

① 关于道与意识形态之别，可参见拙译路易斯《人之废》中译序言《道与意识形态》，关于现代社会正需要路易斯这样的"卫道之士"，可参拙文《"二战"中的卫道士：C. S. 路易斯》（《新京报》书评周刊 2015 年 5 月 9 日 B08—09 版）。

现代思想给"卫道士"一词泼上的脏水擦掉,路易斯之"护教",恰恰就是中国古人之"卫道"——"卫道"的前提,是知"道",是行"道"。

《礼记·中庸》云:"或生而知之,或学而知之,或困而知之,及其知之,一也;或安而行之,或利而行之,或勉强而行之,及其成功,一也。"朱子注曰:"知之者之所知,行之者之所行,谓达道也。"反观路易斯一生,他之知"道",恰恰就是"困而知之";路易斯之"行"道,恰恰就是"勉强而行之"。

也许,译者体贴出来的这种"困"和"勉强",恰好是理解路易斯一个关键,尤其是了解本书及其姊妹篇《惊喜之旅》的一个关键。

2

同济大学的张文江先生讲《学记》时,曾说过这么一段不乏苦涩的调皮话:

中国古代以唐为界限,唐以前主要思想往往讲的是道,宋以后主要思想往往讲的是理。清末以后引进西方的思想,道也不讲理也不讲,如果允许开个玩笑,那就是"不讲道理"了。①

身处现代化之策源地的路易斯,跟现代汉语知识人一样,其实本也想着"道也不讲理也不讲",可是,却被上帝逮了个正着,无可逃遁,乖乖信"道"。

路易斯在《惊喜之旅》里自陈,他被带进信仰时,"踢蹬、挣扎、怀恨在心,东张西望伺机逃脱":

　　可以想象一下,我只身一人呆在抹大拉学院的房间里,夜复一夜,我的心思转离手头工作哪怕一秒钟,就会感到那个我诚挚渴望不会遇见的祂,咄咄逼人,正健步走来。我极端惧怕的事,终于来临。就在1929年的圣三一学期,我投降了,承认神就是神,并且跪下来祷告。或许我那晚的决志,是全英国最沮丧最不情愿的决志。当时的我,还没有看到现在看来最为耀眼最为显见的东西;即便如此,谦卑的神仍然接受了这样的

①　张文江:《古典学术讲要》,上海古籍出版社,2010,第5页。

决志。那个浪子，至少还是自个步行回家。可谁会仰慕这样的"爱"（Love）——浪子被带进来时，踢蹬、挣扎、怀恨在心，东张西望伺机逃脱，却还为浪子敞开大门？"勉强人进来"一语，曾遭坏人滥用，以至于我们闻之胆寒；可是，要是不曲解，它们倒探出了神的仁慈的深度。神的严厉比人们的温柔还要仁慈，祂的强制使我们得以自由。（拙译路易斯《惊喜之旅》第 14 章结尾）

路易斯研究者艾伦·雅各布斯说，这段广为人知的文字，是路易斯所写的最为"宏伟"（magnificent）的文字。① 之所以宏伟，或许就在于路易斯坦陈，自己信"道"，并非出于自由选择，而是走投无路无可逃遁。路易斯深知，自己信"道"，不像《路加福音》十五章 11—32 节所写的那个"浪子"，因为那是浪子回头，自己则是自投罗网；自己信"道"，恰恰就是《路加福音》所说的被"勉强"。②

---

① 〔美〕艾伦·雅各布斯：《纳尼亚人：C. S. 路易斯的生活与想象》，郑须弥译，华东师范大学出版社，第 150 页。

② 《路加福音》十四章 23 节：主人对仆人说："你出去到路上和篱笆那里，勉强人进来，坐满我的屋子。"

1963 年 5 月 7 日,剑桥大学莫德林学院路易斯的办公室,葛培理布道协会的舍伍德·E. 沃特先生(Mr Sherwood E. Wirt)约访路易斯。沃特就路易斯的这段著名文字发问:"您说,您仿佛被迫成为一名基督徒。您是否觉得,归信之时,您做出了一个抉择?"路易斯答:

> 我不会那样说……我并不认为我的抉择如此重要。在这事上,我与其说是个主体,不如说是个客体。我是被抉择。我后来庆幸如此归信,可当时,我则听到神说:"把枪放下,我们谈谈。"(Put down your gun and we'll talk.)①

换句话说,路易斯实在不想遇见"神",他之归信,不是自己寻找"神",而是"神"在设局垂钓,甚至是神自作多情很不自重:

> 正如阅读麦克唐纳的书一样,在阅读切斯特顿的

---

① 　拙译路易斯神学暨伦理学文集 *God in the Dock* 第二编第 16 章《最后的访谈》,拙译该书华东师范大学出版社即出。

著作时，我也不知道自己正在自投罗网。一个执意护持无神思想的年轻人，在阅读上再怎么小心，也无法避免自己的思想不受挑战。处处都有陷阱。赫伯特说："一打开圣经，里面充满无数令人惊奇的事物，到处都是美妙的网罗和策略。"容我这样说，神真是很不自重。（拙译《惊喜之旅》第 12 章第 13 段）

伟大的钓客在这样垂钓，我做梦都没想见，钓钩会在我嘴里。（拙译《惊喜之旅》第 13 章第 20 段）

即便说是自己寻找，那也不是"人寻找神"，而是"老鼠找猫"：

和蔼可亲的不可知论者，会兴致勃勃地谈论"人寻找上帝"。对当时的我而言，他们最好说是老鼠找猫才对。我的困局，其最好的意象就是，《齐格弗里德》第一幕里米梅与沃坦的会面场景："我不需要明智之士，想一个人待在这里……"（拙译《惊喜之旅》第 14 章倒数第 3 段）

有哪只老鼠，愿意去找猫呢？又有哪个人，愿意被神逮个正着，愿意听神喝令"放下武器，我们谈谈"呢？就此而言，路易斯之"困而知之"或"勉强而行之"，恰好会触及你我灵魂之深处。

3

　　路易斯描述被迫直面神的困局时，想起了瓦格纳《尼伯龙根的指环》里侏儒米梅面对主神沃坦所说的："我不需要明智之士，想一个人待在这里……"①

　　想一个人待着，不受打扰无人干涉，尤其是不受"神"的干涉，也许是我们每个人的天性。有谁愿意站在神面前，照见自己的丑陋愚拙呢？又有谁不会自以为是不会时不时熏熏然赞叹一下自己这个好人呢？要知道，在神面前，人相形见绌，最美丽的人也顿显丑陋，最聪慧的人也顿显愚拙，恰如手艺超群的侏儒米梅在主神沃坦面前，顿显猥琐。

　　路易斯想要的生活，也是想请主神沃坦走开，"想一个

---

　　① 〔德〕瓦格纳：《尼伯龙根的指环》，鲁路译，安徽人民出版社，2013，第84页。

人待在这里"的"自由"生活。

1944 年,路易斯已经相当出名,名声可能来自《魔鬼家书》。美国的麦克米伦公司,要他写一篇简短自传,附在著作里。于是路易斯就写了一篇三四百字的小传,其结尾说:

> 我在十四岁左右放弃了基督教信仰。将近三十岁时又恢复了信仰。一种几乎纯粹是哲学上的皈依。我并不想这样做。我不是那种有宗教信仰的人。我想要人们让我单独待着,让我能感到我是自己的主人;但是,现实情况似乎正相反,所以我只能让步。我最快乐的时光是身穿旧衣与三五好友徒步行走并且在小酒馆里过夜——要不然就是在某人的学院房间里坐到凌晨时分,就着啤酒、茶,抽着烟斗胡说八道,谈论诗歌、神学和玄学。我最喜欢的声音莫过于成年男子的大笑声。①

与三五好友抽烟喝酒"胡说八道,谈论诗歌、神学和玄学"这种生活,就是路易斯《四种爱》第四章所写的"人间胜境"

---

① 〔美〕艾伦·雅各布斯:《纳尼亚人:C.S.路易斯的生活与想象》,郑须弥译,华东师范大学出版社,2014,第6—7页。

（golden sessions）：

> 我们四五个人，跋涉一整天，回到客栈；我们穿上睡衣，伸展双腿烤火，烧酒就在手边；我们漫步，整个世界，以及这个世界之外的某些事物，向我们的心灵敞开自身。当此之时，没人对他人有要求，也没人对他人有义务，我们自由而平等，仿佛只是一个时辰之前初次相逢，同时又被某种酝酿多年的亲情所挟裹。生命——自然生命——之馈赠，无过于此。面对此馈赠，谁配？
>
> （拙译路易斯《四种爱》第 4 章第 30 段）

假如没有最后这句"面对此馈赠，谁配"的追问，我们似乎很难想象，这就是护教大师路易斯所向往的生活——这分明是人文主义者所向往的诗意人生啊！

这种"人间胜境"，就是路易斯小说《裸颜》里主人公奥璐儿一直追忆的那段"好日子"。那时，她和妹妹赛姬跟着希腊老师狐学习哲学，师徒三人"同进同出，无人干扰"，自己是自己命运的主人：

记忆中，那时似乎只有春夏两季。那几年，樱杏都提早开花，花期也比较长；至于花苞怎么经得起风吹的，我并不清楚，只记得枝桠总是映着蓝天白云飘舞，它们的影子洒在赛姬身上，像流泉淌过山谷。……夏季，我们经常整天逗留在东南方的山顶上，俯瞰整个葛罗国并遥望阴山。我们放眼谛观它那起伏的山脊，直到熟识每一陡峰和山坳，因为我们当中无人去过那儿或见过山外的世界。①

这种逍遥自在的生活，也就是路易斯跟随恩师柯克帕特里克先生学习时所过的那种"安逸平静的伊壁鸠鲁生活"——读书、孤独漫步、谈话，生活平静而又美好。（见拙译路易斯《惊喜之旅》第9章第18段）

在路易斯所向往的这些生活画面里，没有"神"，只有"我"——一个自由个体，自己是自己命运的主宰，是自己灵魂的统帅。这种生活，路易斯说，"几乎是一种彻头彻尾的为我（selfish）"。（拙译路易斯《惊喜之旅》第9章第19段）

---

① 〔英〕C. S. 路易斯：《裸颜》，曾珍珍译，华东师范大学出版社，2008，第18页。

之所以将 selfish 译为"为我"，而未译为"自私"，因为这种人，依照世俗标准，不是坏人。他们只不过想保持自由独立，只想自己安排自己的生活，恰如孟子笔下的杨子："杨氏为我，是无君也"；"杨子取为我，拔一毛而利天下，不为也。"（《孟子·尽心上》）

4

路易斯在多处说，向往这种生活，他秉性如此：

切记，我一直想要的，说到底，就是不受"干涉"。我曾想要（发疯似的想望），"让我的灵魂归我自己"。对于我，避苦远比求乐更为急切。（拙译《惊喜之旅》第14 章倒数第 2 段）

我是个讲求安全第一的受造。在反对爱的所有论调当中，就我的本性而言，没有哪个比"小心！这会使你受苦"更能吸引我了。（拙译《四种爱》第 11 章第9 段）

依照路易斯的这种气秉或天性，最合路易斯之意的应当是唯物论，而非基督教：

> 同时你还记得，我这个人，在否定主张上要比在肯定主张上激烈，很急切逃脱痛苦而非成就幸福。未经我自己许可就被生了出来，这事令我感到有些恼火。对于这样一个懦夫，唯物论宇宙就有着巨大魅力，因为它给你奉上的是有限依赖（limited liabilities）。在这样的宇宙中，严格意义上的无限灾祸（infinite disaster）也奈何不了你。一死，一了百了。即便有限灾祸比一个人愿意承受的更大，自杀总是可能的。基督教宇宙的恐怖就在于，它没有一道门上写着"安全出口"。……不过最最重要的，当然是我对权威的根深蒂固的恨，我的骇人的个人主义，我的无法无天。在我的词汇表里，比起"干预"（Interference），没有哪个词更引我愤恨。而基督教，恰好将我当时眼中的一个超越的干预者（a transcendental Interferer）置于中心。如果基督教的世界图景是真的，那么，"跟实存缔约"（treaty with reality），无论何种，都没了可能。即便是在你的灵魂最深

处(甚至说,尤其是在这里),也没有一块地,你可以用铁丝网围起来,写上"非许莫入"。唯物论的宇宙,才是我想要的;有些地域,无论如何之小,我可以对别的人说:"这是我自己的事,只是我自己的。"(拙译《惊喜之旅》第 11 章第 8 段)

这下,问题就来了。天性如此的路易斯,为什么会抛弃自己本会钟爱有加的唯物论,却转而终生捍卫他避之唯恐不及的基督教? 这个问题,也许不只是我们理解路易斯的一个关键,而且是我们理解基督教和唯物论的一把楔子,甚至还是我们照鉴自己的一个契机。

关于此,路易斯写于 1932 年的这本《天路归程》和写于 1955 年的《惊喜之旅》,无疑是两部关键文本。二书虽体裁迥异,讲的却是同一个故事——"困而知之"和"勉强而行之"的故事。

切记,这两本书都不是自传。《惊喜之旅》之序言曾明确交代:"本书旨在讲述我归信的故事,因而不是一部自传,更不是圣奥古斯丁或卢梭的那类'忏悔录'。"《天路归程》第三版序言之结尾也专门申明:"不过你切莫以为,本书中一切都是自传。我是试图一般而论(to generalise)，而不是给人们讲自己的生活。"

至于浪漫主义运动之后，在知识界广为流传甚至深入人心的"表现论"(Expressive Theories)，认为一切文学都是"自我表现"(self-expression)都是自传的说法，路易斯看不起，视之为不懂文学的蠢话。

5

拙译路易斯《惊喜之旅》译后记里说，《惊喜之旅》一书的主角其实不是路易斯本人，而是路易斯自儿时起直至自己归信为止，一直在提醒着他指引着他的"悦慕"(Joy)。拙译之所以将 Joy 译为"悦慕"，而不采取前贤的译名，乃是因为:《惊喜之旅》和《天路归程》，虽然体裁迥异(一个是自传体，一个是寓言体)，其关键情节都是一个人因偶尔之间的惊鸿一瞥，心中无端飘来一股说不清道不明的憧憬(longing)，一丝魂牵梦绕寤寐思服的怅惘，一份尘世难以抚慰的甜美渴欲(sweet desire)。

套用静安先生《人间词话》里的"三境界说"，二书讲的都是一个人的属灵之旅：起先因"昨夜西风凋碧树，独上高楼，望尽天涯路"而心生"悦慕"，从而"衣带渐宽终不悔，为伊消得人憔悴"，最终"众里寻他千百度，回首蓦见，那人却在灯火阑珊处"。①

在《天路归程》里，指引着主人公约翰"寻就寻见叩门就给开门"②的，正是他儿时偶尔之间对"海岛"的惊鸿一瞥：

> 他猛然忆起，小时候，他曾闯进另一片林子，采报春花。那是很久以前的事了，久远得刚一记起，那记忆仿佛又不可企及。他正挣扎着抓住记忆，一丝甜美和震颤（a sweetness and a pang），从林子那边向他袭来，彻骨透心，他顿时忘记了父亲的房子，忘了母亲，忘了对大地之主的惧怕，忘了规矩的重压。心头包袱，扫荡

---

①　拙译《惊喜之旅》之译后记，专门讨论的就是路易斯所写的属灵旅程与静安先生三境界说之类似。兹附《人间词话》第 26 则如右：古今之成大事业大学问者，必经过三种之境界："昨夜西风凋碧树。独上高楼，望尽天涯路。"此第一境也。"衣带渐宽终不悔，为伊消得人憔悴。"此第二境也。"众里寻他千百度，回头蓦见，那人正在，灯火阑珊处。"此第三境也。

②　《路加福音》11 章 9—10 节："你们祈求，就给你们；寻找，就寻见；叩门，就给你们开门。因为凡祈求的，就得着；寻找的，就寻见；叩门的，就给他开门。"

一空。一阵过后,他发觉自己在啜泣。太阳落山了。方才到底发生了什么,他不大记得,更记不清,到底是发生在这片林子,还是小时候的那片林子。当时仿佛是,挂在林子尽头的薄雾,暂时分开了。透过间隙,他看见一片平静的海洋。海上有岛。岛上碧草如茵,沿着山坡一路铺下来,一直铺到海湾。灌木丛中,依稀可见山岳女神,白皙,轻盈,有诸神的聪慧,又有鸟兽的天真。还有高高的巫师,长须及地,坐在林中绿椅上。

(本书卷一第2章,第11—12页)

恍惚间的这个惊鸿一瞥,令约翰心生"甜美渴欲"(sweet desire),为海岛心醉又心碎,为之梦绕魂牵。他离家出走,放弃一切,就是为了找寻那偶尔瞥见的依稀仿佛虚无缥缈的海岛。

这丝甜美渴欲,路易斯在本书《第三版前言》里说,这是主宰了他童年和青春期的反复出现的经验。然而,据路易斯挚友欧文·巴菲尔德(Owen Barfield)说,路易斯的突出特点就是,对写自己或谈自己,很不感兴趣。

最不喜欢谈说自己的路易斯,为何反复谈及自家体验,为何在 1932 年以寓言体写了这一体验之后，1955 年还要以自传体再作书写？这是因为路易斯坚信："这一经验是人所共有，虽常遭误解，却无比重要。"（本书《第三版序言》第 8 页）换句话说，在路易斯看来，这一自家体验之所以值得书写，值得一说再说，乃是因为，其中折射出关乎人之为人的道理，因常遭误解而被遮蔽以至遗忘了的道理。

关于约翰的惊鸿一瞥，路易斯那一页的眉注中解说道："他觉醒了，有了甜美渴欲（sweet desire）。"（第 10 页）这个觉醒（awaken），关乎人之为人的灵明，是灵性之觉醒。套用流行歌曲的歌词来说吧，试想，有孩子从不好奇"山里面有没有住着神仙"，甚至嘲笑别的孩子的好奇，斥之为发神经，我们否会觉得这孩子有些过于"成熟"或在装成熟？试想，有成年人，从未梦见过"橄榄树"，永远看不起那些"为了梦中的橄榄树流浪远方"的人，即便不斥为发神经也会贬为不切实际，我们是否觉得此人太过实际甚至太"俗"？

前些日子，跟一位大学生朋友谈起了路易斯所说的"甜美渴欲"，他跟我说起自己儿时，也常向远方更远方眺望，总纳闷山外面的世界；说起自己站在村口，每当看到有人牵牛路过，总会想象这人会去什么样的远方。你我儿时所共有成年时却弃若敝屣的这丝好奇，正是路易斯所珍视的。

6

在《惊喜之旅》里，路易斯区分了"想象"（imagination）一词的三种含义。

其一是空想（reverie），指"空想的世界（the world of reverie），白日梦，一厢情愿的幻想（wish-fulfilling fantasy）"。比如路易斯天生手拙——大拇指一个关节——故而总幻想着自己有一手好的剪纸手艺。这是精神分析学所说的心理补偿。

其二是指"发明"（invention），如路易斯儿时就开始写动物故事，创造了一个动物王国："发明（invention）与空想（reverie）本质不同……在白日梦中，我将自己训练成一个蠢蛋；而为动物王国绘制地图编写历史，我将自己训练成一个小说家。"

其三则是"三义之中最高远的一个"，是因惊鸿一瞥而心生的甜美渴欲，是"独上高楼，望尽天涯路"的希慕，是"万物各有托，孤云独无依"的怅惘，是"所谓伊人，在水一方"的

憧憬。(见拙译《惊喜之旅》第 1 章第 14 段)

若非要给这第三义的想象，给个更简洁更确切的解说，那就是《惊喜之旅》浓墨重彩所写的"悦慕"(Joy)。在本书《第三版前言》里，路易斯说，它就是"一种强烈憧憬"(intense longing)，此憧憬跟别的憧憬有两点区别：

1. 它是"对憧憬之憧憬"(a longing for longing)，是以此渴欲本身为对象的"甜美渴欲"(sweet desire)：

> 尽管那丝想望，也尖锐(acute)，甚至痛楚(painful)，可是，单单这个想望，不知怎地就让人感到欣喜(delight)。别的渴欲，只有不久就有望得到满足时，才会有快感：只有当我们得知(或相信)很快就要吃饭时，饥饿才令人愉快。可是这一渴欲，即便根本无望得到满足，也依然被那些曾一度感受到它的人，一直珍视，甚至比这世界上的其他任何事物都受偏爱。这种饥渴，胜过别的任何饱足；这一贫穷，胜过别的一切财富。它一经来过，要是长期不见，它本身就会被渴欲，而这新的渴欲就成了原先之渴欲的一个新实例(new instance)，然而，这个人或许一下子没认出这个事实，就

在自己重新焕发青春的当儿,还为自己灵魂逝去的青春而哀叹。这听起来挺复杂,不过,当我们体验过以后,就觉得简单了。"那感受何日重来!"(Oh to feel as I did then!),我们呼号;我们没有留意到,甚至就在我们说出这几个字的时候,我们为其失去而哀叹的那种感受,又重上心田,原有的苦涩–甜美(bitter-sweet-ness)一点没少。因为这一甜美渴欲,打破了我们通常为想望(wanting)和拥有(having)所作分际。拥有它,根据这一渴欲之定义,就是一种想望;想望它,我们发觉,就是拥有它。(本书《第三版前言》第8—9页)

这一憧憬之所以既苦又甜,既令人心碎又令人心醉,乃是因为它不像普通的想望(want)或渴欲(desire)。普通的想望与渴欲,恰如叔本华所说,总有个具体对象,未得所欲则苦,得所欲虽乐,却迅即陷于无聊——永远摇摆于痛苦与无聊之间。而这一特别的想望或渴欲,不是指向某具体对象,而是指向此想望或渴欲本身。每当这丝"浪漫"憧憬好久不见,你总会觉得自己尘垢满面,从而忆起自己久违了的憧憬——这时,你就拥有了此憧憬,此憧憬原有的"苦涩–甜美"又重上心田。

换言之,这一"对憧憬之憧憬",是一种饥渴,但却不是饭食饮水就能满足的那种饥渴,而是一种属灵饥渴——它在提示你我,人生或许不仅仅是追名逐利吃喝拉撒睡,人之为人的灵明或许正在于脚踏大地却仰望苍天。进言之,人之所以常常陷于叔本华所说人生困局而不能自拔的一个原因,或许就是,人往往跟叔本华一道,将他所谓人是"形而上的动物"(an animal metaphysicum)①的"动物"一词读得太重,将"形而上"一词读得太轻以至于近乎忘记。

2. 这一憧憬,是对"无可名状之物"(that unnamable something)的甜美渴欲,尘世之物无法满足。这个渴欲对象,永远是远方更远方——恰如你远望地平线或彩虹远端,可当你赶到时,地平线不复是地平线,彩虹远端又在更远的前面。即便人们总免不了为此渴欲,提供虚假对象(如性爱,如过去时光,如审美经验等等),这些虚假对象也很快就会自露马脚,证明它不是你所渴欲的。路易斯曾将这一渴欲对象,比作亚瑟王城堡中骑士圆桌上的"危险席"(the

---

① 〔德〕叔本华:《叔本华论说文集》,范进 等译,商务印书馆,1999,第251页。

Perilous Seige）。据亚瑟王传奇，在圆桌骑士的坐席中，有个位子永远空着。据说，坐上这把椅子的骑士，会在找到圣杯以后死去，圆桌骑士时代亦将随之结束。故而，这把座椅就叫作"危险席"。路易斯用自家体验所要证明的就是，能安坐此"甜美渴欲"所设"危险席"的，只有一个，就是"那个唯一者"（the One）。这"唯一者"，就是"神在我里面，我在神里面"的"神"，就是"道不可离，可离非道也"的"道"。

说到此，我们也就大概能够理解，路易斯缘何如此珍视你我都曾有过的无端而来的憧憬了。因为这份憧憬，关乎饥渴慕义，关乎道之晦明，关乎人之为人。

7

也许有人会问，这唯一者，缘何"无可名状"？

最方便的答案，当然是《老子·第一章》的"道可道，非常道"。可是，"道"为何就不可说呢？关于此，古今注家所述，多之又多，诸君可自去参看。这里，我们姑且只就知识论略说一二。

世间本有两种知识：一种可名曰"体知"，体味的体，体贴的体；一种可名曰"认知"，认识的"认"，辨认的"认"。①

　　就拿我自己来打个比方吧。对我这个人，你靠百度，靠打听，会得到关于我的无数信息或参数，如身高、血型、职业、爱好等等之类——想建一个数据库，办得到。你掌握的这些信息，极有可能比我的亲人都多。比方说吧，假如你是医生，你知道的肯定比我的亲人都多。虽如此，你我还是陌生人；或者即便是熟人，在这号场合，你我也必须是陌生人。而我母亲，目不识丁，一个朴朴素素老实巴交的农民，只在乎自己的一己之责，对子女差不多是"母仪天下"，无为而治。前些年春节时，她老人家想必是想了又想，忍不住怯生生问我："你到底干什么工作？"假如知识，只意味着信息数据参数定义等等可以转化为数据或命题的东西，那么，母亲对我可谓"无知"至极，而你这个陌生人，则反而成了"知"我之人。熟知归谬法的你，想必这时定会跟我一道明白，之所以会有此荒唐结论，那肯定是我们的知识标准出了问题。

　　换用稍微哲学一点的术语来说吧，你对我了解再多，我

----

①　关于这两种知识，译者曾写过一篇闲文《现代知识人，不讲道理》，刊于"者也读书会"微信公众号。诸君若觉此问题颇有意思，甚至颇为关己，可参看。

只是你面对的一个客体（object）；母亲对我了解再少，她老人家念想的是我这个"儿子"。再说哲学一点，在你的知识里，我是个"物"（thing）；在母亲的知识里，我是个"人"（person），不可替代的"人"。还可以更哲学一点，你所知道的我，根本就不是我；母亲所知道的我，才是我。因为你只知道"关于我"的一些信息，而母亲知道的就是"我本人"。说得不哲学一点，假如你是特务，你对我的知识会令我恐惧，这时你猛然惦记我，这对我意味着什么——恐怕就不用说了吧？而谁又会惧怕母亲对自己的了解和惦记呢——即便是你？

知识论里的这一区分，就是法语词 *connaître* 和 *savoir* 这对著名概念。英语里没有相应表述，分别译为 knowledge-by-acquaitance 和 knowledge about；至于汉语里，恕笔者无知，暂未找到现成语汇，故而权且将"体认"一词拆开来，权且用"体知"和"认知"这两个蹩脚表述。

对于"唯一者"的知识，当然属于"体知"，而不属于"认知"：

> 我们中间至为谦卑之人，处于恩典之中时，会对神爱（Love Himself）有些许"体知"（knowledge-by-acquaitance，*connaître*），某些"体味"（tasting）；但一个

人，即便在至圣至聪之时，也不可能对终极实在（the ultimate Being）有直接之"认知"（knowledge about, *savoir*）——只有类比之知识。我们看不见光，尽管藉助光我们能看见事物。关于上帝的陈述都是推断，推断自我们对其他事物的知识，正是神的光照（the divine illumination）使我们有能力掌握这些知识。（拙译路易斯《四种爱》第 6 章第 20 段）

现代知识人读古典，尤其是现代汉语知识人，总爱问什么是道，什么是佛，什么是上帝，仿佛下个定义，就等于有了知识似的。这类看似好学深思的追问，禅宗公案里面，便是找打。"当头棒喝"的典故，便由此而来。

之所以找打，是因为，"道"是要人去行的，只有行道之人或尝试行道之人，才能领略道之深微；恰如佳肴之美味，首先要你亲口去尝的：

"虽有佳肴，弗食，不知其旨也。虽有至道，弗学，不知其善也。"（《礼记·学记》）

"人莫不饮食也，鲜能知味也。"（《礼记·中庸》）

孜孜于给道下个定义,道就成了一个哲学范畴,而不是"道
不可离,可离非道也"的"道"了。

8

依路易斯,对"无可名状之物"的甜蜜渴欲,正是"预尝"
(foretaste):"那只是预尝,在你找到之前,预尝那真正值得
渴欲者(the real Desirable)。"(本书卷八第 10 章,第 317 页)

这作为预尝的"甜美渴欲",再啰嗦一遍,总是无端而来:

> 对此无可名状之物的渴欲,有如利剑穿心,此时,
> 我们或闻到篝火气息,或听到头顶野鸭飞过的长鸣,或
> 看到《世界尽头的泉井》这个标题,或看到《忽必烈汗》
> 之开篇,或偶见夏末清晨的一缕蛛网,或耳闻无边落木
> 萧萧下。(本书《第三版前言》第 13—14 页)

在《惊喜之旅》里,路易斯记述,无论他的生活是愁惨悲凄还
是平静惬意,过段时间,总有一段无端而来的一丝悦慕,令
他心生久违之感。比如六岁左右时,路易斯心中无端升起

的这段"记忆之记忆"(the memory of a memory):

> 一个夏日,站在繁花似锦的一棵醋栗藤旁,心中突然升起了那段记忆,记起来在老屋里,一大早,哥哥带着他的玩具花园(toy garden)来婴儿房。这段记忆无端而来,仿佛不是几年前的事,而是几百年前。很难找到强有力的文字,来形容心头掠过的感受(sensation);弥尔顿笔下伊甸园的"无限的幸福"(全取"无限"一词之古义),差可近之。当然,那是一丝渴欲(a sensation of desire);可是,渴欲什么? 肯定不是渴欲布满苔藓的饼干盒,甚至也不是渴欲昨日重现(尽管为之魂牵梦绕)。"寤寐求之"——尚不知晓我到底在渴欲什么,渴欲本身就已消逝,整个那一瞥(the whole glimpse)就消失不见。世界又变得平淡无奇,或因方才停止的对憧憬之憧憬(a longing for longing)而扰攘不安。虽然只是那么一瞬间,可在某种意义上,任何别的事情与之相比,都无足轻重。(拙译《惊喜之旅》第1章第15段)

正是这"记忆之记忆",时不时提醒一下他,或许尘世(the

world)并非铁板一块密不透风,或许人之为人的灵明就在于仰望苍苍者天,在于远眺茫茫者水,或许我们的家在别处。而在本书里,每当主人公约翰迷不知返之时,对当初那惊鸿一瞥心生的久违之感,指引着约翰再次踏上漫漫天路。

前文说过,就路易斯的秉性而言,唯物论最切合他的心意,但正是"悦慕",让他走向有神论,被神逮个正着。同样在本书里,主人公一听到并无大地之主,顿时欢喜雀跃,有了得到彻底解放的感觉。因为,他触犯过好多规矩,没有大地之主,罪恶可以一笔勾销。然而,却终因对海岛梦绕魂牵,被带到大地之主面前。

这无端而来的悦慕,人最容易理解为"心境"(state of mind)。路易斯在《惊喜之旅》之结尾说,假如悦慕只是心境,也就没有那么重要了。它之重要,在于它是属灵指引,是旅程上的"路标":

> 林中迷路之时,看见一个路标,那就是大事一桩。第一眼看见的人会喊:"看!"整队人会围过来,定睛端详。可是,当我们找到路,每隔几里地,就会经过路标,我们也就不会驻足,定睛端详了。路标会激励我们前

行,我们也会对树路标者,心存感激。但我们不会驻足端详了,或者说不用仔细端详了。在这条路上也如此,尽管路标的柱子是银制的,字是烫金的:"我们终会到耶路撒冷。"(拙译《惊喜之旅》第14章倒数第2段)

而在本书里,路易斯借历史之口说,约翰偶尔瞥见的"海岛",正是大地之主给这片土地传来的天国消息,以唤起人的甜美渴欲。套用静安先生的"偶开天眼觑红尘,可怜身是眼中人"之句,路易斯所说的"悦慕",或许就是"偶开天眼"。它至少提醒着你我:"人生如逆旅,我亦是行人。"(苏轼《临江仙·送钱穆父》)

简言之,这无端而来的"悦慕",既可以说是我们人之为人的灵明所系,又可以说是神恩,是神的垂怜和眷顾。

9

跟约翰结伴同行最后一道"困而知之"的,还有另一位天路行客美德(Virtue)。

美德,从不关心约翰梦绕魂牵的海岛,也从不关心约翰避之唯恐不及的大地之主,他只关心"道德律令"。为了寻

找绝对的道德,他成了天路行客:

> 我尽自己所能,立最好的规矩。要是找到更好的
> 规矩,我会采纳它们。同时,要有某种规矩并守规矩,
> 这才是大事。(本书卷二第 3 章,第 50 页)

为了给自己立"最好的规矩"(the best rule),美德刻苦
自励,严于律己,不像约翰那样容易屈从诱惑,容易心生怠
惰,容易步入歧途。朝圣路上的美德坚信,"满怀希望旅行
往往胜于抵达",故而他不关心目的地,只在乎精进不已:

> 我在朝圣。既然你非要我说,那我必须承认,我没
> 什么明确目的。可这不是什么大问题。这些思辨,不
> 会使一个人成为好行者(walker)。每天走三十里地才
> 是大事。(本书卷二第 3 章,第 49 页)

这样一位德行无可挑剔的天路客,奉自由选择为圭臬,
每天坚持走三十里地,最终却裹足不前,直至瘫坐在地,在
凄凄寒夜找不到充足理由坐起身来,成了盲人哑巴,需要约

翰带路。好不容易让绝对唯心论治好了病，却跟自己为敌，仇恨生命，仇恨世界。

美德此人，就是路易斯《论三种人》一文所说的第二种人，道德主义者："体认到其他呼召（claim）——天意（the will of God）、绝对律令（the categorical imperative）或社群之善（the good of society），在谋求自身利益时，诚恳地遵从这类呼召之限制，不越雷池半步。"（拙译路易斯《切今之事》第 3 章首段）关于道德主义者之阈限，路易斯的《人兔之间》（Man or Rabbit?）一文之末尾说：

> 道德是座大山，仅凭自身之力无法攀援。即便能够攀援，由于没有翅翼以完成剩余旅程，我们也将丧生于峰顶冰雪及稀薄空气之中。因为，峰顶只是真正升高（the real ascent）之起点。绳索及斧子再无用场，剩下旅程，是飞翔。①

---

① 拙译路易斯神学暨伦理学文集 *God in the Dock* 第一编第 12 章，拙译该书华东师范大学出版社即出。路易斯《返璞归真》卷三第 12 章也说："在某种意义上说，回归上帝的道路是一条道德上不断努力的道路。但是在另一个意义上说，努力永远不能带我们回天家。所有这些努力最终只会导致这样一个关键时刻，在这一刻，你转向上帝说：'这必须由你来做，我做不了。'"（汪咏梅译，华东师范大学出版社，2007，第 147 页）

美德正是在这样一个高处不胜寒的峰顶，止步不前，每天行走三十里地的克己功夫，无法让他前进一步。他只能绕来绕去，最终也跟意志薄弱的约翰一样，步入歧途——步入比约翰更大的歧途。

10

值得注意的是，约翰与美德离开大路所踏上的歧途，正是启蒙之后种种以解放、进步、开明、革命自命的流行思潮或运动，如科学主义、浪漫主义、审美主义、弗洛伊德主义、现代艺术运动、反浪漫主义、开明宗教等等。

从某种意义上讲，本书也可以看作是一本另类现代思想史。只不过这本思想史，不是那类差不多早已成为现代学术正统的"标配版"思想史，不是以科学之客观自诩的思想史，而是一部有着切身之痛的思想史。写这部另类思想史的人，曾浸淫于这些流行思想，却终因饥渴慕义而知其诓骗蛊惑。

译者时常纳闷，对于古圣昔贤念兹在兹的爱，何种知识才算"客观"（objective）？现代以来大行其道的实证主义的那个"客观",显然只能杀死爱。用路易斯的话来说,这种客观知识,孜孜于"解释"(explain)爱,却将爱给"解释掉"(explain away)了。① 因为,即便你遍读关于爱的现代心理学著作,你也找不到任何理由去"爱"邻人;更有甚者,你读得越多,可能更不会去"爱"。假如这类"客观",最终就像要认识一个人必须将他解剖掉一样,那么,这还是不是"客观"?

不必为这个疑惑,无论它是大是小,扣上所谓反智主义的大帽。因为,扣帽子,不是思考,而是烧烤,将别人架在火炉上烧。曾亲眼见过好多思想史专家,因给庄子所谓"七窍凿而混沌死"扣帽子太过熟练,只暴露了自己之形而上学低能,虽然据说可能学术功底深厚。

假如前文关于两种知识的讨论,已经证明母亲对我的"知识"跟数据库里的知识相比,更客观也更切要,那么,我

———————

① 路易斯严分 explain 与 explain away。我们见过太多太多的 explain away。当我们依弗洛伊德,将爱情解释为性欲之包装,爱情死了;依马克思,将伦理道德解释为意识形态,道德没了;依通行的唯物主义世界观,将宇宙还原为物质,最终人不见了,变成了碳水化合物。拙译路易斯《人之废》,曾依庄子所谓"七窍凿而混沌死"及华兹华斯所谓 murder to dissect(剖析无异于屠刀),将 explain away 译为"解释致死"。路易斯敬告知识人,解释(explain)而不解释掉(explain away),应是知识人永远谨记的一条界线。现代尤甚。详参拙译《人之废》(华东师范大学出版社,2015)之第三章,尤其是结尾。

们似乎也许能约略体会到,本书这样的"另类"思想史,即便在现代学术话语中颇显另类颇显主观,也许还更忠实于思想史,假如思想史写作者必须思想,假如思想牵涉到"路漫漫其修远兮,吾将上下而求索"的话。

依愚见,正是在这种颇显另类颇显主观的思想史里,才见到了现代学术正统思想史里所碰不见的思想。比如:

启蒙的国度,只准进,不准出:"他欢迎异乡人,对逃跑者从不客气。"(卷三第 5 章,第 88 页)启蒙启蒙,真是既启又蒙。

启蒙先贤企图以理性(Reason)为人类规划一个光明未来。然而,理性虽能解救人,亦有她之所不能:"我只能给你说你所知道的东西。我能把你心中暗处的东西,带到你心中的明处。……关于善恶,我无缘置喙。"(卷四第 2 章,第110 页)

弗洛伊德主义认为,"一切只不过是愿望达成"。但这个理论却从不用于自身。假如用于自身,完全可以推出,藉"愿望达成"理论来否定大地之主,才是更深隐的"愿望达成"。(卷四第 4 章,第 121 页)

现代思想中,还原论(reductionism)大行其道。我们总是习惯于将宇宙万事还原为物质,将人生万象还原为经济利益,还原为性冲动。这种还原论,往往以科学自居,自诩在直面事实。然而,解剖学看到的人,并不是人:"一个人被解剖了,就不再是人了。要是你不及时缝合,你看到的都不是器官,而是死亡。"(卷四第3章,第117页)当还原论成为一种思维习惯,人总会将丑陋事物视为原型,将美好事物视为摹本。以科学昌明自诩的现代人,为何失去了想象美好的能力?为何不能将美好事物想象为原型,将丑陋事物视为摹本?

　　现代之为现代,从杀死上帝开始。古人坚信,是神造人,人需接受神的审判;现代知识人坚信,是人造神,神成了被告。据现代知识正统,这一古今之变,堪称解放,堪称进步。然而本书里的野蛮先生这个人物,则揭示出这一所谓解放、所谓进步背后的恐怖事实:

　　　　他说,他理解那些老派的人,这些人信大地之主,守规矩,希望着在离开这片土地之际,能上山,住在大地之主的城堡里。"他们活着有盼头,"他说,"而且,要是他们的信念真实不虚,那么他们的举动就明智之至。

可如果他们的信念虚假不真，那么，就只留下一条生命道路适合于人。"这另一条路，他一会唤作英雄主义（Heroism），一会唤作主人道德（Master-Morality），一会唤作暴力。"至于这两条路都不走的那些人，"他说，"都在耕耘沙漠。"（卷六第 6 章，第 198—199 页）

这里的英雄主义，指卡莱尔；主人道德，指尼采；暴力，指无产阶级暴力革命。记得在前年，译者曾跟友人杨伯谈起，假如古人念兹在兹的天道只是意识形态，假如神只不过是人的愿望的投射（projection），那么，心系社会公义的人势必成为马克思主义者，心系个人自由的人势必成为尼采主义者，假如他们理论上保持彻底的话。

本书中刻苦自励只听从良知指引的美德，之所以病倒，就是因为他意识到，自己差点投奔了野蛮先生。好不容易被智慧先生治好了病，却愈发觉得野蛮先生说得有理。无神世界，道德良知的命运竟会一至于此——我们在哪部标准版思想史里，能见到这样的思想大戏？

若不嫌简单，我们可以说，本书中结伴而行的两个天路客，代表着人的两种天生禀赋：一为美好想象（路易斯所说的想象之第三义），一为道德良知。这二者，可以说，都是奥古斯丁《忏悔录》首章所谈的"无休之心"（*cor inquietum*）："我们的心若不安息在你怀中，便不会安宁。"①本书所记故事，也可以看作是人的这两种天生禀赋的现代困局。读过陀思妥耶夫斯基《卡拉马佐夫兄弟》的人大概知道，假如上帝已死，道德就会失去根基；而路易斯此书似乎在告诉我们，不但道德会失去根基，想象也濒临死亡。

顺便说一句，路易斯这样绘制思想画卷，并非标新立异，而是秉承古典传统，与威廉·兰格伦的头韵体长诗《农夫皮尔斯》和弥尔顿《复乐园》里的思想画卷很有一比。

11

《礼记·学记》云："学然后知不足，教然后知困。"这里所"学"所"教"，不是我们课堂上的科学文化知识，而是前文所说的另一种知识。也许，如今连教书匠都不看书这一事实，就足以推断，"不足"和"困"所形容者，跟知识累积学历

---

① 〔古罗马〕奥古斯丁：《忏悔录》，周士良译，商务印书馆，1963，第3页。

教育无关，跟忙于拿项目出成果成专家的现代学术无关，而是跟安身立命有关，跟操心自个灵魂有关。说简单一点，这关乎人之为人的灵明，关乎奥古斯丁所说的"无休之心"。

也许是根据人的这点灵明，根据人的"无休之心"，帕斯卡尔《思想录》第257则才区分了三种人：

> 只有三种人：一种是找到了上帝并侍奉上帝的人；另一种是没有找到上帝而极力在寻求上帝的人；再一种是既不寻求上帝也没有找到上帝而生活的人。前一种是有理智的而且幸福的，后一种人是愚蠢的而且不幸的，在两者之间的人则是不幸的而又有理智的。①

这一区分，并非帕斯卡尔之首创，而是古典学之通则。沃格林（Eric Voegelin）留意到，无论是在亚里士多德的《尼各马可伦理学》中，还是在赫西俄德的《工作与时日》里，人有这么三类：

> 第一类是完全拥有 Nous（心灵，理性）的人，他能够

---

① 〔法〕帕斯卡尔：《思想录》，何兆武译，商务印书馆，1985，第123—124页。

自我教导，在这里，Nous 的意思就是向神圣存在根基的开放性。第二类人是至少拥有足够的理智，在犹疑不定的情况下能够听从完全理性的人。第三类人既不能像第一类人那样拥有理性，也不能像第二类人那样听从理性，因此是无用的主体，且可能成为一个危险的主体。①

这三种人，孔子分别唤作上智、中人和下愚：

> 子曰："中人以上，可以语上也；中人以下，不可以语上也。"（《论语·雍也第六》）
>
> 孔子曰："生而知之者，上也；学而知之者，次也；困而学之，又其次也；困而不学，民斯为下矣。"（《论语·季氏第十六》）
>
> 子曰："唯上智与下愚不移。"（《论语·阳货第十七》）

老子则唤作上士、中士和下士："上士闻道，勤而行之；中士闻道，若存若亡；下士闻道，大笑之。不笑不足以为道。"

---

① 〔美〕沃格林：《希特勒与德国人》，张新樟译，上海三联书店，2015，第110页。

《老子·第四十一章》）

路易斯所写的"困而知之"的故事,关乎"中人"。中人之为中人,用孔子的话来说,在于"可以语上",在于当有人为他指出向上一路时他知道那是"上",即便很不情愿朝上行走;用老子的话来说,虽然"道"在他听起来是"若存若亡",但他不会"大笑之";用沃格林的话来说,就是虽不能"自我教导",但心灵还向人的存在的神圣根基保持开放,故而能听从别人教导;用佛家的比方来说,假如你给他指月,他会顺着你的指头看,看月,而不是盯着看你的手指头——更不会像狗那样,盯着你的手指头狂吠不已。

本书主人公约翰及同行的美德,都是中人。约翰所追寻的海岛,美德所追索的道德律令,也可以比作佛家指月之辨里的那根手指。只不过,他们生逢启蒙之后,打心底很不愿意承认,还有个大地之主——最终四面楚歌陷于绝境,被迫承认。

12

发心翻译本书和《惊喜之旅》,不嫌说得矫情,乃是因为其中"困而知之"的故事,更切吾心。

译者不才,虽跟路易斯之饱读诗书自然无法相比并论,但也曾像约翰那样追思曾经的"甜美渴欲",也曾像美德那样求索绝对的"道德律令"——为此,也曾浸淫过诸种流行思潮。据译者浅见,在现代汉语思想界,这些流行思潮之流行(流行歌曲意义上的流行),比起路易斯身处的英语世界,大概是有过之而无不及。假如译者不是矫情不是胡说,那么,这样的困而知之的故事,至少有助于现代汉语读者理解自己,理解中国近百年之扰攘,理解汉语古典。

据一些路易斯研究者,本书是路易斯写得最差的一本。路易斯在本书《第三版前言》里,也为本书之写作道歉。即便是写得不好,但由于出自"困而知之者"之手,可能还别有况味,假如你我也曾饥渴慕义也曾"忧道不忧贫"的话,甚至也曾像约伯那样质问过神、像老百姓那样呼天喊地的话。这点况味,也正是路易斯唯一肯定本书的地方:

> 本书可以自许的唯一优点就是,它出自一个证明这些印象全都错误的人之手。这样自许,并无虚荣之嫌:我得知它们错误,不是靠理智,而是靠经验——这

些经验，我本不会遭遇到，假如我小时候能聪明一点，德行一点，再少一点自我中心。由于我让自己被这些错误答案逐一迷惑，对其做过诚挚思考，就足以发现其骗局。拥抱了那么多假的弗劳里梅艾（Florimels），没有什么可吹的：人们说，只有傻瓜才靠经验来学习。不过鉴于他们最终还是学习了，那就让一个傻瓜将自己的经验，拿到公共仓库，这样，聪明点的人也许会受惠。（本书《第三版前言》，第11页）

也许，只有这样走过无数歧路却仍饥渴慕义仍找寻正道的人，藉着描述自己的歧路彷徨和灵魂挣扎，才会向我这样自小接受现代意识形态教育的读者，彰显"至道"的个中三昧。

静安先生《人间词话》云：

尼采谓："一切文学，余爱以血书之者。"后主之词，真所谓以血书者也。宋道君皇帝《燕山亭》词亦略似之。然道君不过自道身世之戚，后主则俨有释迦、基督担荷人类罪恶之意，其大小固不同矣。（《人间词话》第18则）

本书里"困而知之"的故事，亦是"以血书之者"，讲述的不是自家"身世之戚"，而是饥渴慕义之人的现代困局。

13

近年，曾在"者也读书会"上，跟一些大学生朋友共同读路易斯。时不时会有小友问，我们是无神论者，又不是基督徒——言下之意就是，路易斯之亲历跟我又有何干？

对此习见疑惑，我冒昧发明了两个词，"方便的无神论"和"方便的有神论"。言下之意是说，大多数现代汉语知识人，即便以无神论相标榜，但却兼无神论者与有神论者于一身，两头便宜都占：

冠以"方便"二字，乃因为无神论与有神论各有方便。无神论之"方便"在于，它可以让我们忘记甚至嘲笑老百姓所说的"举头三尺有神明"。这样，当我们心存苟且，只要没人发现，就完全可以心安理得，全然忘记了古人的"慎独"功夫。有神论的"方便"之处则在于，它可以给你我的生活提供装点以至慰藉，我们大概

都习惯于说神圣的婚姻殿堂或神圣事业之类的话。可是,没有神,何来神圣?(拙译路易斯《四种爱》译后记)

如今,小朋友过生日,总先买个蛋糕,吹蜡,许愿。请问,没有神,向谁许愿?每有自然灾害,小朋友也会替遇难者祈福,点蜡烛,围成心形。请问,没有神,向谁祈福?即便无神论之彻底如红卫兵者,也会抬出一个人间神来,膜拜。也许,"神"(God)的问题,比无神论者所预想的要复杂得多,至少比自讨方便的无神论者所想的要复杂。

这种两头便宜都占的"自讨方便",也出现在本书里:

有一些人,因他们无法无天的生活而被黑洞故事吓着了的时候,甚至当他们怕蛇的时候,会成为一个唯物论者⋯⋯接下来另一天,却又信了大地之主及其城堡,因为在这片土地上凡事不顺,或者因为某个亲友佃约到期又满心盼着跟他重聚。(卷七第8章,第233页)

自讨方便的无神论者,并不坚持无神论,因为彻底的无神论,必须直面空荡荡的宇宙,直面生命意义之空无;方便的有神论者,也不坚持有神论,因为彻底的有神论,必须直面自己的罪,必须直面即便索性一死也并未一了百了之事实。

路易斯在中学时期,差不多已经执意要做一个无神论者了。然而,当他反躬自省,发觉自己这种无神论,仅仅是好斗的无神论,至于逻辑,则一塌糊涂:

> 我跟众多无神论者和反神论者一样,成天生活在矛盾的漩涡中。我一面坚称,不存在上帝。一面却为祂不存在而怒气冲冲;同样令我生气的是,祂竟创造了一个世界。(拙译路易斯《惊喜之旅》第七章倒数第2段)

我们若能言顾行行顾言,若能反身而诚,大概也就不难觉察,急于在有神论和无神论之间表立场,也许只是表明自己看到二者各自之方便,而从未直面二者之不便。

人人都有苟且之心。也许是因为觉察到在求索真理的道路上,人容易自讨方便,路易斯才用自传体和寓言体,讲述困而知之的故事。关于本书之寓言体,路易斯在《第三版前言》中交代说:

可事实上，一切好的寓言之存在，不是为了遮掩，而是为了彰显；藉着给内在世界(the inner world)一个(想象出来的)具体体现，使它变得更可触。……象征在哪里臻于一流，在哪里密钥就最不济事……因为当寓言臻于极境，它就接近于神话，这就必须用想象(imagination)来把握，而不是靠理智(intellect)。（第22—23页）

好的"寓言"，类似神话，需要读者用想象来把捉的观点，也见于莱辛的名文《论寓言》。路易斯既然这样说，大概也这样期待诸君——期待诸君去想象去体味，藉用中国古人的话来说，期待诸君去"悟"，而不是处处去发掘寓意甚至对号入座。

14

帮我校稿的小朋友说，这本书很不好读。我说，不好读，原因可能有二：一则因为本书写得晦涩。这，路易斯承认，在《第三版前言》里。二则因为，我们大多数人，没经过路易斯的灵魂挣扎。

在《惊喜之旅》第 11 章，路易斯曾描述自己认真考虑"神"之时的属灵境况：

> 我大脑的两个半球，形成鲜明对照。一边是诗歌和神话的多岛海洋，另一边则是伶牙俐齿的浅薄的"理性主义"（rationalism）。几乎我所爱的一切，我相信都是想象的；几乎我信以为真的一切，我认为都严酷，都没意思。

这等属灵困局，也见诸静安先生笔下：

> 余疲于哲学有日矣。哲学上之说，大都可爱者不可信，可信者不可爱。余知真理，而余又爱其谬误。伟大之形而上学，高严之伦理学，与纯粹之美学，此吾人所酷嗜也。然求其可信者，则宁在知识论上之实证论，伦理学上之快乐论，与美学上之经验论。知其可信而不能爱，觉其可爱而不能信，此近二三年中最大之烦闷。①

---

① 王国维在《静安文集续编·自序二》(1907)，见姚淦铭、王燕主编《王国维文集》第三卷，中国文史出版社，1997，第 473 页。

假如你我真能体会"可爱者不可信可信者不可爱"之困苦，也许就能领略"困而知之"的属灵价值，路易斯所讲的故事，也就会令你我心有戚戚。

路易斯曾对一个孩子，说过这么一番话：

一个造物永远不可能成为一个完美的存在，但却可以成为一个完美的造物——比如一个好天使，或者一棵好苹果树。最高层次的愉悦，则是一个（有知识的）造物认识到自己作为一个存在不可能完美，而这一认识本身却成为整个有序世界的一分子，从而完成其作为一个造物的完美。我是说，尽管世界上有坏人、坏狗是件遗憾的事，但是作为一个好人，他的好有一部分存在于他不是天使这个事实中；而对于一条好狗来说，他的好也有一部分存在于他不是一个人这个事实上。这是保罗所说的身体和组成部分的延伸。一个好的脚趾甲并不是一根失败的头发；而如果脚趾甲能够有意识，他会非常高兴仅仅成为一个好的脚趾甲。①

---

① 〔英〕C. S. 路易斯：《给孩子们的信》，余冲译，华东师范大学出版社，2009，第127页。

"最高层次的愉悦"，竟然是"一个（有知识的）造物认识到自己作为一个存在不可能完美"，因而，不再自以为是自以为义，而甘心做一个"完美的造物"——这需要何等的勇气，又是何等的愉悦呢？

15

本书写于 1932 年 9 月，是路易斯重新归信之后所写的第一本书。写作用时两个礼拜，可谓一蹴而就。

1933 年 5 月初版，出版社为 Dent Publishing，销量无几。1935 年，一家名为 Sheed and Ward 的天主教出版社，出第二版。虽销量大升，但该出版社为此书所加评说，令路易斯着恼，因为其天主教倾向太过严重。因而在 1943 年三版之时，路易斯为本书每页添加眉注，解说文中大意，还专门写了一篇序言，为本书之晦涩道歉，解释本书之立意结体。

1958 年，美国的 Eerdmans 公司出版本书之美国版，仍是路易斯修订的第三版的内容，只不过将序言移至书末。1981 年 Eerdmans 公司再版，请 Michael Hague 插图。1992

年重印,拙译底本就是这个重印本。

本书或许是路易斯著作里争议最大的一本,褒贬不一。1933年甫一出版,即获好评。有人称誉,路易斯的这部寓言,"引人瞩目"(arresting),为读者指出向上一路;亦有论者称誉,路易斯此著乃"寓言体之复兴"(revival of the allegorical method),寓言体使得路易斯能够"以简驭繁由浅入深";还有论者称誉本书之幽默,对话安排和书本内容。①

然而,差评也是不少,主要围绕两个方面。

一是关乎体裁。这也许与寓言体在现代之衰落以至不大招人待见有关,批评家常常形容一本书"陷入寓言窠臼"(degenerated to allegory),似乎就是明证。然而,这可能是一种文体偏见,因为在古代,许多经典之作,均以寓言体写就。至于路易斯,对此体裁即便说不上钟爱有加也是颇为尊重,所以,即便寓言体令我们感到不适,出于尊重作者,也不必为此耿耿于怀。至少,路易斯选择寓言体,是有意为之。

----

① 〔英〕C. S. 路易斯:《给孩子们的信》,余冲译,华东师范大学出版社,2009,第127页。

二是关乎行文。饱读诗书的路易斯，文思泉涌，大量运用典故。路易斯研究者艾伦·雅各布斯曾说：

> 路易斯的所有著作中，《惊喜之旅》可能是最全面的无法解释、晦涩难解的文学参考资料了——好像在讲述自己的故事时，他有片刻忘了读者之中几乎没有一个人像他那样博学。①

其实，这段话既可以用来形容《惊喜之旅》，也可以甚至更可以形容本书。因为在本书中，典故不仅比《惊喜之旅》多，时不时还杂用希腊文和拉丁语。本书题献给挚友阿瑟·格里夫斯。阿瑟阅读初稿，曾建议路易斯将其中的拉丁文和希腊文改为英文，但路易斯没改。至于为何不改，原因未知。且容译者瞎琢磨一下。不改，或许是因为此书的"隐含读者"（implied reader），也即作者写书时心中预想的读者，本是我们俗常所谓的"文化人"。或许还是因为，大量使用掌故，本来就是一种

---

① 参见 Mona Dunckel, "C. S. Lewis as Allegorist：*The Pilgrim's Regress*," in *C. S. Lewis：Life，Works，Legacy*, 4 vols., ed. Bruce L. Edwards (London：Praeger, 2007), 3：37—38.

风格。译者曾与友人杨伯说起,路易斯著书频频用典,甚至全然不考虑读者的接受能力。他说,这本是一种古风,中国的古文大家,还有蒙田,似乎都是这样写作,算不得缺陷。

即便是差评压倒好评,本书还是值得重视。也许 Peter Kreeft 教授对本书的评价,就能说明问题。他曾说,本书是路易斯最糟糕的作品,但也正是他,从本书中总结出他所说的"悦慕的护教学"(the Apologetics of Joy),也即根据人内心的隐秘渴欲论证上帝存在的神证论(Arguments of the existence of God)。他认为,这是安瑟伦的本体论论证之后最重要的论证。①

换言之,即便我们对本书之行文结体,颇感不适,也不可小觑其内容。据许多路易斯研究者说,路易斯的后期作品之主题,在本书中都能找到源头。至于译者,由于不得不反复阅读,发觉本书是初尝寡淡无味但却越嚼越有味的那种书,只要我们心中没有文体偏见,只要我们也想"困而知之"。至于好在何处,端赖前文所言之"体知",乃如鱼饮水冷暖自知之事,用不着译者指东画西。

---

① 参见本书赵译本(中国社会科学出版社,2015)之《译者前言》。

16

一篇译后记，绕来绕去写了近两万字，仍说不到点子上，本就早该打住了。然而，还没致谢。

自打第一次读路易斯，容我自作多情一下，感觉他仿佛就是在写书给我，给我这样"四十而惑"的他乡游子——"在人生的中途，我发现我已经迷失了正路，走进了一座幽暗的森林"——感谢 C. S. 路易斯的心灵提携。

为将自己的阅读喜悦分享给更多人，2014 年年初，发心翻译路易斯。感谢倪为国先生的信任，竟让不才如我，获得翻译哪本就出哪本的特别待遇。感谢友人伍绍东毛遂自荐，志愿作本书之特约编辑，帮我一字一句核审译文；绍东之义气，似非"义务劳动"一语所能涵盖。感谢友人杨伯在文思泉涌之际，放下自己手头的文章，通读译稿，为本书作体贴入微之导读。

翻译路易斯这三年间，基本上不做任何家务，甚至都很少陪孩子玩。家人的理解和支持，虽心中颇感亏欠，译书却让我欲罢不能。

年逾四十，常常记起"背父兄教育之恩，负师友规训之德"这句话,常常记起养育我栽培我甚至对我也有所期待的师友亲人,您别见笑,甚至会时不时思念家乡的土地——不才如我,时时怕枉活一世,愧对斯仁。

2017 年 12 月 21 日星期三

于津西小镇楼外楼

图书在版编目(CIP)数据

天路归程/(英)C. S. 路易斯著.
—上海:华东师范大学出版社,2018
ISBN 978-7-5675-7830-2

Ⅰ.①天… Ⅱ.①C… ②邓… Ⅲ.①传记
文学—作品集—英国—现代 Ⅳ.①I561.55

中国版本图书馆 CIP 数据核字(2018)第 120743 号

华东师范大学出版社六点分社
企划人 倪为国

路易斯著作系列

天路归程

著　　者　(英)C. S. 路易斯
译　　者　邓军海
责任编辑　倪为国
封面设计　姚　荣

出版发行　华东师范大学出版社
社　　址　上海市中山北路 3663 号　邮编　200062
网　　址　www. ecnupress. com. cn
电　　话　021 - 60821666　行政传真　021 - 62572105
客服电话　021 - 62865537
门市(邮购)电话　021 - 62869887
地　　址　上海市中山北路 3663 号华东师范大学校内先锋路口
网　　店　http://hdsdcbs. tmall. com

印　刷　者　上海景条印刷有限公司
开　　本　787×1092　1/32
插　　页　4
印　　张　17.25
字　　数　250 千字
版　　次　2018 年 10 月第 1 版
印　　次　2025 年 3 月第 4 次
书　　号　ISBN 978-7-5675-7830-2/B · 1135
定　　价　78.00 元

出 版 人　王　焰